MW00509473

MICHOACÁN.

PAISAJES, TRADICIONES Y LEYENDAS.

SEGUNDA SERIE

gift of
Charles P. Bowditch
Rec. May 21, 1912.

La propiedad literaria de este libro queda asegurada en los términos prescritos por la ley.

MICHOACÁN.

PAISAJES, TRADICIONES Y LEYENDAS

POR EL LIC.

EDUARDO RUIZ

Socio de número de la Sociedad
de Geografía y Estadística de la República y del Liceo Hidalgo de México, socio correspondiente
del Ateneo de Lima (Perú) y miembro de
otras Sociedades literarias del Extranjero y del país.

MÉXICO
OFICINA TIP. DE LA SECRETARÍA DE FOMENTO
Calle de San Andrés número 15. (Avenida Oriente 51.)

1900

MEX. 4 R 859 m 4

₉ ... of Chas. P. Remington

Rochester, N.Y.

DEZ 92

PRÓLOGO.

—

Reuno en este volumen algunas leyendas inéditas y otras que se han publicado en diversos periódicos. Contienen tradiciones que van perdiéndose día á día, al ir desapareciendo lenta, pero irremediablemente, la raza indígena de México.

Antes de ocuparme de la importancia histórica que contienen y del objeto con que han sido escritas, diré unas cuantas palabras sobre un asunto que parecía olvidado.

Cuando acababa de publicarse mi libro "Michoacán, Paisajes, Tradiciones y Leyendas," con gran sorpresa recibí la carta siguiente:

"Museo Michoacano.—Dr. N. León, Director.—Morelia, Septiembre 21 de 1891.—Señor Procurador General de la Nación Lic. Eduardo Ruiz.—México, D. F. —Un amigo de usted que también lo es mio, me hizo favor de mostrarme su obra sobre Michoacán, recientemente impresa y en la cual, *en casi su totalidad, se digna usted acordarse de mi insignificante persona.* Agradezco en todo lo que vale tan *insigne honra* y desde ahora *beso la mano que me corrige y magistralmente pone los puntos sobre las ies.*—Mas como creo poder sincerarme de *algunos* de los varios cargos con que en ella salgo reo, y aun impugnar y rectificar otros que á usted pertenecen, le suplico se digne remitirme dos ejemplares de su obra ó indicarme en qué lugar se expende, que con respecto á su precio, sabido que sea, daré orden á mi corresponsal que lo cubra.—*Con mis agradecimientos por la honra dispensada* quedo S. S.—*N. León.*"

Ahora bien, cualquiera que haya leído mi citada obra, recordará que en las 449 páginas que contiene no llegan á diez las veces en que me ocupo de alguna opinión del Sr. León, ya para rectificarla, ya para confirmarla, haciendo adrede punto omiso de otras muchas de sus apreciaciones, notoriamente falsas é inexactas, porque precisamente no quiero aparecer como crítico de un autor, cuyo talento y laboriosidad reconozco y que me merece el concepto de ser quien más servicios ha prestado, en conjunto, á la arqueología y bibliografía de Michoacán.

Desgraciadamente el Sr. León ha querido presentarse como el único que posee esos conocimientos y no puede menos que ostentarse celoso de los que hemos estudiado y tratado la misma materia. Por mí sé decir que soy el primero en creer que mi obra puede contener muchos errores y que mi mayor deseo es que se rectifiquen para bien de la historia.

No contento el Sr. León con el texto de su carta, cuando publicó una gramática tarasca, en unión de un escritor francés, en la noticia bibliográfica que figura en las primeras páginas, se ocupa de nuevo de mi libro sobre Michoacán y estampa los siguientes conceptos:

1º Que mi repetido libro es más bien obra de imaginación que de historia.

2º Que es un disparate mío suponer un origen *incaico* á los indios tarascos; y

3º Que sí es verdad que conozco algo del idioma tarasco.

Respecto del primer punto; en el prólogo que puse
á dicho libro expresé las múltiples fuentes de donde
tomé la narración, y en casi todas las páginas se ven
las numerosas citas que la confirman. Confieso que no
escasean los rasgos de imaginación, pero se podrá ver
que la mayor parte de ellos están empleados, no en el
relato de la historia, sino en las muchas leyendas allí
intercaladas; así está expreso en el prólogo, á que me
refiero, cuando en él digo: "Este es el material que para formarla he acopiado. ¿Son bastantes estos elementos para escribir una historia? No lo creo así, y por lo
tanto he adoptado el estilo legendario. El germen de
las leyendas está en las obras que he citado y en las
tradiciones que me son conocidas desde mi infancia.
Yo soy responsable de su desarrollo y el primero en
reconocer mi insuficiencia para darles una forma literaria. Mas como en todo el relato puede encontrarse
algo cierto y bueno, que acaso servirá más tarde para
escribir la verdadera historia, declaro que esos datos
fidedignos pertenecen principalmente al señor mi padre y á las demás personas mencionadas. Y mi deseo
de que no se pierdan para la historia de Michoacán
esos tesoros que he heredado de personas que ya no
existen, es la única disculpa de este libro." Para concluir sobre este punto agregaré que muy bien sabe el

Sr. León que uno de los elementos más importantes que me sirvieron en mi tarea fué la crónica titulada "Ceremonias, ritos y gobierno de los indios de Michoacán,"[1] obra que dicho señor ha utilizado también en sus trabajos, no obstante ser tan informe, tan obscura y tan iliteraria, si bien tan llena de preciosos datos.

Que es un disparate afirmar que los tarascos vinieron del Perú, no cabe duda; pero yo no he afirmado semejante cosa; en la leyenda inaugural de mi libro me atreví á lanzar esa especie como una simple conjetura y así lo digo en varias partes de la obra. Fundeme para apoyar mi conjetura en la identidad de religión y costumbres entre peruanos y tarascos; en la tradición que existe en el país de los incas de que unas tribus de ellos capitaneadas por sus *curacas* (jefes) habían emigrado hacia el Norte, sin que se hubiese vuelto á tener noticia de ellas; en que los incas hablaban entre sí un idioma sonoro y elegante, enteramente desconocido del pueblo, idioma que pudiera haber sido el tarasco, y en la semejanza de muchos nombres de lugares en el Perú, Brasil, Río de la Plata, Colombia y Venezuela con los de sitios y pueblos de Michoacán, hasta el grado de tener algunos la misma significación.

Repito que estos no son más que datos para una simple conjetura; pero ellos podrán servir á los sabios para disquisiciones formales y concienzudas. Hánme dicho que el Sr. León discurre que tales elementos más bien podrían servir para aseverar que las migraciones

1 Este curioso libro se cita por nosotros con el nombre de *Relación*, porque su contenido fué una relación hecha al primer virrey de México, D. Antonio de Mendoza.

de estos pueblos se verificaban siempre de Norte á Sur, y que si hay algo de común entre tarascos y Sur—americanos, podría decirse que estos últimos avanzaron su peregrinación hacia el Mediodía; pero esto no puede aceptarse si se tiene en cuenta que en el Perú había la tradición de que las gentes que lo poblaron habían llegado allí procedentes del *Sur*. El elegante escritor D. Sebastián Lorente en su "Historia antigua del Perú" nos describe así el origen de los peruanos: "El dios *Con* vino por la parte del *Norte*. *Con* no tenía huesos, nervios ni extremidades y marchaba con la celeridad de los espíritus. *Con* hablaba y se aplanaban las tierras, se alzaban las quebradas, la tierra se cubría de frutos y de cuanto es necesario para el sostenimiento de la vida, y nacían hombres y mujeres para gozar de la abundancia.

"Los habitantes de la costa se entregaron á toda clase de desórdenes y se olvidaron de su criador. Indignado *Con* de tanta corrupción transformó á los costeños en gatos negros y en otros animales horribles; negó las lluvias á la costa y la mansión, antes alegre y amena, se convirtió en triste y árido desierto.

"PACHACAMAC (el que anima al mundo), dios más poderoso que CON vino por la parte del SUR, ahuyentó al perseguidor de los hombres y crió la nueva generación de la que proceden los indios."

No hay que olvidar tampoco que uno de los objetos de más veneración entre los antiguos tarascos era la constelación del Sur (la cruz de Mayo), invisible para los pueblos del Norte. ¿Cómo podrían los tarascos haberla comprendido en su teogonía, si hubiesen procedido del Septentrión como los aztecas y otros pueblos? Aun duran todavía sus cantares á las "cuatro estrellas" que ellos creían ser la puerta del cielo, como puede verse en la crónica citada y en mi libro de Michoacán en el que se expresan los nombres de los soles de ese grupo sideral.

Después de escrito el "Michoacán, Paisajes, Tradiciones y Leyendas" seguí robusteciendo mi conjetura, al leer diversas obras. Para no hacer difusas mis citas, me ocuparé de unas cuantas.

El historiador Prescott en su Historia de la Conquista del Perú, hablándonos de cómo se consagraba caballero el príncipe imperial, dice: "Venía luego todo el cuerpo de la nobleza inca y comenzando por el pariente más cercano, se arrodillaban todos delante del príncipe, y le prestaban homenaje como á sucesor de la corona. Toda la reunión marchaba en seguida á la plaza principal, en donde con *danzas*, canciones y otros regocijos públicos se terminaba la importante ceremonia del *huaracu.*"—Ahora bien, el baile se llama en tarasco *huaracua* y en las grandes fiestan bailaban los nobles purépecha, llevando cada uno de ellos en las manos ramas de *quiringua*, especie de palma de forma elegante.

El mismo historiador nos refiere las ceremonias que usaban los peruanos en el entierro de los nobles. "Como creían que las ocupaciones de la vida futura eran muy semejantes á las de ésta, enterraban con los nobles que morían una parte de sus vestidos, los muebles y muchas veces sus tesoros, completando la triste ceremonia con el sacrificio de sus mujeres y criados favoritos para que les hiciesen compañía y les sirviesen en las felices regiones de la eternidad." ¿No lo hacían exactamente los tarascos en el entierro de sus reyes?

Por no dejar, hasta en el Diccionario de la lengua castellana encontramos palabras de los idiomas que se hablan en la América del Sur, idénticas á otras del tarasco. Por ejemplo: *Charapa*, que es nombre de un pueblo de Michoacán, situado sobre una loma de tierra colorada, dice el Diccionario que es el nombre de una tortuga que abunda en las aguas del Marañón.—*Turicha*, nombre que en varios pueblos de la sierra he oído dar á los *tordos* y que significa *los negros*, es, según el mismo Diccionario, una ave de la Nueva Granada, algo menor que el tordo.

Ni sólo los tarascos creían que sus progenitores habían venido del Perú. En el Diccionario de Geografía y Estadística, Apéndice, tomo II, pág. 569, leemos que los indios *huaves*, que habitan en los lagos y costas del Pacífico en Oaxaca y Chiapas, según su tradición vinieron originariamente del Perú, es decir, que según las palabras del Sr. León tienen un origen *incaico*.

Por último, en el forro de la segunda entrega del año 4º (1891) de los "Anales del Museo Michoacano" de que era redactor único el Dr. Nicolás León, hay un aviso al lector de varios escritos originales que el mismo Sr. León "tenía preparados y en preparación" para formar el volumen 4º de los ANALES." Entre ellos figura uno con el título de "La cerámica tarasca comparada con la peruana." Debo advertir que ese forro se publicó antes de que se imprimiese mi libro de *Michoacán*, de modo que ya el Sr. Dr. León había hallado alguna semejanza entre las cosas de los *incas* y las de los *purépecha*.

En cuanto al tercer punto de la bibliografía que contiene la gramática tarasca, no tengo otra cosa que hacer por ahora que dar las más cumplidas gracias al Sr. León por su bondadosa cortesía. Si alguna vez fuere preciso que nos ocupemos de los conocimientos que él y yo podemos poseer del idioma tarasco, lo haré con la extensión debida, pues hay paño de donde cortar.

Lo escrito en las líneas que preceden podría servir de un segundo prólogo á mi tantas veces repetido libro de "Michoacán, Paisajes, Tradiciones y Leyendas" que publiqué en 1891, si posible me fuera hacer una segunda edición, pues que la primera se agotó por completo; pero mis ocupaciones y enfermedades me lo impedirán; por lo que me he apresurado aquí á hacer las rectificaciones que acaban de leerse, y prefiero emplear el poco tiempo de que puedo disponer en publicar este nuevo volumen que lleva el mismo título que aquella obra, no porque sea precisamente el tomo segundo de ella, ni porque entre ambas haya un enlace necesario, sino porque las dos contienen tradiciones y leyendas históricas de Michoacán. En la primera se refieren las que son anteriores á la Conquista, en la presente se relatan las que le son coetáneas ó posteriores. En aquéllas se habla del estado de barbarie en que se encontraban sumidos estos pueblos que, sin embargo, avanzaban paso á paso en el sendero de una civilización, si extraña, cada día más y más creciente; en éste se consignan los esfuerzos heróicos de los primeros misioneros que vinieron á la Nueva España á predicar el Evangelio. A ellos y sólo á ellos, por sus grandes virtudes y su amor á los indios, se debió que la conquista se afirmase y que reinara por tres siglos una paz relativa. Los indios abrazaron el catolicismo, siquiera fuese en sus manifestaciones exteriores; mas sucedió que tanto olvidaron el curso de su antigua civilización, como no aprendieron los medios de la que trajeron los europeos. La raza primitiva se está extinguiendo, víctima de la miseria y de la ignorancia. ¿Tuvieron de esto la culpa aquellos infatigables misioneros? Ellos dieron el primer paso para hacer entrar á los indios en la nueva vía de progreso; desgraciadamente no fueron secundados por sus sucesores que sólo procuraron enriquecerse á costa de aquellos desgraciados, y que de predicadores del Evangelio se convirtieron en tribunos políticos. Así es que de degeneración y no de regeneración les sirvió haber adoptado el nuevo culto tan aparatoso y solemne, y que con sus gastos ha aniquilado la riqueza de los indios, fanatizados durante los tres siglos.

No fué este por cierto el porvenir que para sus amados hijos los indios, quisieron preparar los admirables frailes franciscanos, por medio de su palabra, y sobre todo por medio de su ejemplo. La humanidad debe estarles agradecida, por más que no hayan logrado su objeto, y la historia no debe olvidar la sublime labor que llevaron á cabo durante su existencia.

Eduardo Ruiz.

A LA MEMORIA DE MI ESPOSA

FRANCISCA SALGADO DE RUIZ.

¡SIEMPRE!

En el pueblo donde se deslizaron los días de mi niñez hay una humilde casa; alegre y bulliciosa en otro tiempo y hoy triste y solitaria.

A pocos pasos de ella se levanta la iglesia parroquial con su pequeña torre de tosca arquitectura; y al frente, limitan una plazuela corpulentos y frondosos fresnos, que acotan un modesto jardín, en el que cuidadosamente han sido trasplantadas y crecen, llenas de vida, las más hermosas flores silvestres de las cercanías. Paralela á la línea de fresnos, hay otra de naranjos jóvenes que ostentan ya, lozanos ¡y exuberantes, sus ramas vestidas de un verde luciente y cuajadas de blancos azahares. En las bifurcaciones de los fresnos hay numerosas y variadas orquídeas,—bellísimas y esplendorosas flores parásitas, que en aquellos jardines aéreos, son otros tantos pebeteros de suave y delicada fragancia.

En el patio de la blanca y bulliciosa casita hay albas "rosatés," nacaradas "rosas—reinas," tulíperos esbeltos, gallardas y gentiles azucenas, azáleas y gardenias de espléndida belleza, rojos claveles y tristes y melancólicos geranios.

Flotan al viento las altas y brillantes hojas de un plátano mulato, y un surtidor de agua, más pura y transparente que el cristal de roca, salta alegre por enmedio de aquellas flores, llevando su murmurio al oído encantado con tantas armonías.

Por la mañana, despertaba á los moradores de aquella casa el gorjeo de millares de gorriones que desde lo alto de los fresnos saludaban la presencia de la aurora,—concierto dulcísimo como el eco lejano y misterioso de un coro de ángeles al bendecir á Dios.

Después, penetraba por las persianas de la casa el primer rayo del sol, alegre y rico de esperanzas como un mensajero de vida.

Llenábase de claridad la humilde estancia y cruzaban millones de átomos brillantes por la estela luminosa.

Derramaba el contento su bálsamo de felicidad en los corazones de aquellas gentes.

Luego, al espirar el toque de una campana de alegres y argentinas vibraciones, la voz augusta y solemne del órgano de la vecina iglesia llegaba al aposento, llenándolo de religiosas notas que convidaban á la oración.

Aquel gorjeo de los pájaros, las emanaciones del jardín, el murmurio de la fuente, el primer rayo del sol, la estrepitosa voz de la campana, la música del templo, derramaban tesoros de felicidad en la familia que habitaba la humilde y bulliciosa casita.

El padre se preparaba para ir á sus trabajos de campo, para ver florecer los cafetos y aspirar el perfume de sus virginales y castísimas flores; la madre con sus trenzas de oro y sus ojos impregnados de infinita ternura, llenaba con su presencia aquella mansión; y ora fijase una mirada de infinito amor en su marido, ora cubriese de besos á sus tiernos hijos, siempre el ángel tutelar de la casa iba respetuoso á su lado.

A poco llegaban á completar ese idilio dos ancianos llenos aún de la savia de la vida y fuertes de salud.

Eran los fundadores de aquel hogar, sobre el cual, con mano firme, derramaban día á día las santas bendiciones del cariño. ¡¡¡Las bendiciones del abuelo!!!

¡Qué bella, qué dulce es la felicidad!

¡Tristísimo es el otoño! La naturaleza se recoge transida de frío, como la crisálida próxima á sufrir una transformación.

Se desliza el viento sobre la superficie de la tierra, como si viniese huyendo de los fúnebres hielos del Norte, en busca de las regiones templadas.

Las rosas se marchitan y palidecen y mueren sus colores.

El cielo está limpio y terso: es purísimo el azul de su bóveda; pero frecuentemente cruzan por él nubes tenues, de blanca transparencia, formadas de infinito número de copos de nieve, como si una mano invisible y poderosa quisiese cubrir aquel cielo con las gasas de un albo sudario.

De día, parece que los rayos del sol queman, sin derramar sobre la tierra el fecundo calor que todo lo anima y vivifica.

De noche, el pálido disco de la luna es como una antorcha sepulcral suspendida sobre nuestras cabezas.

Oímos en el bosque extraños y melancólicos rumores, producidos por la caída de las hojas. Ese ruido semeja unas veces el roce de un vestido de seda de algún triste fantasma, así se oye crugir misteriosamente entre los troncos de los árboles; á veces esos rumores llegan á nuestros oídos como la fúnebre oración de algunas almas errantes que buscan el paraíso, y á veces suenan tiernos y lastimeros, como si el viento, al atravesar, despertara mil y mil suspiros depositados allí por el génio de la melancolía.

Los pájaros huyen despavoridos de aquellos lugares, abandonando sus desiertos nidos, poco antes poblados por el amor, y de donde acaban de partir sus polluelos, hendiendo el espacio con las alas tendidas.

Las ondas mismas del arroyo murmuran tristemente.........

———

Es la época del año en que los que viven consagran un día á la memoria de los muertos.

Las coronas y las flores que adornan los sepulcros tienen un tinte de tristeza y de dolor que oprime el corazón.

Parece que en esos instantes es más pesada, más inexorable, más fría la máno de la muerte.

Y si durante un año hemos olvidado á nuestros muertos, vamos un día á abrir las fuentes del llanto al borde de las tumbas.

¡Oh! si el fuego de las lágrimas pudiese volver la vida á aquellos séres queridos! Si el eco de una voz cariñosamente conocida respondiese á nuestros sollozos!......

Y los que tienen un padre, un hijo, un esposo, muertos en lejanas tierras y sepultados en tumbas ignoradas, ¿á dónde irán á llorar? ¿á dónde llevarán sus flores? Sus lágrimas retroceden de los ojos y caen, gota á gota, en el fondo de su corazón......

Tres séres queridos faltan en la humilde casita rodeada de jardines. Tres negros ataudes han conducido á la mansión de los muertos á los dos ancianos vigorosos todavía, y á la noble matrona de los cabellos de oro y de los ojos apacibles y puros como su alma, en cuya casta frente brillaban los destellos de la juventud.

Una mañana salió de la triste y sombría casita un hombre que conducia tres niños. Un reguero de lágrimas indicaba el camino que seguían. Abandonaban aquel albergue, de donde había desaparecido la felicidad, é iban á buscar consuelo á tierras lejanas. ¡Como si la felicidad y el consuelo pudiesen ser inseparables!

Los árboles que vieron caer de sus ramas las hojas secas que se llevó el viento, ya otra vez vuelven á cubrirse de retoños, y sus frondas se ostentan vestidas de esmeralda.

Los pájaros que abandonaron sus nidos solitarios tornan de nuevo á ellos y saludan la vida con sus dulces gorjeos.

Otras flores entreabren sus botones, impregnando de aroma virginal el ambiente que las rodea.

Los arroyos murmuran dulcemente......

Y la primavera,...... abriendo apresurada las áureas puertas de la aurora, envuelve á la tierra con su caliente manto, sembrando por doquiera los eficaces gérmenes de la fecundación, de esa alma diosa que, en el misterio de su actividad, despierta periódicamente en el mundo, para hacerlo renacer bajo el imperio de su mirada omnipotente.

———

Sueltan su voz sonora y alegre las campanas llamando á la oración; el órgano llena el viento con la melodía de sus solemnes y religiosas notas......... y un rayo de sol, purísimo y brillante, penetra por las persianas de la blanca y humilde casita y va á iluminar una alcoba ..... desierta y solitaria para siempre......!

Uruápan, Marzo de 1881.

EDUARDO RUIZ.

EL FRATRICIDIO.

I

Eran los últimos días de Noviembre del año de 1519.

La parte del lago de Pátzcuaro que se extiende al pie de la ciudad de Tzintzúnzan se rizaba en infinitas ondas de color plomizo como finísimo encaje de una sombría vestidura.

Soplaba un viento helado y sutil que azotaba el rostro de los hombres, que atería los brazos de las mujeres y que obligaba á los niños á encerrarse en el interior de las habitaciones en torno de la lumbre del hogar. En el bosque, á impulsos del cierzo, se desprendían de los árboles las hojas marchitas que se arrastraban en el suelo produciendo un rumor siniestro, semejante al ruído de pasos de fantasmas invisibles.

De cuando en cuando, tañía lúgubremente la *quiringua* en lo alto de los templos, llamando á los fieles á la oración de la tarde.

II

A esa hora, el anciano rey Siguangua recorría á pasos lentos el amplio corredor del palacio.

El cielo estaba terso y puro como lo está en esas frías noches de Noviembre en que parece que las estrellas titilan más rápidamente, en que la luna derrama una luz más argentina y en que es más insondable el abismo del espacio.

Pero no era para contemplar el misterio de la bóveda celeste para lo que el monarca había abandonado el interior de sus aposentos. Honda pena se dibujaba en su frente rugosa por los años y los pesares. De tiempo en tiempo sus ojos despedían una mirada de inquietud, fijándose ansiosos en la puerta principal del alcázar.

En ese día esperaba la llegada de los mensajeros que había enviado á México, en compañía de los embajadores del emperador Motecuhzoma, cuando este príncipe solicitó su auxilio contra los extraños hombres que, venidos en mala hora del oriente, avanzaban sobre la capital del Anáhuac. Los mensajeros debían traerle noticias ciertas de los sucesos.

III

De repente se escuchó el timbre dulcísimo de una voz de mujer entonando un himno religioso. La frente del monarca se despejó como por encanto: una mirada apacible, semejante al tenue fulgor de una antorcha próxima á extinguirse, irradió en sus ojos, cansados ya por la edad, y se dibujó en sus labios una sonrisa de amor y de dulzura.

La joven, porque joven debía ser aquella mujer, cantaba una plegaria al lucero de la tarde, á esa dulce estrella que veneraban tiernamente los tarascos. Hé aquí una estrofa de aquel canto:

"Oh tú, hermoso mensajero de los dioses, que te ostentas en el azul del cielo con un brillo tan puro como si hubieses arrebatado al sol la lumbre de su disco, velada con el manto del crepúsculo, escucha nuestro canto y derrama sobre nosotros tu dulce placidez."

Quien así interrumpía el silencio de la noche era la apacible y casta *Sesángari* (la que tiene el semblante hermoso), la más joven de las esposas del monarca, la tierna niña de diez y seis años que llenaba con su hermosura el espléndido serrallo de Siguangua.

IV

¿De dónde habían traído aquella flor, trasplantada hoy en los jardines de la imperial ciudad?

Los comerciantes que sin cesar recorrían el dilatado reino de Michoacán habían referido al rey que en el fondo de la más obscura serranía, en el oculto pueblo de Patamban, existía, hija única del cacique, una niña cuya singular belleza no tenía rival entre todas las mujeres de la tierra. Decían que su seno apenas comenzaba á ondular como las primeras olas que la brisa infla durante la mañana en la superficie del lago, y que, sin embargo, su talle se alzaba ya, flexible y enhiesto, como los pinos de cinco años que alardean su gallardía.

Al escuchar la nueva, Siguangua sintió que su pecho despertaba de su sueño senil, como si una nueva juventud virtiese en sus venas el filtro del amor.

Llamó á dos de los más respetables sacerdotes de la Corte y los envió en embajada á Patamban, á donde llegaron cargados de presentes y de elocuentes *guandácuas* (arengas), á que no fueron indiferentes los padres de Sesángari.

Pocos días después, el monarca con su brillante comitiva, descendía del Yahuarhuato, uno de los cerros inmediatos á Tzintzunzan, llevando á cuestas la sagrada leña para encender el nuevo hogar. Aún no conocía á su joven prometida, pero al llegar el monarca, las matronas de la Corte condujeron á Sesángari, coronada de flores recién entreabiertas, al gran patio del alcázar. Miróla extático el anciano y observando que la adolescencia acababa apenas de ceñir aquella frente con la corona de la pubertad, tuvo compasión de la niña y no quiso sacrificar el despertar de aquella primavera á los rígores del invierno que reinaban en su propio corazón. Se desposó con ella; pero desde aquel momento solamente la amó con ese amor tierno, puro, inmenso y sublime con que un padre ama á su hija.

V

Siguangua tenía cuatro hijos varones llamados Tzimtzicha, Hatzinche, Tanimarascu y Cuyne. El primero, que era el primogénito debía heredar el trono con el nombre de Tangaxhuan II; pero aunque llegó á ser rey, los *purépecha* (este es el nombre patronímico de los habitantes de Michoacán), no lo conocieron más que con su apodo de *Tzimtzicha* por el ceceo afeminado de su voz. Y como era su voz era su carácter. Por esto Siguangua se entristecía muchas veces, pensando en el porvenir de su reino, en donde todos los monarcas habían sido valerosos guerreros que ensancharon los dominios de Michoacán, que llenaron de gloria sus ejércitos.

Muy al contrario del príncipe heredero, eran sus hermanos, valientes, abnegados, duros para la fatiga. En más de un combate habían ya probado el ímpetu de su ardor. Distinguíase entre ellos el apuesto Tanimarascu (Tanimarascu, el tenido en tercer lugar, el tercero de los hijos), para quien la guerra era el mayor placer y la caza una mera distracción. Los purépecha lo adoraban con entusiasmo y sus hermanos Hatzinche y Cuyne veían en él la esperanza del reino: eran los primeros en obedecerlo, en respetarlo y en tributarle cariño.

En aquella época en que la paz había durado largos meses, Tanimarascu, para matar la monotonía y el fastidio que devoraban su alma, había hecho un viaje á Coyucan, en donde la cacería del tigre en los bosques y la del caimán en el fondo de las aguas del río grande habían disipado su cansancio y su mal humor.

VI

Cuando á su regreso de aquella alegre excursión penetró en el alcázar real, sus ojos contemplaron maravillados la espléndida hermosura de Sesángari, aquel talle esbelto como la *tus-*

pata (nombre tarasco de la espadaña) del lago, aquella mirada á la vez brillante y dulce, como los primeros rayos del sol de la mañana, la airosa redondez de sus formas y los nacientes botones de la flor de la juventud. Daban en aquel momento mayor realce á la hermosura de la joven un blanco *guanengo* (traje flotante de las mujeres michoacanas), bordado de lucientes colores y una guirnalda de ninfeas, cuyo matiz dorado resaltaba en el ébano de la undívaga cabellera.

¿Para qué decir que Tanimarascu sintió arder en su corazón el fuego del amor? ¿Para qué ocultar que del fondo de los ojos de Sesángari surgió ante la vista del mancebo una llamarada de no sé qué lumbre misteriosa?

Jamás Tanimarascu había puesto su predilección en alguna doncella: sus ilusiones todas estaban cifradas en la guerra; mas al contemplar á Sesángari creyó llegada para él la hora de la suprema felicidad.

Un cielo de esperanza se abrió en la inmensidad de su alma cuando vió á la doncella vestida con el traje de las *guanánchecha*, de las vírgenes ingenuas, consagradas al sol, mujeres que deberían renunciar á las delicias nupciales, á menos que el rey ó los príncipes sus hijos las eligiesen para esposas y compañeras de su vida.

———

¿Por qué vestía Sesángari el traje de las doncellas?

Siguangua que, como queda dicho, sólo experimentó por la joven un inmenso cariño paternal, la alejó de su lecho y la hizo ingresar en la *guatáppera* (mansión de las guanánchecha), como si se sintiese indigno de poseer aquel tesoro que debía consagrarse más bien al rey del universo, al incandescente astro que fecunda con sus rayos todo lo creado.

Tanimarascu ignoraba este sagrado idilio. Sabía tan sólo que era él el predilecto entre los hijos de Siguangua y no dudó que su padre le otorgaría á la hermosa doncella cuando se la pidiese para esposa.

Así lo creía mientras en extática arrobación contemplaba á Sesángari. Tuvo por fin que separarse de aquel sitio, y al retirarse á sus habitaciones se encontró frente á frente con su hermano Tzimtzicha, quien con acento lleno de ironía y dibujando en sus delgados labios una sonrisa de orgullo, le dijo:

—Hermosa guanancha! Yo también he admirado sus gracias. Mas tú ignoras que esa joven es esposa de nuestro padre.

—¿Esposa de mi padre?

—Sí; Sesángari es la última mujer que Siguangua ha traido á su lado. No ha pasado aún una luna desde que ella está en la guatáppera.

—Pero si está en ese sitio, no debe ser aún la esposa del rey.

—Hé aquí tu error. Lejos de sacarla de allí para colocar en su frente la corona nupcial, la ha apartado de su lecho, y pura é inocente, la ha consagrado á Dios.

—Entonces esa niña es sagrada para nosotros, exclamó Tanimarascu, en cuyo corazón se despertaron los celos. Entonces Sesángari no puede pertenecer á ningún hombre.

—Vas muy lejos en tu pensamiento, hermano mío, repuso Tzimtzicha. Mi padre está ya muy anciano y no pasará mucho tiempo sin que yo sea el heredero de cuanto posee.

Tarimarascu se mordió los labios de cólera y lanzó una mirada de desprecio á su hermano. Cogió una flecha de su carcax; pero el cielo no permitió que durase la terrible idea que había cruzado por su mente. Armó el arco y apuntó á una blanca mariposa que con vuelo tortuoso pasaba á veinte pasos de distancia y que cayó dividida en dos mitades atravesada por la saeta.

Tzimtzicha, que no había perdido uno de los movimientos de su hermano, palideció hasta la lividez y se alejó precipitadamente, lleno el pecho de envidia y de temor.

VII

El anciano Siguangua había estado oyendo largo rato el dulce canto de Sesángari. Después, la doncella varió de tema y con voz trémula de emoción, entonó otra plegaria á la luna, diosa de los tarascos, terrible é inexorable si preside los combates ó los sacrificios, pero misteriosa y tierna cuando en noche serena recorre los espacios infinitos, auyentando con su luz apacible las tinieblas que envuelven á la tierra.

"Madre,—cantaba Sesángari,—tú que sigues tu marcha á través del firmamento, seguida de un cortejo de estrellas, protege á los puréppecha que son tus hijos y que te adoran y te temen. Prolonga los días de nuestro rey que es tu vasallo y en quien el pueblo cifra su esperanza. Tú que recoges, al venir la noche, los últimos rayos de nuestro padre el sol y los derramas pálidos sobre la haz de la tierra, ilumina nuestra alma para que sepamos adorarte. Tú que has atravesado, casta y solitaria en medio de los tiempos, conserva en nosotras, las vírgenes del sol, la pureza del corazón para que cuando muramos, nuestras almas se conviertan en estrellas que te acompañen en el cielo."

Así cantaba la doncella. El anciano la escuchaba absorto y complacido, cuando vino á distraer su atención creciente rumor de voces.

Un numeroso grupo de personas se acercaba al palacio. El rey comprendió que llegaban los embajadores. En efecto, aparecieron rodeados de grande acompañamiento de nobles, distinguiéndose de éstos en el ancho manto de algodón de exquisita blancura que atado con un nudo en el pecho caía en ondulantes pliegues; las plumas de su penacho flotaban inclinadas á la espalda; sostenían en el brazo izquierdo un escudo redondo y una larga saeta en la mano derecha.

El rey se había dirigido al salón principal del palacio y allí recibió á la comitiva. Los embajadores dieron cuenta de su

comisión é informaron cómo eran los extranjeros, las armas
que usaban, y dijeron además, que traían consigo unos animales más grandes y más fuertes que los venados; que á veces
los españoles formaban un solo cuerpo con dichos animales,
los que, entonces, despedían rayos por los ojos, echaban espuma por la boca y eran más ligeros que el viento.

Admirado Siguangua preguntó de dónde habían adquirido
los extranjeros animales tan extraños.

—No sabemos, señor—contestó el más anciano de los mensajeros—pero hay una antigua tradición que pudiera expli-
carlo.

—Refiérela.

—Cuentan [1] que los dioses Cupánzueri y Caheri hirepe ju-
gaban á la pelota y que habiendo vencido aquél, sacrificó á su
competidor en un pueblo llamado Xacona. La esposa de Caheri hirepe que vivía en tierra caliente dió á luz un niño, el
cual, habiendo crecido, se hizo cazador; y cierta vez que apun-
taba con su flecha á una iguana, le habló ésta y le dijo: "no
me fleches; mira que á tu padre lo sacrificaron y está enterrado en Xacona." El mancebo deseoso de vengar al autor de
sus días, fué al lugar en que estaba la yácata ó sepulcro de su
padre, cavó largo rato y sacó el esqueleto que se echó á cuestas. Ya iba en camino, cuando en un herbazar vió una bandada de codornices y dejó á su padre para tirarles. Las aves emprendieron el vuelo, y cuando el flechador volvió al sitio en
que se hallaban los restos de Caheri hirepe, halló á éste convertido en un animal grande, como venado, con una cola larga y cabellera en la cerviz, y oyó que le decía: "por ahora no
me volveréis á ver; llegará un día en que torne, entonces vosotros huiréis como codornices." Y fuése el animal hacia el
oriente, por donde vienen los extranjeros, y nadie volvió á
verlo.

El rey inclinó la frente, y lleno de tristeza escuchó el resto

1 Relación, pág. 79.

del mensaje, que en substancia consistía en el auxilio deman-
dado por Motecuhzoma para la guerra contra los españoles.

—No podemos tener confianza en los mexicanos,—contestó
Siguangua—acaso sólo tratan de entregarnos á los españoles.
Aquí pelearemos para defender nuestras tierras. Entretanto,
que el pueblo se consagre á la oración y que los sacerdotes no
descansen en hacer ofrendas á los dioses.

VIII

Los embajadores y su séquito se retiraron. Allá, en el fondo del salón, sólo quedó Siguangua con la frente reclinada en
las manos. Más de una lágrima surcó las rugosas mejillas del
anciano, yéndose á estrellar en el suelo.

Quién sabe cuánto tiempo habría permanecido en esta actitud, si no le hubiese sacado de su arrobamiento un ligero ruido de pasos.

—¿Por qué está triste hasta la muerte el rey de los purépecha?—Preguntó Sesángari, entrando al aposento.—Si los años
han marchitado el árbol de tu vida, tu esclava es una flor que
lo rejuvenecerá; si algún pesar hiela tus venas, aquí tienes mi
sangre pura y caliente para despertar con su calor las alegrías
muertas de tu corazón.

—Pobre niña—respondió el anciano.—Yo moriré enmedio
de mi pueblo y rodeado de mis hijos; mas ¿qué será de uno y
otros después de mi muerte? ¿Qué será de tí, blanca flor que
llenas el jardín de mi vida, cuando ésta se agote y te falte la
savia de mi amor paternal? Los días del reino están contados.

—Ya sé que avanzan sobre México unos osados extranjeros;
pero Motecuhzoma es grande y poderoso; y más grande y valiente eres tú, rey de los invencibles purépecha.

—Ojalá que tus labios dijeran verdad. Mucho tiempo hace
que están fundadas México y Michoacán. En estos dos reinos

se miraban los dioses. [1] Pero desde que el sol cruza por los cielos, jamás se había oído decir que viniesen esos hombres extraños. ¿Serán acaso sobrenaturales?

—Padre mío, dicen que vienen por el mar, y que son hombres de otras tierras.

—Verdad es que vienen por el mar; pero el mar se junta con el cielo. Del cielo vienen, hija, y no los podremos vencer.

—Desecha esos temores, padre mío. ¿Nuestros antepasados no vinieron también del cielo traídos por los rayos del sol? ¿Por qué no han de poder luchar los purépecha contra esos hombres extraños?

—Ah! los purépecha son leales y valientes; mas si yo muero, ¿quién los conducirá al combate? Tzimtzicha tiembla delante del enemigo.

—Es hijo tuyo también el príncipe Tanimarascu, el denodado capitán que lleva siempre á nuestros guerreros por el camino de la gloria.

—El rey quedó pensativo, y después de algunos instantes levantó los ojos al cielo como para pedirle inspiración. Después volviendo su mirada hacia la joven, exclamó con misterioso acento:

—*Tatá huriata himbó.*—Tú serás la reina de esta tierra! Ve á reunirte, hija mía, con tus hermanas las vírgenes del sol.

IX

Sesángari salió del salón, meditando en las últimas palabras del rey. ¿Qué misterio encerraban? Lejos de retenerla Siguangua en sus aposentos, la mandaba tornar al santuario de la virginidad. Una idea que surgió en su pensamiento la hizo estremecer hasta la última de sus fibras. ¿No era costumbre sagrada en el reino de Michoacán que, al morir el monarca, el príncipe que le sucedía en la corona tomase por esposas su-

1 Relación, pág. 78.

yas á las esposas de su difunto padre? Ella debía pertenecer en consecuencia á Tzimtzicha.........

La joven desechó esta idea: había algo en lo íntimo de su corazón, como una voz celestial, que le decía: ¡eso no puede suceder! ¿No es también una costumbre sagrada que al morir el rey sacrifican algunas de sus mujeres para que lo acompañen en el eterno viaje? ¡Qué hermoso, qué dulce sería para ella servir de báculo al anciano en el viaje sin fin!

X

Tzimtzicha, retraído de sus hermanos, alejado siempre del pueblo, sintiendo contra aquéllos un odio profundo y contra éste un desprecio altanero, veía pasar los días de su padre en una ancianidad creciente. Pensaba en que era ya largo el reinado de Siguangua. Y pensaba también en Sesángari; en el momento en que debería recibirla pura, como las vírgenes del sol, saliendo intacta del frío lecho del monarca.

¿Tan grande era el amor que Tzimtzicha experimentaba por la joven? ¡Oh, no! La posesión de Sesángari era tan sólo un triunfo que obtenía sobre Tanimarascu, el aborrecido objeto de su envidia. Y al pensar en esto, Tzimtzicha sonreía satisfecho, con la sonrisa del malvado.

XI

Hacía muchos días que los habitantes de Tzintzúnzan veían á Tanimarascu vagar triste y silencioso por los vecinos bosques. Había hecho de su corazón un santuario para colocar en él la imagen de Sesángari; pero á veces lo atormentaba el pensamiento de que también había erigido allí un altar al sacrilegio. Tan sagrada era para él Sesángari, esposa de Siguangua, como más tarde esposa de Tzimtzicha. Entonces, invocando al ángel del deber, hacía un supremo esfuerzo para arrojar de su corazón hasta el menor recuerdo de la niña. Aquel esfuerzo era superior á su voluntad. Y corría al fondo de la selva para que nadie pudiera escuchar sus gritos, llamando á Sesángari. Y cuando el viento gemía entre los pinos, ó cuando se dejaba oir el canto de algún pájaro distante, le parecía que la voz de Sesángari murmuraba á su oído juramentos de amor. De nuevo vacilaba, se estremecía azorado é invocaba á los dioses, pidiéndoles que cuanto antes hiciesen llegar á Michoacán á aquellos extranjeros que traían la muerte en el trueno y en los rayos que despedían sus armas.

XII

¡*Tatá huriata himbó!* había exclamado el rey al despedir á la doncella. Esas palabras significaban: "¡por nuestro padre el sol!" y eran entre los purépecha el juramento más solemne que podían pronunciar labios humanos.

Siguangua había concebido una idea que podría ser la salvación de su reino y el cumplimiento de un voto secreto de su corazón.

Había entre sus consejeros un anciano respetable llamado Timas, en cuyos labios la sabiduría se convertía en palabras llenas de juicio, y á veces de seguras predicciones. Lo llamó á su lado y tuvo con él una dilatada conferencia.

Cuando Timas salió del aposento real sus ojos brillaban de alegría.

—Señor—dijo al despedirse de Siguangua — Que los dioses me perdonen; pero tus palabras son órdenes, y tu pensamiento es noble y generoso para con la patria.

XIII

En las altas horas de aquella misma noche Tanimarascu se dirigió á la alcoba del rey: al entrar, sus ojos se fijaron en Sesángari, que besaba apasionadamente la cabeza del anciano. El príncipe sintió que un abismo se abría á sus pies; hizo un esfuerzo poderoso sobre sí mismo y trató de retirarse,

—Espera—le dijo Siguangua—Te he mandado llamar para que escuches mis órdenes.

La jóven levantó sus ojós y miró al guerrero con inmensa ternura. Tanim arascu acabó de serenarse y se acercó al lecho del monarca. Este atrajo hacia sí á los dos jóvenes, y en voz baja deslizó en sus oídos unas cuantas palabras......

El príncipe y la esposa del rey se miraron, con una mirada tan profunda como si el destello que la iluminaba hubiese atravesado la inmensidad del cielo.

XIV

Desde aquel día Tanimarascu y Sesángari no ocultaban su mutuo amor, por más que la prudencia velase con su manto aquel infinito cariño.

Los cortesanos comenzaron á murmurar y estas murmuraciones llegaron á oídos de Tzimtzicha. Se decía que el anciano rey iba á convocar á los sacerdotes y régulos de todo el imperio para que su matrimonio con Sesángari fuese solemnemente anulado. En el pueblo se dividieron las opiniones; quiénes decían que jamás entre los purépecha se había visto que pudiesen separarse dos esposos unidos bajo los auspicios del sol y de la luna; que las leyes sólo permitían que el marido repudiara á la mujer en caso de infidelidad, sin que ésta pudiese contraer nuevo matrimonio. Otros decían que no se trataba de repudiar á Sesángari, cuyas virtudes eran reconocidas por todos, sino simplemente de declarar inválido un matrimonio que ya lo era por la naturaleza, circunstancia esta última que jamás se había presentado en la historia de los reyés de Michoacán.

No había uno solo de los cortesanos que no emitiera su pa-

recer en uno ú otro sentido; pero no había uno solo tampoco
que no fuera partidario de Tanimarascu, y que no deseara para la feliz pareja una 'decisión favorable.

Solamente Timas permanecía obstinadamente reservado, lo
cual aumentaba la ansiedad de todos por conocer su opinión
que, como siempre, debería ser prudente y sabia.

Sin embargo, algunos curiosos lo habían visto hablar misteriosamente con Tzimtzicha. El heredero del trono se mostraba cada día más taciturno. Se veía centellear en sus ojos el
fuego de la venganza. Algunos de los favoritos contaban, bajo
la más absoluta reserva, haberle oído pronunciar las siguientes palabras: "Antes de que se verifique tal infamia me rebe-
laré contra mi padre y mataré á mis hermanos."

X V

Más y más iba excitando los ánimos esta cuestión de tan se-
rias trascendencias para el reino, y, como sucede en semejantes casos, hasta se formó un pequeño partido en favor de Tzimtzicha, quien envalentonado por estas manifestaciones, perdió
toda prudencia y hablaba ya como rebelde.

Quién sabe hasta qué punto habría tomado grandes proporciones tal estado de cosas, si no fuera porque repentinamente
llegó á la ciudad la noticia de la muerte de Motecuhzoma y de
la derrota de los españoles en la noche triste.

La alegría estalló en todas partes; los purépecha se entregaron á las fiestas y al regocijo. La esperanza volvió á prometer
á aquellas gentes días de tranquilidad y de ventura. Por todas
partes se decía que los extranjeros habían sido aniquilados.

X V I

Todo es entusiasmo y contento en el país de las montañas
y los lagos...... .

Mas ¿qué espectro invisible, pero implacable y sediento de sangre, recorre la extensión de Michoacán? Sus flechas hieren de muerte á los purépecha; en lo alto del templo sacrifica á los sacerdotes, diezma las filas de los guerreros; envenena la leche de las madres y deforma el semblante hermoso de las doncellas; sorprende á los niños en la cuna y los devora sin piedad.

¡Ya no bastan las sepulturas para enterrar tantos cadáveres!

¡El aire está emponzoñado y por doquiera se respira el aliento de la muerte!

¡Aquel espectro es......... la viruela, espantosa aliada de los españoles![1]

XVII

Enmedio de tan terrible situación, Siguangua convoca á la nobleza para tratar en el consejo asuntos de vital importancia.

Llega la hora de la cita: los Señores acuden tristes y cabizbajos; pues cada uno de ellos ha visto desaparecer en su hogar las prendas más queridas de su familia, víctimas de la inexorable epidemia.

El concurso es, sin embargo, numeroso en las antesalas y permanecen aún cerradas las puertas del salón principal.

En los grupos reina el silencio. Solamente en un sitio apartado hablan en voz baja Timas y Tzimtzicha.

—No olvides—decía aquél—no olvides que las tradiciones son sagradas y que los purépecha sólo seguirán al combate al rey que sea legítimo. Sostén tus derechos con toda energía, jura que serás el más valiente entre todos los guerreros del reino.

1 El negro Francisco Eguía que vino de grumete en la escuadra de Pánfilo de Narváez, fué el que, hallándose enfermo de tan terrible mal, trajo en 1520 el contagio que tantas víctimas hizo entre los indios de la América.

Los tarascos llaman á la viruela *cuarúshecua*, cuyo significado no he podido averiguar.

—Lo haré, lo haré, contestó el príncipe á Timas, que ocultaba una sonrisa de ironía; pero si el rey se arrepiente y antes de abdicar me envía á la guerra, ¿qué haré entonces?

—El rey está resuelto á abdicar, pero exigirá de tí que previamente vuelvas victorioso de la campaña.

—Y cuando yo sea rey ¿podré vengarme de mis enemigos?

—Te vengarás de ellos, Tzimtzicha.........

Timas miró con ojos indignados al príncipe, horrorizado de que en aquel pecho no hubiese más que envidia y cobardía, y tentado estaba á no seguir, por su parte, la intriga que Siguangua y él habían concertado para despertar la ambición de Tzimtzicha, y comprometerlo á cometer toda clase de atentados que lo hiciesen más impopular.

Verdad que había sido siempre costumbre entre los tarascos que ocupase el trono el primogénito del rey que acababa de morir; pero es cierto también que el monarca tenía la facultad de designarlo, y los reyes aliados y los altos dignatarios de la corona la de ratificar el nombramiento: de suerte que, si no de hecho, de derecho la monarquía era electiva. A Siguangua le pareció más fácil, de acuerdo con los consejos de Timas, romper la tradición, abdicando el trono, que designar sucesor para después de su muerte: así podría imponer su respeto para evitar la anarquía ó los trastornos que pudieran sobrevenir.

Por su parte, Tzimtzicha, que era profundamente astuto, no omitía medio de hacerse de partidarios, logrando reclutar el mayor número entre los sacerdotes, cuya codicia halagó con promesas de cuantiosos bienes.

XVlll

Aún continúan cerradas las puertas del salón principal. La mucheducmbre de cortesanos comienza á dar señales de impaciencia.

De improviso se escuchan gritos de angustia que proceden de la alcoba real. Se oyen los sollozos de las esposas y de las hijas del monarca.

Siguangua está herido de muerte; un frío intenso ha invadido todos los miembros de su cuerpo; en seguida, fuego voraz lo quema desde la epidermis hasta las entrañas. Se enrojece el semblante y una sed inextinguible lo martiriza. ¡La viruela cierne sobre él sus alas de muerte!

En un momento, en que el delirio parece abandonarlo, hace entrar á su aposento á los nobles convocados y les habla en los siguientes términos:

—Nobles señores de las cuatro partes del mundo, la muerte ha traspasado el umbral de mi choza. Los dioses de las cuatro estrellas abren ya para mí las puertas del cielo. Escuchadme, vosotros los *guanaxheos*, que coronáis vuestras frentes con el salvaje fruto del pino; *moradores de Zacapu*, descendientes de los invencibles *tecos;* ardorosos *huetama* que habitáis en las márgenes del más grande de los ríos, y vosotros *iniani* que tenéis vuestras chozas en las montañas de la Sierra Madre, ya sabéis que han venido del Oriente unos hombres que se dicen hijos del sol y que intentan arrebatarnos nuestras tierras. ¿No tiene hijos Curicaueri? ¿No los tiene Xaratanga, aunque casta y solitaria? Entonces ¿quiénes somos nosotros? Los dioses han venido á mi alma que estaba obscura y la iluminaron. Los dioses han escogido al príncipe Tanimarascu para que sea rey después de mi muerte, para que sea el caudillo que conduzca á nuestros ejércitos á vencer á los extranjeros.

Los nobles se miraron atónitos y dentro de su pecho sentían renacer la confianza en la victoria, pues todos amaban á Tanimarascu y juzgaban que era el único capaz de afrontar el peligro que amenazaba al país.

—Señor—se atrevió á decir Tzimtzicha, fijando su mirada en Timas que apartaba sus ojos y guardaba profundo silencio —Señor, ¿porqué hemos de romper nuestras tradiciones? Y luego, dirigiéndose á los nobles, continuó:

—Ya lo veis, señores, nuestro rey es víctima de esa horrible enfermedad cuyo primer síntoma es el delirio. ¿Podremos obedecer á quien habla por boca de la demencia?

—No; gritaba el rey—no quebréis mis palabras; traed leña para los templos, que no sin propósito vienen los extranjeros. ¡Que se levante la gente de guerra! ¡Que no se quejen los cobardes, porque no los han de oir los dioses!

—Bien has dicho, señor—respondieron los nobles, temerosos de que siguiese á más la exaltación del rey.—Esto mismo que mandas diremos á la gente.

Así hablaron en alta voz; pero unos á otros se decían por lo bajo:

—¿Acaso estará loco el rey? ¿Qué haremos?

—Obedecer á nuestra madre Cuerápperi,[1] exclamó con voz robusta Timas, para que fuese oído por el rey, por los nobles y por Tzimtzicha. A todos les pareció que la sabiduría hablaba por los labios de aquel hombre respetable.

XIX

Triste y desolada está la imperial Tzintzuntzan. Corre sobre ella el soplo de la muerte. En cada casa hay lugares vacíos en torno del hogar.

Profundamente triste y desolada está la imperial Tzintzuntzan. La implacable muerte ha penetrado al interior del alcázar.

¡El rey ha muerto!

Los habitantes de la ciudad, sombríos, espantados, ocurren á contemplar el augusto cadáver.

Los correos salieron en todas direcciones, llevando la infausta nueva, y en esa misma noche en todo el imperio de Michoacán se lloraba la muerte de Siguangua.[2]

1 Véase todo este pasaje en la Relación p. 83.
2 Se sabe que los tarascos, lo mismo que los mexicanos, tenían correos situados en todas las poblaciones. Esos mensajeros se transmitían de unos á otros los recados y corrían á todo escape.

¡Triste y desolado está el reino de Michoacán!

XX

Pasados los funerales se reunieron en el palacio los reyes aliados y los principales señores de la Corte con el objeto de proclamar al nuevo emperador. El cacique de Coyucan que presidía el consejo, manifestó que la voluntad de Siguangua había sido que le sucediera en el trono el príncipe Tanimarascu; el de Pátzcuaro expuso que el rey, cuando hizo tal designación, se hallaba acometido del delirio y su voluntad por lo tanto no había sido determinada por la sana razón. El debate se acaloró entre ambos régulos y estaba á punto de decidirlo el de Tzacapu, en favor de Tanimarascu, cuando se presentaron en el salón los grandes sacerdotes del sol y de la luna revestidos con las insignias de su elevado carácter. El jefe principal habló de esta suerte:

—Reyes de los purépecha! Sois la cabeza y el corazón de nuestro pueblo, el arca en que se depositan sus destinos. Por vuestros labios hablan los dioses de las cuatro partes del mundo. Mas vuestro consejo no puede integrarse sin el voto de los dos grandes sacerdotes, el de nuestro padre el Sol y el de nuestra madre la Luna. Nosotros hemos orado esta noche en el templo y la gran diosa Cuerápperi ha murmurado en nuestro oído. "¿Por qué quebráis mis leyes?—nos ha dicho.— Siempre el príncipe primogénito ha heredado el trono. ¿Por qué rompéis la cadena que va eslabonando uno á uno á los reyes de Michoacán? El sol es mi hijo primogénito ¿acaso el lucero ha de ser el rey del firmamento?" Así habló nuestra madre Cuerápperi y su voz se alejó de nuestro oído. En aquel momento la aurora echaba un velo á la luz del lucero, en tanto que radiante de explendor aparecía en el oriente la lumbre del rey del universo.

No había que decir más. El consejo resolvió unanimemente y el cacique de Coyucan dirigiéndose á Tzimtzicha, le dijo:

—Señor, sé rey. ¿Cómo ha de quedar desierto y anublado el reino?

—No digáis eso, señores—respondió Tzimtzicha—dad el cetro á alguno de mis hermanos menores:[1] yo seré padre de ellos ó sea el rey el Señor de Coyucan.

Entonces Timas, mordiéndose los labios contestó:

—¿Qué dices, señor? Rey tienes que ser. ¿Quieres que te quiten el señorío tus hermanos menores? Obedece á nuestra madre. Cuerápperi.

Timas hablaba así convencido de que la guerra civil en aquellos momentos sería la ruina del imperio; pero su semblante revelaba el despecho de la intriga abortada.

Tzimtzicha aceptó el trono. En sus ojos brillaba la siniestra luz de la venganza.

XXI

Aún reina el luto en el palacio de Siguangua: aún se reunen en torno del hogar, para llorarlo, sus esposas y entre las cuales la inconsolable Sesángari; los príncipes Tanimarascu, Atzinche y Cuyne, y los parientes más allegados.

Era la última hora de la tarde. Soplaba agudo cierzo. Sobre lo elevados montes inmediatos á Tzintzumtzan cruzaban á gran prisa nubes sombrías que parecían brotar incesantemente del fondo de los bosques. El lago se rizaba en infinitas ondas espumosas. Había no sé qué angustias de tristeza, como si los dioses sufriesen en el cielo.

Un mensajero penetra en el palacio é intima á las mujeres que se dirijan á la presencia de Tzimtzicha. ¿Cómo no obedecer? ¿No son ya las esposas del nuevo rey? Se miran unas á otras y parten enmedio de profundo silencio.

Sólo Sesángari permanece en pie, indecisa, como si alguna fuerza sobrenatural la tuviese enclavada en aquel sitio. Las lágrimas de sus ojos corren abundantemente. En aquel mo-

1 Relación, pág. 85.

mento su mirada se fija en Tanimarascu que está escogiendo dos flechas, las más agudas que hay en su carcax. Ya extiende el arco, cuya cuerda vibra impaciente.

—Ah! sí, exclama la joven—muramos; hiere mi corazón y sepulta en el tuyo la segunda flecha.

¿Por qué se detiene Tanimarascu? El príncipe no vacila. Sólo quiere beber la última gota de amor en la mirada de Sesángari.

Pero en aquel instante invaden el palacio cien guerreros salvajes.

Se oyen golpes secos de mazas que hacen pedazos los cráneos de Tanimarascu, de Atzinche y de Cuyne. Ninguno de estos exhala una queja. Los cadáveres yacen en el suelo. [1]

Sesángari, como la estatua del espanto, contempla inmóvil la matanza. Ya no hay una sola lágrima en sus ojos, ningún sollozo anuda su garganta. Se diría que el corazón ha dejado de latir en su pecho.

De repente se extremece, lanza un extraño grito, pasa sus manos por el rostro, sacude la negra cabellera....... y avanza; coge una tea de las que iluminan el palacio y la arroja al maderamen. Yérguese la llama. Siniestros torbellinos de fuego rasgan por todas partes las tinieblas. Crujen y se derrumban las techumbres y el humo ennegrece más la obscuridad de la noche.

La doncella se precipita hacia el cadáver de Tanimarascu, se arrodilla, coge la cabeza del príncipe, imprime un beso en su frente.

Una inmensa llamarada, sudario tremendo, envuelve á los amantes; se arremolina, se levanta hasta el cielo, conduciendo á la mansión divina dos almas unidas para siempre.

---

1 La crónica de donde he tomado esta verídica leyenda dice que al día siguiente Tzimtzicha declaró ante la Corte que había mandado matar á sus hermanos, "porque se echaban con sus mujeres y porque le querían quitar el señorío, y quedó solo sin tener hermanos; y después lloraba y echaba la culpa á aquel principal llamado Timas."

ERÉNDIRA.

—

PRIMERA PARTE.

EL COMIENZO DE LA CONQUISTA.

I

Después de que la ciudad de México quedó convertida en un inmenso montón de ruinas, que sirvió de pedestal á la gloria de Cuauhtemoc, Hernán Cortés, teniendo algunas noticias de las riquezas que encerraba el reino de Michoacán, envió á uno de los suyos, llamado Villadiego, á que fuese á explorar aquel país. El emisario no regresó jamás, siendo hasta hoy misteriosa su desaparición.

Por aquellos días, uno de los proveedores del ejército español, un tal Parrillas, se presentó á Cortés, diciéndole que en busca de víveres había estado en la frontera de Michoacán, y había recibido informes de la abundancia de oro y plata en aquella nación, así como de la fertilidad de sus tierras.

Deseoso el caudillo español de extender los términos de su conquista, envió de mensajeros á Francismo Montaño y á otros tres castellanos para que hablasen con el rey de Michoacán, persuadiéndolo á que abandonase la idolatría y reconociese el, favor del monarca de Castilla.

No sin grave peligro de sus personas, cumplieron Montaño y sus compañeros la difícil misión que se les encargara, y al cabo de variados incidentes, el rey de Michoacán, de nombre Tzimtzicha, ofreció su amistad y obediencia á Hernán Cortés. Hizo este rey grandes obsequios á los comisionados, y envió con ellos ricos presentes á su jefe, sin exigir en cambio de su munificencia otra cosa que un lebrel que llevaban los castellanos, animal que se había hecho notable por el gran número de indios que había devorado.

Habiendo, pues, desempeñado su comisión, los cuatro españoles regresaron á dar cuenta á Hernán Cortés, que residía entonces en Coyoacán.[1]

II

Aunque los habitantes de Tzintzuntzan habían recibido con marcado enojo á los mensajeros; al verlos salir de la ciudad, lejos de prorrumpir en gritos de alegría, se dividieron en grupos en los que, en voz baja, se comentaba el objeto que á la imperial ciudad había conducido á aquellos hombres extraños. La desconfianza, si nó el temor, se revelaba en todas las conversaciones. ¿Imitaría el rey de Michoacán al débil Motecuhzoma? Entonces el país de las montañas, y de los lagos, y de los campos de verdura, ya no sería la mansión de las águilas que, libres y soberanas, se cernían altaneras en aquel cielo azul y transparente, sino un desierto árido en que la esclavitud no sabría fijar sus aduares trashumantes. ¿Seguiría Tzimtzicha el ejemplo de la heroica conducta de Cuauhtemoc? Entonces cada ciudad sería una fortaleza; los bosques, las guaridas de los guerreros; las llanuras, los campos de batalla. El aire estaría lleno de gritos de combate, el rumor de los torrentes sería el canto de guerra, las negras nublazones, la bandera de la matanza, y el sol, rasgando la rosada gasa de la aurora, la antorcha colosal de la victoria.

1 El historiador Herrera refiere con minuciosidad y gran suma de detalles lo que está referido en este pequeño capítulo, que ha sido preciso condensar hasta el extremo.—Véase, pues, la Historia General de las Indias Occidentales, por el autor citado. Década III. Libro III. Capítulos 11 y siguientes.

¡Ah! pero esta última suposición la hacían los jóvenes, en cuyos ojos chispeaba el fuego del patriotismo; en la mayoría de la gente dominaba el conocimiento que se tenía del monarca, como hombre sin energía y sin ambiciones. De aquí el desconsuelo y la tristeza de la generalidad de los habitantes de Tzintzuntzan.

No contribuía poco para semejante estado de los ánimos la presencia, entre los grupos, de Nanuma, el general en jefe del ejército de los *purépecha*, favorito del rey. Oía las conversaciones y guardaba una obstinada reserva; veía la exaltación de los que formaban los corrillos y su fisonomía se ostentaba indiferente. Le formaban círculo los más distinguidos capitanes y no les dirigía una sola palabra. Nanuma no tenía ojos más que para mirar á una joven que en aquellos momentos se dirigía al alcázar.

III

Los grupos se dispersaron dejando solitarias las calles. Un aliento de desolación se difundía por los ámbitos de la ciudad.

Nanuma apresuró el paso hasta alcanzar á la joven.

—Eréndira—le dijo—escucha, escucha un momento.

La doncella volvió el rostro, sonrió irónicamente y traspuso á toda prisa la puerta del palacio.

—¡Oh!—exclamó el guerrero—siempre desdeñosa, siempre altiva, siempre lanzando contra mí esa sonrisa de burla y de desprecio.

———

Fijemos un momento nuestra atención en la joven. Había en sus ojos de un café obscuro, velados por crespas pestañas, algo como una llama que sin cesar estuviese avivándose; había provocadores hoyuelos en aquellas mejillas satinadas; su boca, de labios ligeramente abultados, parecía el nido de los besos. Aquella virgen morena, era de airoso continente y de gallardo andar. Pero el rasgo más característico en su hermosa fisonomía era una nariz delgada y fina, imperceptiblemente remangada, que imprimía un sello de malicia y de burla á la constante sonrisa modulada en sus labios: por eso la llamaron *Eréndira*, que en tarasco quiere decir *risueña*.

. Era hija del venerable anciano Timas, uno de los altos dignatarios de la Corte, acaso el más digno de respeto entre los consejeros del rey.

Radiante de hemosura, Eréndira se veía cortejada por los más distinguidos guerreros del reino, y más de un jefe del ejército, al volver victorioso de una campaña, había hecho insinuaciones para que el monarca se la otorgase en matrimonio, pues era costumbre entre los tarascos que el mayor premio acordado á los capitanes que se distinguían por su valor y pericia en los combates, fuera el de darles alguna hermosa doncella. Mas Eréndira, que á su hermosura unía un talento raro y la mayor ilustración que en aquellos tiempos podía alcanzar una joven, siempre había hallado medios de eludir la honra que se le trataba de dispensar.

Corazón frío, jamás había sonreído dulcemente á ningún hombre. A cuantos se le acercaban para hablarle de amor los despedía con su eterna sonrisa de burla. Las jóvenes compañeras suyas la juzgaban orgullosa y le tenían una profunda envidia.

———

Tal era Eréndira. En aquellos días se había notado en su sonrisa mayor sarcasmo y crueldad. Cualquiera que hubiese podido leer en lo íntimo de su pensamiento habría comprendido que la joven odiaba inmensamente á los españoles, y que se moría de despecho al ver la inercia del rey de los purépecha y el poco ó ningún entusiasmo de sus capitanes. Ardía en su alma todo el patriotismo de un pueblo.

IV

Pasaron unos cuantos días. Notábase en la ciudad de Tzintzuntzan una extraña animación.

Según el *pidecuario* (ritual) de los sacerdotes tarascos, ninguna fiesta tenía que celebrarse en aquella época del año; y sin embargo, se hacían á toda prisa preparativos para algún acto solemne en el gran templo de *Charatanga*, bajo cuyo nombre se designaba á la luna, en su carácter de diosa vengativa é inexorable.

Las gentes se preguntaban con curiosidad cuál podría ser el sacrificio ofrecido á la deidad terrible, supuesto que por entonces no había en Tzintzuntzan más prisioneros de guerra que los destinados á la gran fiesta de Caherihóscuaro,[1] y tiempo hacía que el rey Tzintzicha no había enviado á la frontera alguna expedición armada para que hubiese traído nuevas víctimas. Y la curiosidad crecía al notar que en los preparativos reinaban el sigilo y el misterio. Los sacerdotes, inquietos y despavoridos, iban del templo al palacio y regresaban taciturnos á continuar sus trabajos sin permitir la entrada al recinto á ningún profano.

Por fin llegó el día en que la luna llena iba á aparecer al principio de la noche en todo su explendor, haciendo más obscuros los bosques de la sierra y más límpida la superficie del lago.

En esa hora, llena de encanto, se oyeron las quiringuas y los caracoles del templo que convocaban al pueblo á una solemne fiesta.

Los habitantes estaban ansiosos de asistir al acto, y sin embargo, no sé qué extraño terror se había apoderado de toda aquella gente supersticiosa.

1 Escrito en la Relación Caheracóscuaro, significa *las grandes estrellas.*

V

Antes se había celebrado un consejo real en el palacio, al que concurrieron el rey, los grandes dignatarios de la corona, el gran jefe Nanuma y algunas personas de la familia del monarca. Eréndira entre éstas, oculta tras de una cortina del salón, sonreía irónicamente al escuchar las opiniones de los consejeros, y algo como una cruel lástima se dibujaba en sus labios cuando llegaban á su oído las palabras del rey.

Al disolverse la reunión, Nanuma y Eréndira se encontraron en uno de los corredores del palacio. El guerrero no se atrevía á acercarse á la joven, notando el sello de ironía y de desprecio que se hacía patente en el semblante de Eréndira; pero logrando sobreponerse, le dijo:

—Eréndira, ¿serás siempre tan esquiva con el hombre que más te ama en el mundo?

—Bien sabes, Nanuma—contestó la joven serenando el semblante—que yo no amo á nadie. Me creo incapaz de llegar á amar alguna vez.

—Mil veces has dicho que no serás sacerdotisa de nuestra madre la luna: llegará un día, por lo tanto, en que te sea preciso aceptar un esposo.

—Tampoco. Me repugna la idea de tener un dueño.

—¡Ah! Yo no seré más que tu esclavo, si me aceptas como el compañero de tu vida. Mi amor para tí no tiene límites: eres mi adoración.

—Para un guerrero como tú, hay algo más digno de adoración que una mujer.

—No te entiendo, Eréndira.

—Y en ese caso, la mujer misma deberá hacer por su parte el sacrificio de su libertad.

—No te entiendo, Eréndira.

—Pues medítalo esta noche en el templo, y si me entiendes, haz tu deber. Yo seré entonces tu recompensa.

Dicho esto, la joven se retiró, dejando sumido en la mayor perplejidad al amartelado Nanuma.

VI

Era la hora que los tarascos llaman *Inchátiro*,[1] la hora en que el sol desaparece debajo del horizonte, teñido de escarlata y de esfumaciones opalinas.

Por el opuesto lado se levantaba el gran disco de la luna, derramando en torno suyo efluvios de tenue claridad.

Las quiringuas del templo seguían dejando oir, á largas distancias, su melancólica voz, acompañada del discordante son de los caracoles.

El pueblo se apiñaba en el extenso atrio del templo y guardaba profundo silencio.

A una señal que se hizo desde lo alto del santuario, la muchedumbre se agitó, oprimiéndose luego para abrir ancha calle por la que pasó el rey seguido de su numerosa corte. La comitiva real escaló en seguida la gradería, que en forma de espiral conducía á la plataforma. En medio de ésta se destacaba la piedra de sacrificios, en frente del suntuoso camarín.

Los personajes que formaban la comitiva tomaron asiento. Uno de los sacerdotes penetró al interior del santuario, y en aquel instante rasgó el silencio una voz estentórea, extraña, jamás oída por los purépecha, voz precipitada, intermitente, cuyo eco, en fúnebre clamor, resonaba en los vecinos montes, y repercutiéndose de templo en templo, se cernía sobre la dilatada ciudad.

Volvió á aparecer el sacerdote seguido de cuatro guerreros que conducían atada una fiera jamás vista en el país. De sus tremendas fauces salía aquella voz que había llenado de espanto á la muchedumbre.

Era el lebrel de Montaño que, poseído de ira, lanzaba ladri-

---

1 El crepúsculo vespertino.

-dos de furor y que en vano pugnaba por libertarse de sus car-
celeros.

Colocáronlo éstos sobre la piedra del sacrificio, con el vien-
tre y la cara vueltos hacia el cielo.

En aquel momento los ojos del valiente perro se fijaron en
la luna que se ostentaba ya arriba del horizonte.

Al contemplar el disco luminoso, la fiera cesó de ladrar; En
cambio, de su pecho salían aullidos lúgubres y lastimeros, y su
mirada estaba fija en el abismo de los cielos como si viese allí
un fantasma aterrador.

Pálido el sacerdote hundió 'con mano trémula un cuchillo
de obsidiana en el pecho del lebrel y rápidamente extrajo el
corazón humeante y chorreando sangre.

Aún repetía el eco de los montes el aullido lastimero del lebrel.

—Hoy es el monstruo, mañana deben ser los españoles los
que mueran así!—murmuró Eréndira al oído de Nanuma—
Entonces yo seré tu recompensa.

Nanuma se extremeció!

La luna derramaba efluvios de tenue claridad.

En lo alto de los templos tañían tristemente las quiringuas
y los caracoles.

Silenciosa la muchedumbre se dispersó en todas direcciones.

Pocos momentos después, Tzintzuntzan parecía una ciudad
muerta, evocada de las tumbas de la historia.

SEGUNDA PARTE.

LA GUERRA.

I

El anciano Timas era el más respetado entre los consejeros

del rey. Se escuchaba su voz como la de un oráculo. Su blanca cabellera parecía una auréola de plata.

La ciega suerte le había negado hijos varones que perpetuasen su nombre. En cambio, para hacerle ménos sensible este vacío, la naturaleza le había concedido á Eréndira, la inteligente Eréndira, en cuyo corazón rebosaba el entusiasmo por la patria.

En medio del pánico que dejara la venida de los españoles á Tzinzuntzan, padre é hija eran los únicos séres que, con palabra persuasiva, iban levantando el abatido espíritu de los purépecha.

Las conversaciones que sostenía Eréndira con las princesas y con los capitanes del ejército, en que la sátira y la burla eran los colores con que pintaba á los castellanos, se transmitían de boca en boca al pueblo, cuyo carácter jovial los repetía con entusiasmo é iba despertando en todos el valor nunca desmentido de los tarascos.

Por su parte Tímas no dejaba escapar ocasión en el consejo real de abogar por la guerra, ora amenazando á Tzimtzicha con que los invasores arrebatarían de su frente la corona de sus antepasados, despojándolo de todas sus riquezas y convirtiendo la vida muelle que llevaba en una esclavitud afrentosa; ora haciendo pasar ante su memoria los hechos heroicos de Tariácuri y de Tangaxhuan, quienes con su valor y sabiduría habían llenado de esplendor el dilatado reino de los lagos y las montañas.

No logrando su objeto, recurrió á la intriga. Por medio de Eréndira consiguió que las hijas del rey proyectasen una fiesta militar que el monarca no trató de impedir.

Trasladóse, pues, la corte á la extensa plaza de armas de Queréndaro, á inmediaciones de Higuatzio.

Allí se levantan aún, cubiertos con el polvo de los siglos y coronados de árboles, los soberbios templos del sol y de la luna, los palacios del rey y la alta pirámide en que se izaba la bandera nacional. Todo aquel espacio estaba encerrado en un inmenso paralelógramo cuyos muros eran magnífica gradería que podía contener cien mil espectadores.

Allí se verificó la gran parada militar solicitada por las princesas. A los ojos de los personajes de la corte y de los habitantes de las ciudades del lago, ostentaron los jóvenes guerreros sus ricos y vistosos atavíos é hicieron evoluciones, mostrando su pericia y agilidad.

En todos los corazones latía el entusiasmo patrio, en todos los ojos brillaban las chispas del amor á la gloria; y mientras que los hombres lanzaban el grito de guerra, las doncellas entonaban los himnos religiosos con que se recibía en el templo á los vencedores en la campaña.

II

Así fué como por entonces impidió Timas que Tzimtzicha llevase á cabo su proyecto de enviar embajadores á Hernán Cortés para ratificar el vasallaje que había prometido á Montaño; así logró también que se convocase al ejército, á cuyo fin partieron numerosos mensajeros en todas direcciones.

Pronto se vieron por la noche grandes luminarias en las cimas de los montes, señal de que los pueblos respondían al llamamiento de su señor, de que en todas partes se congregaban los guerreros y de que en cada hogar se construían flechas y se adornaban los penachos de plumas, gala y orgullo de los mancebos tarascos.

En donde quiera ardía el deseo de la guerra y hasta los más jóvenes tomaban las armas y se adiestraban para el combate.

Antes de un mes un ejército de cincuenta mil hombres acampaba en las inmediaciones de Tzintzuntzan. Parecía un inmenso bosque de renuevos entre la obscura selva de los pinos que le servía de campamento.

Y en ese campamento había una grande animación: los ancianos acudían á encender en el pecho de los guerreros el fuego santo que ellos habían sentido en su juventud y que no estaba aún apagado en las cenizas de los años; las jóvenes paseaban sus ojos llenos de curiosidad por aquellas filas, en donde más de un corazón latía por otro sentimiento tan dulce y tan sagrado como el de la patria; los niños tocaban con sus manecitas las armas de los guerreros y habrían sido felices si les hubiesen permitido jugar con ellas.

De hora en hora se presentaban los sacerdotes, tañendo el tambor que cada uno conducía á la espalda y haciendo conjuros para ahuyentar de enmedio de los escuadrones el espíritu maléfico del miedo.

Las princesas, á cuyo lado iba Eréndira, más de una vez se presentaron en el campamento, conducidas en ricos palanquines, distribuyendo entre sus distinguidos súbditos alguna dulce sonrisa, como una promesa de victoria.

En cuanto al rey y á la alta nobleza de la corte apenas se dignaron hacer una visita desdeñosa á aquella muchedumbre de plebeyos—á aquella florida juventud, única esperanza de la patria.

III

En efecto, si la clase baja del pueblo, que da el contingente de soldados, estaba anhelosa de pelea, la nobleza que suministra los jefes, temía perder sus riquezas aglomeradas de siglos atrás; no se resolvía á cambiar su vida de placeres y de muelle indolencia por las fatigas y privaciones de la guerra. Un largo período de paz, bajo un gobierno absoluto y tiránico, había extinguido en el corazón de los nobles los sentimientos de dignidad y la ambición de gloria, que antes habían distinguido siempre á los caudillos de los ejércitos michoacanos.

Nanuma, el jefe que por aquellos días mandaba las escogidas huestes que hemos pasado en revista, debía al favoritismo, no al mérito personal, la elevación de su grado. Su penacho, en que ondeaban las plumas de águila, emblema de su categoría, era más conocido en las fiestas de Tzintzuntzan que en los campos de batalla.

Bien lo sabía Eréndira; pero ausentes como estaban los príncipes Tacamba é Itzihuappa, no quedaba por entonces ningún otro jefe que pudiera mandar los ejércitos. Por eso, en su odio contra los españoles, y sabiendo la pasión que había inspirado á Nanuma, se ofrecía en holocausto por la patria, con tal de que el afortunado doncel volviese ceñida la sien con el laurel de la victoria, de la expedición anunciada.

El rey, por su parte, había ofrecido á Nanuma que sería Eréndira el premio de sus victorias.

Ya las princesas del palacio y las doncellas más distinguidas de la nobleza tejían las *canacuas* (coronas) con que, adornada la frente, habían de concurrir á la ceremonia nupcial y á las fiestas en honor de los desposados.

Nanuma, empero, no pedía la orden de marcha. Se mostraba inquieto y sólo parecía desear la presencia de Eréndira. A veces se encontraba con la joven en los aposentos del alcázar y se creía dichoso al mirar el rostro sereno y grave de la doncella, y feliz porque no observaba ya en sus labios las amargas sonrisas de otros tiempos; pero cuando el guerrero se retiraba, la hija de Timas sonreía tristemente y fijaba su mirada en el profundo cielo, como pidiéndole que aceptase su enorme sacrificio para que la patria fuese libre.

IV

Entretanto Hernán Cortés, que seguía residiendo en Coyoacán, había pensado en que el tiempo transcurría sin que Tzimtzicha compareciese ante él á ratificar su sumisión al Emperador Cárlos V, y sin que siquiera hubiese enviado las ofrendas de oro y plata que debían acreditar la sinceridad de su vasallaje. Cansado de esperar envió á otros tres españoles[1] que, con pretexto de ir á explorar el mar del Sur en las exuberantes tierras de Zacatula, pasasen por Tzintzuntzan y recordasen al rey de los purépecha su promesa de ir á visitar al jefe español.

Temeroso Timas de que vacilase de nuevo el ánimo del monarca, logró que los sacerdotes anunciasen á Tzimtzicha que los agüeros eran favorables á la guerra, puesto que por aquellos días se habían visto pasar grandes bandadas de águilas con dirección á México. Timas insistió, pues, en que debía apresurarse la salida del ejército; pero de nuevo encontró obstáculos en la indolencia de Nanuma, que más y más parecía dispuesto á consumirse en el fuego de las miradas de Eréndira, sin comprender que en aquellos ojos no irradiaban más llamas que las del patriotismo. Limitábase de cuando en cuando á pasar revista á sus tropas, impacientes ya de marchar al encuentro del enemigo. En una de esas veces se encontró con Eréndira que había ido con las princesas á visitar el campamento.

La joven, aprovechando un instante en que sus compañeras estaban distraídas, se acercó al guerrero y le dijo:

—Nanuma, una cosa falta á tus soldados......

—No lo creo, hermosa niña, están provistos de todo lo necesario.

—Pues te digo que les falta una cosa; la principal, valiente Nanuma.

—Si quisiérais indicármela......

—Sencillamente, el jefe que los ha de conducir al combate........ respondió Eréndira, prorrumpiendo en una graciosa carcajada.

Nanuma se puso lívido; y ya sintiendo su amor propio profundamente herido, ó por el temor de enojar más á la joven, desde aquel momento se dedicó incansable á concluir todos los preparativos, y avisó al rey que estaba expedito para la marcha.

1 Relación, p. 85.

V

En una espléndida mañana del mes de Junio de 1522 el más vistoso ejército de los purépecha atravesaba las dilatadas calles de Tzintzuntzan, pasando á la vista de Tzimtzicha que estaba pálido é inquieto, porque lo agobiaba el pensamiento de que en ese día comenzaban á resolverse sus destinos.

Era airoso y marcial el continente de aquellos hombres. Marchaban en primer lugar los flecheros, repleto el carcax de saetas que terminaban en punta de obsidiana; en seguida iban los honderos, llevando la honda atada en la frente y al costado el saco de filamento de maguey que había de llenarse de piedras en el momento oportuno; en nutridos escuadrones seguían los veteranos de continente atlético, cuya arma era la macana, erizada de puas, y cuyo extremo remataba en una pieza de granito con labores extrañas; aparecían luego los que con la punta de la lanza decidían los combates personales, y cerraban la marcha las compañías de nobles que portaban la espada de cobre, arma sólo usada por los tarascos, de temple durísimo como el acero: este escuadrón volante acudía al lugar en que estaba más empeñada la lucha, y era el que alcanzaba casi siempre la victoria.

Era imponente aquella muchedumbre compuesta de la clase baja del ejército, porque todos iban desnudos y horrorosamente envijados; porque sus penachos se componían de plumas erizadas; porque los semblantes revelaban un salvaje furor, y porque el grito de guerra arrancado de aquellos cincuenta mil pechos, intermitente y amenazador, era como el trueno que retumba en las nubes entre relámpagos repetidos. En cambio el aspecto de las clases elevadas de los guerreros no podía ser más lujoso, sin dejar por esto de ser marcial. Los plumajes de sus penachos ondulaban al viento ostentando variedad infinita de colores; en sus jubones acolchados brillaba la púrpura del *huamilule*[1] ó el tinte del añil, tan inteligentemente cultivado por los tarascos; sus armas, la macana, la lanza y la espada, limpias y bruñidas, brillaban á los rayos del sol.

Entre ellos se distinguía Nanuma por su manto cuajado de rica pedrería y por el estandarte de plumas de colibrí que ostentaba como señal de mando.

Al pasar frente á Eréndira, que veía desfilar el ejército,

—Voy á combatir por conquistar tu amor—le dijo.—Si fuere vencido......

—Iré á llorar sobre tu sepulcro, y sembraré en tu yácata las más hermosas flores de nuestros campos.

No pensaba Nanuma en tal extremo; creía sólo cumplir con su deber peleando contra los españoles; pero la joven le exigía que muriese. Se estremeció al oir esta sentencia y apenas pudo articular su despedida.

VI

Si los tarascos se aprestaban al combate, Hernán Cortés no permanecía ocioso. Cansado de esperar la visita de Tzimtzicha aparejó en Coyoacán una expedición de doscientos setenta españoles, entre infantes, artilleros y ginetes, á quienes agregó ocmo auxiliares un ejército de veinticinco mil guerreros mexicanos y tlaxcaltecas, todos á las órdenes de Cristóbal de Olid, uno de sus más valientes capitanes.[2]

Esta expedición salió de Coyoacán en los primeros días del mes de Julio del mismo año (1522) y se dirigió á Taximaroa.

Los exploradores avisaron á Olid que la ciudad estaba ocupada desde algunos días antes por un numeroso ejército de guerreros tarascos, mandado por Nanuma, el favorito del rey Caltzontzin.

Inútil es decir que tal noticia no hizo más que exaltar el va-

1 El huamilule, tintura parecida al múrice de Tiro, se extrae de cierta especie de conchas que se encuentran en las costas del Pacífico.
2 Cartas de Hernán Cortés á Carlos V.

lor y la impaciencia del capitán español. Forzó su marcha y al
avistar el caserío dispuso el asalto sin pérdida de tiempo. Los
españoles penetraron por las calles de Taximaroa, sin que pudiese detenerlos el valor de los tarascos, que presentaban su
pecho al hierro del enemigo y que caían atravesados por las
balas de los mosquetes y cañones.

¡Ah! pero desgraciadamente no luchaban más que los soldados; los oficiales y los jefes, entretenidos acaso en una orgía,
quedaron mudos de espanto al primer disparo, cuyo eco llegó
á sus oídos. Después no pensaron más que en su salvación, y
al ver á los primeros extranjeros en las calles de la ciudad, emprendieron vergonzosa fuga.

Nanuma desconocía la idea de la patria, y el recuerdo mismo de Eréndira se borró en su imaginación ante la inminencia
del peligro, no siendo el último de los que abandonaron el
campo de batalla.

Entretanto los purépecha, los infelices hijos del pueblo, los
que no disfrutaban honores ni riquezas, quedaban convertidos
en cadáveres en las calles y en los campos inmediatos á la ciudad.

Algunos grupos luchaban todavía, inermes, sin esperanza de
victoria, buscando la muerte, guiados por un sentimiento sublime. Acaso creían que de cada hogar en la extensión del territorio michoacano brotaban miradas que los contemplaban
como mártires de la patria.

Y ninguno de ellos llevó la noticia de la derrota á la imperial Tzitzuntzan. Nanuma y los nobles que lo rodeaban fueron
los mensajeros de tan funesta nueva.

Al oirla palideció Tzimtzicha; los cortesanos temblaban de
miedo, y las mujeres del palacio lloraban y se mesaban los cabellos.

Cuando la noticia traspasó los muros del alcázar, las viudas
y los huérfanos de los plebeyos que habían sucumbido en el
campo de batalla levantaban los brazos hacia el cielo, como implorando eterna maldición para los cobardes que habían sacrificado al ejército.

Eréndira, de pie, como la estatua inexorable y terrible del desprecio, esperó á que saliera Nanuma de la sala del trono. Lo miró de hito en hito, le volvió la espalda y echó á andar hacia el interior de los aposentos. Dos lágrimas silenciosas bajaron de sus ojos y se detuvieron temblando en el pliegue de sus labios que dibujaban una sonrisa de amargura.

VII

Invencible pánico reinaba en el palacio. Los cortesanos, siguiendo el ejemplo del monarca, tenían miedo y aconsejaban la más vergonzosa humillación; solamente el venerable Timas conservaba su serenidad y trataba de alentar el fuego del patriotismo: era el único que en el consejo se oponía á la fuga de Tzimtzicha; su voz, la que decía á su soberano:

—Esfuérzate, señor; si vienen los invasores trae á tu memoria los hechos heroicos de tus antepasados.

—No ves que todos me abandonan; esos hombres extraños son invencibles.

—No es cierto, señor; en más de una vez los aztecas los han visto huir, y en la noche triste estuvieron á punto de acabar con ellos.

—Pero su Dios los salvó del peligro: día á día aumenta su número con los que atraviesan la *laguna grande*[1] del Oriente. ¿Qué podremos contra ellos?

—Luchar, luchar sin tregua y morir antes que entregarles tu reino. Determina que se alisten todos los hijos varones de las cuatro tribus; dispón que todas las mujeres fabriquen flechas, más flechas que rayos tiene nuestro Dios *Curicaueri*.[2] Jamás el número de los extranjeros podrá igualar al de los purépecha. Esto harían, señor, sin vacilar Tariácuri, Tangaxhuan y todos tus abuelos. Tzimtzicha bajó la cabeza no teniendo

---

1 *Apunda* es la laguna. *Queri opunda* el mar.
2 El sol como divinidad de la guerra.

qué responder. Envió á llamar á *Ecuángari*, viejo soldado, á quien el rey no profesaba cariño por haberlo considerado siempre como antiguo partidario de los hermanos que el monarca había sacrificado por envidia ó por celos. Mas Ecuángari, aunque retirado á la vida privada y entregado á los placeres que le proporcionaban sus riquezas, acudió solícito al llamamiento de su señor.

—Pues quieren que vayamos á donde han ido nuestros antepasados—le dijo Tzimtzicha—tú, que eres mi hermano, ve á hacer gente de guerra á Taximaroa y otros pueblos.

—Será como lo mandas: no quebraré tus órdenes. Iré, señor.

Y partió Ecuángari acompañado de un alto jefe, llamado *Muzúndira*.[1] Juntó la gente de Araró, de Ucareo, de Acámbaro y de Tuzantla y marchó sobre Taximaroa.

Llegaba ya á las inmediaciones de la ciudad, cuando encontró en el camino á un principal de nombre Queri–huappa,[2] que venía todo espantado, y quien le dijo:

—Ecuángari, ¿á dónde vas en son de guerra? Ya son muertos todos los de Taximaroa.

No menos espantado Ecuángari con lo que acababa de oir, pensó que no era prudente avanzar con sus tropas. Las dejó á las órdenes de Muzúndira y se dirigió solo á la ciudad, en la que entró cautelosamente. Hallóla, en efecto, abandonada de todos sus habitantes; pero deseando tomar mayores informes que llevar á su rey, penetró más y más en las calles desiertas. De improviso se vió rodeado de guerreros mexicanos que lo hicieron prisionero y lo condujeron al cuartel de los españoles. Allí, por medio de un intérprete llamado *Xanacua*, le preguntó Cristóbal de Olid:

—¿De dónde vienes? ¿Qué buscas en nuestro campamento?

—Señor, me envía el gran Caltzontzin á recibiros á voso-

1 No dice la relación quién haya sido este personaje, cuyo nombre no he hallado en ninguna otra historia.

2 Significa *el hijo del cacique del pueblo*.

tros que sois dioses. Mi rey, que supo vuestra venida, estaba temeroso de que al llegar al río[8] lo hubiéseis encontrado crecido y en consecuencia os hubiéseis tornado á México. "Mas si no fuere así—me dijo—ruégales que no se detengan; suplícales que lleguen hasta mi ciudad de Tzintzuntzan, en donde ansioso los espero para mostrarles mi amor."

—Mientes—exclamó Cristóbal de Olid,—bien sé que tienes apostadas muchas tropas en el camino. En vano tu rey y tú pretenderéis matarme; antes yo acabaré con vosotros. Vuelve á tu ciudad y avisa á Caltzontzin que es innumerable la gente que me acompaña, españoles y aliados. Dile que salga á recibirme en *Guayángareo* con presentes de oro y plata, y tranquilízalo, porque yo vengo de paz y no os haré ningún mal.

—Serán cumplidos tus deseos. Mi amo, señor, no desea otra cosa que la amistad de los españoles.

—Cuéntale también lo que vas á presenciar.

En la entrada que hicieron los españoles á Taximaroa, después de ocupada la ciudad, dos mexicanos habían incendiado un templo por odio á las crencias de los tarascos. Olid mandó ponerlos presos; pero con el objeto de inspirar mayor confianza á Ecuángari los llamó á su presencia, les reprochó su conducta y los condenó á la horca, sentencia que se ejecutó inmediatamente.

En seguida hizo que escaramuceasen los ginetes castellanos y que la infantería hiciese ejercicio de fuego.

VIII

Desgraciadamente participaba Ecuángari de los defectos de la nobleza de Tzintzuntzan y de las pusilánimes supersticiones de Tzimtzicha. A la vista del numeroso ejército de los invasores y de las maniobras de los soldados españoles perdió todo su valor, y como el ave fascinada por una serpiente, así quedó su alma ante la enérgica voluntad del capitán español. El que salió valeroso caudillo para defender la patria volvía tímido, si no es que traidor, á llevar á su rey la más vergonzosa embajada.

En tal estado de ánimo, abandonó Ecuángari la ciudad de Taximaroa. Llegó al sitio en que acampaba su ejército, y su ejército recibió la extraña orden de disolverse. Los soldados, que ignoraban la causa, fueron acometidos del insólito terror de lo desconocido, soltaron las armas de la mano y huyeron en todas direcciones.

Por su parte, Ecuángari prosiguió su camino á toda prisa. Llegó á Indaparapeo, en donde halló ocho mil hombres de guerra mandados por el valeroso *Xamandu*, á quien dijo:

—Disuelve tus fuerzas. Los españoles no vienen de guerra. Tzimtzicha los espera en Guayángareo para recibirlos de paz.

Xamandu palideció de rabia, pero obedeció.

Se dirigió luego Ecuángari á Etúcuaro, en donde estaban emboscados otros ocho mil hombres y díjoles:

—Levantaos y volved á vuestras casas. Los españoles no vienen enojados, sino que vienen contentos.

—Eso no puede ser—respondió Tzintzun jefe de aquel ejército. Querihuappa nos dijo que los españoles habían entrado á sangre y fuego en Taximaroa.

—Yo vengo de la ciudad; he hablado con los españoles, á quienes hallé muy alegres. Ellos me envían con un mensaje para Tzimtzicha.

—Entonces, aguija, hermano, y lleva esas nuevas á nuestro rey. [1]

Así fué como aquellos tres ejércitos que, semejantes á negros nubarrones, iban á descargar sus rayos sobre los extranjeros, se disiparon al soplo de la cobardía y de la traición. [2]

---

1 El Sr. D. Manuel Payno en su "Ensayo de una historia de Michoacán," al leer la *Relación* ó la historia de Brasseur de Bourbourg que la reproduce, creyó que la palabra *aguija* era nombre propio de un príncipe tarasco, cuando no es más que el imperativo del verbo *aguijar*.

2 Advierto que toda esta narración es histórica, tomada de las fuentes que, con frecuencia, se citan en esta leyenda.

El sol de los purépecha, en un cielo de infinita tristeza, despedía ya fulgores moribundos.

IX

Todo era confusión y pánico en Tzintzuntzan. Las mujeres lloraban y se retorcían los brazos; los nobles escogían sus más preciosas joyas para ocultarlas; los consejeros no osaban exponer su opinión; los guerreros, sin jefe que los guiase, vagaban taciturnos por las calles desiertas.

Tzimtzicha, atónito, espantado, indeciso, no sabía qué partido tomar. Sus favoritos lo apremiaban para que saliese á recibir á los españoles, mientras que Timas lo apostrofaba, diciéndole:

—Vamos, señor; ya estamos aparejados para el combate. ¿Fueron por ventura tus antepasados esclavos de alguno para que lo seas tú de estos extranjeros?

Pero el rey no respondía: muda estaba su lengua y en sus ojos incierta la mirada. Entonces Timas, poseído de indignación, exclamó:

—Ya que no tienes valor para pelear, has que traigan planchas de cobre; nos las pondremos en la espalda y bajaremos al fondo de la laguna; de esta manera llegaremos más presto al sitio en que se encuentran nuestros progenitores que supieron ser dignos y libres.

El rey, en cuya alma parecía haberse apagado la luz de la conciencia, obedecía maquinalmente: mandó que le llevasen sus más ricos plumajes, sus brazaletes y sus rodelas de oro y lujosamente ataviado bailó con sus nobles la danza de la muerte.

En aquel momento apareció Eréndira en el lugar de la escena y dirigiéndose á su padre le dijo algunas palabras al oído. Brillaron de entusiasmo los ojos del anciano; y mientras que el rey y los nobles danzaban y apuraban el ardiente *checata* [1]

---

1 Aguardiente de caña de maíz.

para llegar al paroxismo de la embriaguez, procurando no ser visto, salió del palacio y acompañado de su hija, se encaminó hacia el templo de Xharatanga.

· No pasó, sin embargo, inadvertida para Tzintzun la salida del anciano consejero. Se acercó al monarca y en voz baja le habló:

—Señor, atiéndeme. Timas y sus parciales te engañan: la traición se ha apoderado de su pecho y sólo tratan de darte la muerte.

Tzimtzicha no lo escuchaba, presa del vértigo de la danza y de la beodez.

—Escúchame, señor,—repetía Tzintzun—tus súbditos se rebelan y en este momento se reunen para venir á asesinarte.

—¿Qué dices? ¿Es verdad que quieren mi muerte? ¿Quiénes son? Vosotros me defenderéis.

—Huye, huye sin pérdida de tiempo! Ecuángari y yo reuniremos los restos del ejército para castigar á los traidores. En seguida saldremos al encuentro de los españoles, como si llevásemos el objeto de batirlos, pero en realidad para detenerlos en su marcha, en tanto que tú te alejas con las princesas y con los nobles que te son fieles.

—Mas ¿á dónde iré? ¿En dónde tendré confianza para ocultarme?

—Yo mismo no lo sé. Mañana que se haya despejado tu razón, la prudencia te aconsejará. Por ahora toma cualquier camino y no te detengas un momento.

Aceptó el monarca el consejo, mandó que apagaran los hachones de resina que iluminaban el palacio, y saliendo por una puerta que al efecto mandó abrir á la espalda del edificio, se dirigió al monte seguido de escasa comitiva. Allí pasó el resto de la noche, oculto en lo más espeso de la selva. La embriaguez se había disipado, merced al terror que le inspiraron las palabras de Tzintzun.

Antes de que asomase el alba del día siguiente, Tzimtzicha y sus compañeros se embarcaron, atravesaron el lago y saltaron á tierra cerca de Guayameo, y tras penosas jornadas, llegaron una noche á Uruapan, en donde el rey de los purépecha pudo ocultar su persona, en tanto que la historia iba á poner de manifiesto la ignominia de su nombre.

X

Ecuángari y Tzintzun reunieron, en efecto, algunos escuadrones.

En vano buscaron á Timas y á los rebeldes que, según ellos, debían acompañar al anciano patriota. La ciudad parecía estar enteramente tranquila.

En esta creencia, los dos caudillos salieron por el camino por donde venían los castellanos. Llegaron á un punto llamado Api......[1] Desde una altura en que acamparon, descubrieron las avanzadas del enemigo. Entonces los príncipes tarascos mandaron marcar una extensa raya en la tierra, al frente de su ejército, para indicar á los españoles que no podrían pasar de allí.

Entre tanto Cristóbal de Olid y sus numerosas huestes avanzaban rápidamente y no tardaron en presentarse delante de los guerreros de Tzintzuntzan.

Llegó el capitán español á la raya trazada por los tarascos é informándose de lo que significaba formó su batalla y ordenó el ataque.

Visto esto por Ecuángari y Tzintzún se apresuraron á enviar parlamentarios á Cristóbal de Olid, proponiéndole la paz.

Dura fué la condición que para otorgarla les impuso el conquistador.

—"Dejad los arcos y las flechas—les dijo—y entregaos prisioneros."

Los guerreros tarascos obedecieron el mandato. Muchos de los soldados lloraban al soltar las armas, sin que pudieran con-

1 Así, trunco, está escrito este nombre en la Relación.

solarlos las palabras humildes de Ecuángari y Tzintzún, quienes al presentarse á Olid le ofrecieron ramilletes de flores......

La patria ocultó entre las manos su semblante enrojecido de vergüenza.

XI

—¿Qué puedo hacer yo sin armas, sin ejército, ni amigos? Decía Nanuma á Timas en el atrio del gran templo de Xharatanga.

El anciano respondió:

—En vano puse mi última esperanza en tí, ordenándote que reunieras en este lugar los desorganizados restos de nuestros escuadrones. Te los dejaste arrebatar por esos príncipes afeminados é indignos. Nanuma, te diría que eres un niño, si no fuera porque......

—¿Y qué querías que hiciese?

—¡Morir!—exclamó en este momento Eréndira—pero tú no sabes cuánto deben amar sus hijos á la patria para ofrecerle este sacrificio.

—¡Eréndira!

—Los españoles te enseñarán bien pronto el único oficio propio de los hombres que no saben morir en defensa de su patria.

Eréndira con los labios levemente recogidos por una sonrisa de desdén, y pálida de cólera, volvió la espalda al guerrero y acompañada de su padre subió los escalones del templo que se hallaba rodeado, en aquella hora, de algunos grupos de gente.

Timas se mostró en lo alto de la plataforma y levantando su voz, dijo:

—Purépecha, nuestros guerreros ya no saben manejar las armas—se han convertido en mujeres. ¿Hemos de dejar nosotros que esta tierra sea profanada por los extranjeros? Somos pocos, pero los hombres decididos á morir están auxiliados por los dioses y sus fuerzas se multiplican. Haced que vuestras esposas y vuestras hijas se alejen de la ciudad; que se oculten en los montes, antes que ser las esclavas de los invasores. Nosotros perderemos aquí la vida, defendiendo nuestro hogar y nuestros templos. Daremos libertad á los prisioneros que estaban destinados al sacrificio para que nos ayuden en la pelea.

—Sí, sí; exclamaron algunos centenares de voces, muramos antes que vernos convertidos en esclavos; antes de que las sombras de nuestros antepasados nos llenen de maldiciones!

—¡Juradlo!

—¡Lo juramos por nuestro padre el sol! Que no nos caliente su fuego si faltamos á nuestra palabra.

En pocos instantes aquellos hombres corrieron á sus cabañas, se armaron de hondas y de flechas, se despidieron, acaso para siempre, de sus esposas y de sus hijos, y regresaron al templo, llena el alma de fe y de arrojo el corazón.

Antes de una hora se vió desaparecer entre los pinos del cercano monte una larga procesión de mujeres que huían de la ciudad. Vestidas con sus blancos guanengos, destrenzado el cabello y pálido el semblante, parecían los espectros de los antiguos pobladores del reino, que hubiesen salido de sus tumbas para no ser profanados por los viles invasores.

XII

Timas quedaba en lo alto del templo. A su lado se agrupaba un millar de hombres, cuyo número iba aumentándose por cuantos sentían en su pecho arder el patriotismo.

Pero los españoles penetraban ya en las calles de la ciudad.

A su vista, aquel puñado de valientes purépecha exhaló el grito de guerra.

Cristóbal de Olid lleno de furor; hizo conducir á su presencia á Ecuángari y Tzintzún.

—¿Por qué habeis mentido?—les dijo—Sois unos traidores! Ved como se nos recibe de guerra.

—Señor, apiádate de nosotros—le contestaron—esos que allí ves son los esclavos rebeldes al rey nuestro amo; son los que intentaban asesinarlo, porque quería recibirte de paz. Son unos cuantos hombres. ¿Qué podrán contra tu inmenso poder?

Así lo comprendía también el capitán español y en vez de seguir discutiendo con sus prisioneros, destacó una columna de cinco mil aztecas y una partida de castellanos contra los defensores del templo.

Se oía incesante el grito de guerra. El espacio se cubrió de flechas y de piedras. De cuando en cuando, se escuchaban los disparos de la artillería, cuyo estallido repetía el eco, de montaña en montaña.

Timas y los suyos hacían prodigios de valor. Rechazaban al enemigo cada vez que intentaba escalar la gradería. A veces bajaban ellos mismos del templo y cuando lograban apoderarse de algún español, lo conducían inmediatamente á la piedra del sacrificio y lo inmolaban á la diosa Xharatanga, y en medio de gritos de entusiasmo, mostraban á los demás castellanos el corazón humeante que chorreaba sangre.

Los indios aliados—mexicanos y tlaxcaltecas—caían á centenares; pero Cristóbal de Olid enviaba nuevas huestes á cubrir los huecos de las filas.

En cambio, los defensores del templo disminuían á gran prisa. Sus cadáveres llenaban ya la plataforma ó caían despeñados al atrio.

Empero ni una voz se alzó pidiendo cuartel.

Aquella lucha tan desigual era la protesta de la patria moribunda, pero erguida, ante la brutalidad de la conquista y la infamia de la traición.

Por fin Cristóbal de Olid envió al combate á todos los arcabuceros. Resonó el trueno y las balas barrieron el último pelotón de los purépecha. Unos cuántos lograron descender del templo y huyeron hacia el monte.

Más de seiscientos cadáveres de los tarascos yacían en el campo de la pelea, mezclados con los incontables muertos de los mexicanos y tlaxcaltecas.

"Y llegábanse los españoles y miraban si los cadáveres tenían barbas"[1] para saber cuántos de los suyos habían sido sacrificados.

El triunfo había costado caro á Cristóbal de Olid, quien no podía menos de admirar la abnegación y heroicidad de aquel puñado de valientes, que no tenían más objeto que el deseo de que no se dijera que su patria había caído en poder de los conquistadores, sin que hubiese un sólo hijo que en su defensa le sacrificase la vida.

XIII.

La historia cuenta la gran catástrofe de Tenoxtitlán que cayó á los pies de Hernán Cortés convertida en escombros. Canta en himnos de epopeya, la heroica resistencia, el valor sobrehumano, el genio divino de Cuauhtemoc. Pero ni una estrofa, ni una página siquiera consagra á aquellos héroes ignorados, que trataron de borrar con su sangre la afrenta y la ignominia del rey de los tarascos.

TERCERA PARTE.

Humillación y venganza.

I

Cristóbal de Olid quedó enseñoreado de Tzintzuntzan. So-

----

1 Relación. pág. 96.—Muy confuso es el lenguaje del autor de la Relación al referir este episodio. Parece que de intento se ha querido obscurecer el relato. Lo cierto es que los historiadores se han equivocado al afirmar que la conquista de Michoacán fué enteramente pacífica.

bre el extenso reino de Michoacán soplaba un viento fatídico
de tristeza y desolación.

El rey de los purépecha había desaparecido, sin que nadie
supiese su paradero. Los príncipes y favoritos más allegados
á la persona del monarca estaban prisioneros en poder de los
castellanos. Nanuma mismo había ido á buscar un refugio entre los grillos y cadenas que aherrojaban á Tzintzún y Ecuángari. En suma, deshecho, evaporado como el humo, estaba el
ejército de aquellos indomables guerreros, á quienes nunca
habían podido vencer ni la ferocidad de los otomites ni el colosal poder de los aztecas.

II

Cuando los soldados del numeroso ejército de Cristóbal de
Olid tomaron sus cuarteles después de la victoria, su jefe les
permitió salir á proveerse de víveres.

La ciudad estaba desierta. No se encontró una sola mujer
en el interior de las casas ni en las calles solitarias.

El fuego se había extinguido en todos los hogares y aquellos
hombres, muertos de fatiga, no hallaron comida con que satisfacer el hambre que los devoraba.

Entonces se cumplió la predicción de Eréndira cuando dijo
á Nanuma: "los españoles te enseñarán bien pronto el único
oficio propio de los hombres que no saben morir en defensa
de la patria."

En efecto, Cristóbal de Olid ordenó que, sin distinción de
clases, preparasen los prisioneros la comida para sus vencedores, ó como dice el cronista: [1]—"Y como no había mujeres en
la cibdad, que todas se habían huído y venido á Pátzcuaro y á
otros pueblos, los varones molían en las piedras (metates) para hacer pan para los españoles."

1 Relación, pág. 96.

III

Los indios aliados, por orden de Olid, habían despejado de cadáveres el recinto del templo.

Al día siguiente un pregonero, al son de clarines y tambores, anunció que el ejército daría gracias al Dios de las victorias por la que en la víspera habían obtenido los cristianos.

Deberían asistir á aquella fiesta no sólo los españoles é indios aliados, sino también los purépecha que estaban prisioneros.

En vano Olid, por medio de mensajeros, había procurado atraer á los habitantes pacíficos de la ciudad que vagaban errantes por las inmediaciones de Tzintzuntzan. Eran éstos los ancianos, las mujeres y los niños: los demás habían desaparecido como por encanto.

Empero, habiendo llegado á noticia de los sacerdotes tarascos que la fiesta pregonada había de verificarse en el templo del sol, acudieron en gran número á impedir que fuese profanado el santuario. Aún tuvieron tiempo de retirar y ocultar el gran disco de oro que representaba al sol, y cuya lámina, como un espejo, reflejaba los rayos del astro dél día.

Si los tarascos llamaban Huriata al sol, al "que todo lo abrasa con su lumbre," dieron á su imagen el nombre de *Curicaueri* [1] que significa *el luminar*.

Pudieron retirar también los sacerdotes las joyas de oro y plata y las ricas pedrerías que en lugar seguro estaban depositadas en el mismo templo. Mas lo que no pudieron esconder fué el colosal ídolo de piedra que representaba al lucero adornado de lentejuelas de oro y que sostenía en la mano un hacha del mismo metal, como significando que la luz que derra-

---

1 Curicaueri es el verdadero nombre y aun así lo pronuncian hoy día los indios tarascos. En la época en que vinieron los españoles á la conquista escribían la u vocal como v consonante y por esto hallamos escrito ese nombre en la historia y en las crónicas, *Curicaveri*, que nada significa.

maba sobre el mundo, no era su propio brillo, sino el reflejo del astro incandescente.

Los sacerdotes permanecieron después, formados en filas, en la alta plataforma del templo. De cuando en cuando entonaban tristes plegarias, como si fueran el canto funeral de sus dioses.

Llegada la hora de la fiesta, el jefe español intimó á los sacerdotes que se retirasen de aquel lugar, en donde desde aquel día en adelante iba á rendirse culto al Dios verdadero y á arrojar al demonio que hasta entonces había tenido ciegos y obcecados á los indios. Los sacerdotes contestaron que los purépecha, desde tiempo inmemorial, adoraban á ese Supremo Sér, Creador del cielo y de la tierra, que se llama *Tucup-Achá* "el único Señor" del Universo, por más que para los hombres fuese invisible; y que en cuanto al demonio, ni lo conocían ni jamás habían imaginado que pudiese existir un rival del Todo-Poderoso.

Indignado Cristóbal de Olid al escuchar semejante blasfemia, dió orden á sus soldados de que escalaran el templo. Inflamóse de celo religioso el pecho de los castellanos y subieron á lo alto del santuario.

Un grito de cólera se exhaló de los labios de los sacerdotes que protestaban contra el sacrilegio, que clamaban pidiendo al cielo venganza y que auguraban un tremendo castigo para los profanadores, asegurando que sus dioses los aniquilarían en el acto. Mas aquel inmenso vocerío no hizo más que enardecer la piedad de los soldados que embistieron con el ídolo, arrojándolo del altar hecho pedazos.

Atónitos quedaron los sacerdotes y los prisioneros purépecha, al ver que el cielo no vomitaba sus rayos sobre los impíos y que *Curita-Queri*, [1] el mensajero de los dioses, al ser arrojado del altar, no los llenase de maldiciones.

Entonces se aprovechó de esto Cristóbal de Olid para decir-

1 Relación, pág. 96.—Curita-Queri significa "el gran tizón." Era, como se ha dicho más arriba, el nombre que los tarascos daban al lucero.

les que vieran cómo sus dioses eran sufridos ó impotentes ante el Dios de los cristianos. Los guardianes del templo, espantados, huyeron en todas direcciones.

IV

Cumplido ya el deber religioso, bajó Cristóbal de Olid las
gradas del templo y pidió á los caudillos prisioneros que le en-
tregasen el oro, [1] todo el oro de los reyes tarascos.

En el espacio de seis lunas [2] que Cristóbal de Olid y los suyos permanecieron en Tzintzuntzan, las islas del lago fueron
registradas minuciosamente y se encontraron grandes canti-
dades de oro y plata y piedras preciosas que los tarascos llaman *chupiri*. [3]

Igualmente hallaron en el alcázar del rey cuarenta arcas re-
pletas de mitras, rodelas, y brazaletes de oro puro y de la mejor plata. Todos estos tesoros pertenecían á la córona y habían
sido reunidos por los antepasados de Tzimtzicha para lucirlos
en las fiestas.

Tan estimados, como los metales preciosos, eran para los
indios los plumajes con que se engalanaban en los grandes días.
Las esplendentes plumas no sólo servían para adornar los penachos, sino para tejer los trajes de las mujeres de la nobleza,
para festonar los jubones de los guerreros, para fabricar aba-
nicos y aun como señal de cambio para adquirir otros objetos. [4] Los hermosos pájaros de la tierra caliente y de los cli-
mas fríos daban el contingente de plumas de los más variados
y vistosos colores.

¡Qué hermoso ha de haber sido contemplar grandes grupos
de hombres ó de mujeres ataviados con tan brillante lujo! ¡Qué

1 Relación, pág. citada.
2 "Cada luna cuenta esta gente veinte días."—Relación íd.
3 Significa *lumbre*.
4 Aún se conserva en los indios de raza pura en Michoacán esa predilección por las plumas de colores.

imponente mirar un numeroso ejército en que sobre las cabezas de los guerreros formara el viento olas de espléndidos matices!

V

Y dice la historia [1] que después de recogidos esos tesoros los soldados de Olid se echaron sobre las casas principales y empezaron á hurtar todas las joyas y plumajes que hallaban. Viendo lo cual, las mujeres, que habían ya tornado á la ciudad, "salían tras de éllos con unas cañas macizas y les daban de palos." Y como estuviesen por allí los principales (de entre los prisioneros), "las mujeres empezaron á deshonrarlos, diciéndoles que para qué traían aquellos bezotes [2] de valientes hombres, puesto que no eran para defender el oro, la plata ni los plumajes que se llevaba aquella gente. Empero los principales, que no tenían vergüenza de traer bezotes, más bien defendían á los españoles contra la agresión de las mujeres.

VI

Cristóbal de Olid, reservando para sí una gran parte del botín, envió el resto, que era cuantioso, á Hernán Cortés.

A este efecto comisionó á Tzintzun, quien con la preciada carga se dirigió á Coyoacán, residencia del conquistador.

Infinito fué el número de *tamenes* (cargadores) que se emplearon en la conducción, distribuídos de veinte en veinte hombres, con orden de no reunirse ni apartarse demasiado, sino conservando una distancia tal, que cada pelotón alcanzase á ver al que iba delante, para lo que cada uno llevaba en la carga una bandera roja. Y refiere la tradición que cuando el pri-

1 Relación, pág. 98.
2 Insignia de mando entre los caudillos del ejército. Los bezotes eran unos adornos de oro, plata ú obsidiana que se sostenían en una perforación del labio superior.

mer grupo entraba en las calles de Coyoacán, el último apenas abandonaba á Tzintzuntzan.

Hernán Cortés contempló lleno de júbilo el inmenso tesoro y luego dió orden de que se aposentara régiamente al príncipe Tzintzun, entretanto lo recibía en audiencia pública. Pero antes de hacer la narración de ella, trasladémonos á la pintoresca ciudad de Uruapan.

VII

El rey Tzimtzicha permanecía semi oculto en aquel edén, en donde los bosques están cuajados de frutas, donde los manantiales son cascadas, y torrentes de espuma los caudalosos ríos, aromas y perfumes el ambiente, el suelo alfombra de flores, y los rayos del sol efluvios de vida.

Allí se deslizaban tranquilos los días del afeminado monarca, olvidado de sus deberes como soberano, de las armas como guerrero, de la defensa del reino como patriota.

Acaso ni llegaban á su oído las noticias de lo que pasaba en la capital de su imperio, ni en la ciudad de Pátzcuaro, en donde un puñado de hombres volvía por la honra de Michoacán.

VIII

En efecto si Cristóbal de Olid podía considerarse dueño de Michoacán, sabía bien que aquel grupo de valientes que logró salvarse en el asalto del templo se había dirigido á Pátzcuaro y había ocupado la parte alta de la ciudad en el rumbo del Oriente, en donde construía fortificaciones y en donde iban reuniéndose poco á poco los que aún alentaban en su pecho el amor de la patria. Tanto para Cristóbal de Olid, como para los príncipes y nobles purépecha que lo rodeaban, aquellos hombres eran considerados como rebeldes al trono de Castilla y al del imperio tarasco. Y si por un lado el jefe español trataba de reducirlos al orden, por el otro los dignatarios que ejercían en Tzintzuntzan la autoridad del monarca, estaban empeñados en castigar á los sublevados, siquiera fuese por inspirar confianza al capitán conquistador.

Dióse, de común acuerdo, á Nanuma el encargo de ir á destruir aquel foco de insurrección. Reuníanse á gran prisa los desbandados restos del ejército michoacano y se dispuso la marcha.

¿Para qué decir que Nanuma iba á emprender esta expedición con el entusiasmo y el valor que le habían faltado en su campaña de Taximaroa? ¿Acaso los rebeldes no estaban capitaneados por Timas? ¿No se hallaba entre ellos la mujer que se había burlado de su amor, que le había llamado cobarde por no haber muerto en una lucha imposible? ¿No estaba allí Eréndira, la de obscuros ojos brillantes como las antorchas de la noche, la de seno voluptuoso lleno de encantos infinitos? ¿Qué le importaban sus desdenes si al cabo iba á ser suya?

Nanuma marchó sobre Pátzcuaro, llevando á sus órdenes más de mil guerreros tarascos y cinco ginetes castellanos, poderoso auxilio que le diera Olid para inspirarle confianza en el éxito del combate. Por lo demás, Nanuma sabía que su enemigo apenas si contaba doscientos hombres. Y todavía así, se propuso dar una sorpresa para asegurar la victoria. Con este intento emprendió su marcha, haciendo un rodeo por Tupátaro y trepando por las montañas que se extienden al Oriente de Pátzcuaro, llegó á esta ciudad en el curso de una noche envuelta en espesos nubarrones.

Inmediatamente destacó sus columnas de ataque que penetraron en el atrio. Tan grande era el silencio que reinaba en la fortaleza, que Nanuma creyó no haber sido sentido por sus contrarios. Entónces dió en voz alta la orden de escalar el templo...... Estridente carcajada respondió á las palabras del valiente jefe, que sintió helársele la sangre en las venas. En aquel momento un diluvio de piedras y de flechas sembró la muerte en la tropa, acometida ya por el pánico.

Como un torrente que se despeña de las montañas y cuyo fragor semeja al trueno de las nubes, los patriotas de Timas descienden del templo, se mezclan entre los asaltantes, se oye el duro choque de las macanas en medio del gemido de los moribundos.

Los soldados del rey huyen como bandadas de codornices.

Y después de esta rápida escena, aún escucha Nanuma, al ir corriendo, la estridente carcajada de Eréndira.

IX

En el atrio, los guerreros de Timas entonaron el canto de victoria.

Recogen abundante botín y como parte de él, un soberbio corcel blanco, del que se apoderaron al recibir la muerte su ginete. Los gritos de alegría se convierten en ahullidos de venganza; en todas partes se oyen voces pidiendo el sacrificio del *monstruo*, como una ofrenda á Xharatanga que los había cubierto de gloria.

Ya iba Timas á entregar la víctima á los sacerdotes, cuando Eréndira, que había bajado del templo, hizo ademán de que quería hablar. Callaron todos, y la joven, dirigiéndose á su padre, pidió que le entregase el *prisionero:*

—No me lo rehuses, padre;—continuó diciendo—el mensajero de los dioses, que asoma ya por el Oriente, ha enviado uno de sus rayos al interior de mi alma para comunicarme una orden divina. Que nadie me pregunte, pues no revelaré por hoy mi secreto. [1]

Ya fuese que los guerreros creyeran en las palabras de Eréndira, ó que quisiesen satisfacer el capricho de la doncella á

---

1 Eréndira se refería al interior de su pecho, pues los tarascos desconocían la existencia del alma. Hoy le dicen *ánima*, del latín, porque así se lo enseñaron los misioneros.

Creían en una segunda existencia después de la muerte; pero no el alma, sino la sombra (cumanda), era la que seguía disfrutando de una vida eterna.

quien tanto querían, lo cierto es que no hubo uno que no clamasc porque el hermoso corcel fuese entregado á la hija de Timas.

X

Es ya tiempo de que volvamos al lado de Tzintzun, á quien dejamos en un regio aposento de Coyoacán.

Después de que Hernán Cortés hubo separado del tesoro de Michoacán la parte que correspondía al rey de España, guardó la suya, que era la mayor, poniendo en la distribución el especial cuidado que lo caracterizaba en todos sus actos.

En seguida envió á llamar á Tzintzun y le dijo:

—¿Cómo es que el presente que me habéis traído me lo envía Cristóbal de Olid? ¿Acaso vuestro rey no estaba en la ciudad?

—Así es, señor; Tzimtzicha, para venir más pronto á verte, se embarcó en la laguna y su piragua naufragó, azotada por los vientos.[1] ¡Mi rey es muerto!

—Entonces alguno de sus hermanos habrá ocupado el trono. ¿A quién habéis elegido?

—Mi amo, señor, no tenía hermanos. Cuando yo salí de Tzintzuntzan no se reunían aún los nobles para tratar de la sucesión de la corona.

—Me habían dicho que el Caltzontzin tenía un hermano que se llama Ecuángari.

—Ecuángari y yo somos gemelos, y ambos parientes inmediatos del rey, siendo costumbre entre nosotros que los parientes se digan hermanos.

—Como quiera que sea, uno de vosotros ha de ser el rey de los tarascos.

—Será, señor, como tú lo deseas.

No de otro modo repartía Cortés entre los vencidos á quie-

1 Relación, pág. 99.

nes quería halagar, el mando imaginario é irrisorio de las provincias conquistadas.

Don Hernando ordenó que su mayordomo entregase á Tzintzun unos collares de cuentas de vidrio y otras baratijas que tanto estimaban los indios.

—Estos obsequios, le dijo el conquistador, tenía yo preparados para coresponder el regalo del Caltzontzin, pero puesto que ya no existe, tomadlos y los dejaréis caer en el lugar del lago en·que se ahogó, para que los tenga consigo.

En seguida el tesorero Alderete condujo á Tzintzun al lago de Texcoco y lo hizo entrar en uno de los bergantines. Navegaron un rato, y Tzintzun no se cansaba de ver cómo inflaba el viento las velas de la embarcación y la hacía deslizarse por las aguas, cual si estuviese movida por gigantescas alas, y pensaba que al impulso de la poderosa máquina quedarían destruídas, como por encanto, las frágiles chalupas que surcaban el lago de Pátzcuaro, si allí se tratase de hacer resistencia á los españoles.

Al día siguiente se le llevó á presenciar un simulacro de guerra. Le infundieron admiración las maniobras de la infantería; le causaron sobresalto la docilidad, la fuerza y la rapidez de movimientos de los caballos, y llenóle de terror el estampido de los cañones y el estrago de sus balas.

Empero lo que más afligió su espiritu y aumentó su miedo, cuando regresó del lago, fué mirar el semblante airado de Cortés y escuchar de sus labios las siguientes palabras:

—¿Por qué mè has mentido? No es cierto que el Caltzontzin se haya ahogado en la laguna. Oculto está en un pueblo de la sierra.

Tzintzun comprendió que Cortés estaba bien informado, y temiendo la cólera del conquistador, decía lleno de angustia:

—Ha de ser verdad lo que te dicen. Acaso Tzimtzicha salió á la orilla de la laguna, y temeroso de algunos nobles que se han rebelado, huyó en secreto; mas cuando yo vine de Tzintzuntzan todos creíamos que había muerto.·

Y al decir esto lloraba, pensando en que lo iban á matar.

—No llores—le dijo Cortés—vuelve á tu tierra. Llevarás una carta á Cristóbal de Olid para que os trate bien á todos vosotros. Parte luego á donde se halla el Caltzontzin y dile que no tema, que torne á su palacio de Michoacán,[1] en donde lo recibirán con agrado los castellanos.

—Todo cuanto mandas á tu siervo se hará, señor.

—Dí también á tu rey que, tan luego como descanse, venga á verme á Coyoacán y que no olvide traer oro.

XI

Apenas hubo regresado Tzintzun á la capital de los purépecha, convocó á los señores de la nobleza, y les notició el mensaje que llevaba para Tzimtzicha, y la buena disposición de Cortés para los habitantes de Michoacán. Como resultado de estas conferencias, á que asistió Cristóbal de Olid, fué nombrada una comisión de los principales dignatarios de la corte, presidida por Tzintzun y acompañada de dos españoles, para que fuesen á Uruapan y convenciesen á Tzimtzicha de que debía volver á Tzintzuntzan á encargarse del gobierno del reino. ¡Aún creía la nobleza en la existencia del reino!

En cuanto á Olid, que en todo seguía la política de Hernán Cortés, quería tener á su lado aquella sombra de soberano para hacer más eficaz la sumisión de los tarascos.

La embajada llegó á su destino, y ya en presencia del monarca habló Tzintzun:

—Gran rey, tu imperio está en tinieblas; torna con nosotros á tu ciudad; te esperan tus súbditos para mostrarte su amor y su respeto.

—Muchos de mis súbditos se han rebelado contra mí y tratan de matarme. ¿Cómo quieres que torne entre vosotros?

—No temas, señor; vienen con nosotros dos españoles, á fin

---

1 Así llamaban los españoles á Tzintzuntzan.

de asegurarte que su capitán sólo piensa en protegerte contra los rebeldes, que no son más que un puñado de perversos.

El indolente Tzintzicha se dejó convencer, y después de algunos días pasados en fiestas, regresó la comitiva, llevando consigo al monarca. Por indicación de Cristóbal de Olid los viajeros debían tocar la ciudad de Pátzcuaro; quería que los descontentos presenciaran desde su campo el recibimiento ostentoso que se iba á hacer al monarca, pues que entraba en su política que los pueblos viesen el apoyo que los castellanos prestaban al rey y la impotencia en que hasta entonces se hallaban los rebeldes. Persuadido estaba Olid de que los indios, aunque comprendiesen que en Tzimtzicha no quedaba ya más que la sombra de los antiguos soberanos purépecha, quería, sin embargo, deslumbrarlos con los brillantes atavíos de esa sombra, á fin de que no cundiera en la masa del pueblo el ejemplo dado por aquel grupo de defensores de la patria, á quienes trataba de hacer aparecer como insensatos.

XII

Mas en una parte andaba Olid harto equivocado. Aunque lentamente, cada día se iba aumentando el número de los patriotas. Muchos de ellos habían trasladado sus familias al campamento, que se convirtió en un barrio de la ciudad.[1] Habían adquirido cierta confianza de que no serían atacados y de cuando en cuando algunos de ellos iban á las poblaciones vecinas á hacer la propaganda de la buena causa ó simplemente se ausentaban del campamento para ir á ver sus sementeras.

Timas, respetando su carácter de jefe, abandonaba pocas veces el puesto; no así Eréndira que la mayor parte del tiem-

---

1 Ese barrio subsiste aún hoy día y se llama el *barrio fuerte*, precisamente por lo que estoy refiriendo, y por espacio de muchísimos años permanecieron allí los indios sin reconocer á las autoridades de la conquista, según lo afirma la tradición entre los vecinos de Pátzcuaro.

po residía en su bella mansión de Capácuaro, á orillas de la laguna.

La joven había tenido la idea de aprender la equitación: la docilidad del caballo cogido á los españoles, el valor natural de aquella admirable doncella y el cariño con que ésta trataba á su corcel, hicieron que en poco tiempo hubiese logrado sus deseos. El anciano Timas, que se complacía en ver á su hija, dominando á uno de aquellos *monstruos* que tan útiles aliados eran de los españoles, concibió la idea de hacerse á toda costa de cuantos caballos pudiera adquirir, bien fuese en las acciones de guerra, ó bien cambiándolos por oro á sus dueños, ávidos siempre del precioso metal. Una vez conseguido este propósito, Timas pensaba adiestrar en su manejo á los jóvenes más ágiles y robustos de entre sus guerreros y oponer á la caballería española los ginetes indios, que se pondrían orgullosos de pelear de igual á igual contra sus enemigos.[1] Comunicada la idea á los valientes que lo rodeaban, fué acogida con grande entusiasmo, y los más audaces juraron que la primera ocasión que se presentase, más de un español quedaría pie á tierra, lamentando la pérdida de su caballo.

XIII

Una hermosa mañana del mes de Abril, los rebeldes del barrio fuerte vieron aparecer en el rumbo del Poniente la numerosa comitiva de Tzimtzicha, al mismo tiempo que del rumbo del Norte avanzaba el capitán español, seguido de sus tropas y de una inmensa multitud formada de los nobles y de la plebe de los pueblos todos de la laguna.

Cuando ya estaban á punto de encontrarse se oyó el terrible grito de guerra que salía de las alturas del barrio fuerte. En seguida se desprendieron de allí cuatro grupos de guerre-

1 Muchos de los indios en aquel tiempo adquirieron caballos y llegaron á ser mejores ginetes que los españoles, por cuyo motivo el gobierno de Castilla les prohibió tener cabalgaduras.

ros que, avanzando unos cuantos pasos en dirección á los cuatro puntos cardinales, lanzaron flechas al cielo y entonaron himnos de combate. Aquel simulacro no era más que la protesta de la patria contra los invasores y contra la infame traición de los cobardes.

Por fin llegaron á incorporarse Tzimtzicha y Olid, verificándose el encuentro en el lugar en que hoy se levanta la capilla del Cristo, en Pátzcuaro.

Apeóse de su caballo el jefe español y tendió sus brazos al monarca; mas éste apresuró el paso é hincó la rodilla en presencia del extranjero. Mudos y pasmados contemplaban este acto de humillación los millares de espectadores.

En tanto, sobre lo alto de la colina, una mujer que se destacaba enmedio de los rayos del sol y de un cielo purísimo, vertía lágrimas de rabia y levantaba la mano dirigiéndola hacia Tzimtzicha, como si aquella hermosa mano estuviese llena de maldiciones.

Aún hoy día el sitio en que se verificó el encuentro conserva el nombre de *el Humilladero.*[1]

XIV

Dice la historia[2] que tan luego como Tzimtzicha regresó á la ciudad de Tzintzuntzan, Cristobal de Olid mandó poner guardias en el palacio, diciendo que lo hacía para seguridad del rey; pero en realidad era por temor de que volviese á fugarse.

No descansaba aún el monarca de sus fatigas, cuando ya el jefe español le exigía la entrega de más tesoros. Tzimtzicha envió mensajeros á las islas de Pacandan y Urendan, en don-

---

1 El padre Villaseñor en su *Teatro Americano* al hablar de Pátzcuaro, dice: "Y lo primero que se descubre por el Oriente es una capilla en donde se venera la imagen de nuestro Redentor Crucificado: llaman á este sitio *el humilladero*, por ser el paraje en que los indios de la provincia se rindieron humildes á los españoles que emprendieron su pacificación.

2 *Relación*, pág. 102.

de los castellanos reunieron ochenta cargas de oro y plata y las llevaron de noche á Cristóbal de Olid. Al ver aquella inmensa cantidad se encaró á Tzimtzicha y le dijo:

—Esto es muy poco: manda traer más, pues que harto oro tienes. *Tú, ¿para qué lo quieres?*

En efecto, ¿para qué quería oro el rey? Le hubiese bastado un rayo de libertad. Temeroso, empero, de Olid, llamó aparte á sus principales y lleno de angustia les decía:

—Ved qué enojados están los dioses:[1] los atormenta el hambre del oro. Débenlo de comer y tenemos que saciar su apetito. Id á buscar oro por todas partes.

Y fueron los mensajeros y registraron todas las islas, recogiendo cuantos objetos de metales preciosos pudieron encontrar: por todo trescientas cargas.

—Hé aquí lo que hemos podido reunir—dijo Tzimtzicha á Cristóbal de Olid—Tómalo, es tuyo. Nosotros ¿para qué lo queremos?

—Bien está,—replicó el jefe.—Mas tú has de ir á México á llevar el tesoro á Don Hernando Cortés.

—Iré, señor, si así te place.

XV

Tzimtzicha emprendió el camino de México acompañado de los señores principales de su corte. Iba llorando y decía á Tzintzun:

—Ya lo ves; me había ocultado en Uruapan para que no me asesinasen los rebeldes; me sacaste de allí, y ahora vas á entregarme á los españoles para que me maten.

—Desecha tus temores, oh gran rey,—contestó el príncipe —el Malinche te recibirá muy bien: tan sólo desea que seas vasallo del emperador de Castilla. Por otra parte, ¿no llevas oro para aplacar su cólera?

1 Así se dejaban llamar los españoles.

Era tan eficaz el remedio, que Tzimtzicha se tranquilizó y pudo continuar el camino.

Ya cerca del Valle de México lo esperaba la música militar de los españoles, porque el conquistador sabía que Tzimtzicha llevaba siempre consigo á sus músicos, que los tenía muy buenos. "Al encontrarse—dice el padre Cavo,[1] —sonaron los instrumentos y alternativamente los músicos españoles y tarascos dieron muestras de su habilidad."

El rey michoacano compareció ante la presencia de Cortés, quien se alegró mucho de verlo y le dió la bienvenida. Dispuso que fuese alojado en una de las mejores casas de la población y que se le tratase cual correspondía á un príncipe tan preclaro.

Al día siguiente mandó llamar Cortés á Tzimtzicha y le dijo:

—Estos señores aquí presentes son de los principales de la nobleza de México. Van á conducirte á la Gran Tenoxtitlán para que veas cómo cayó esta ciudad al empuje de mis soldados, no obstante su grandeza y poderío: en seguida te llevarán á la prisión en que se encuentra Cuauhtemoc sufriendo castigo "por haber sido malo con los españoles."

Tzimtzicha se dirigió á la ciudad de México, á donde llegó cuando empezaba la noche y la luna se alzaba en el horizonte como un disco de fuego, rojo y siniestro; y al mirar las ruinas y los escombros de la que fué metrópoli de la América, no pudo contener el llanto en que se mezclaban lágrimas de compasión y de miedo. "Hé aquí, le decían los guías, la gran ciudad de México: éste es uno de los palacios de Motecuhzoma; allí está el gran templo de Huitzilipoxtli; éstas ruinas fueron el alcázar de Cuauhtemoc; aquellas la gran plaza del mercado."[2]

Tornó luego la comitiva á Coyoacán, encaminándose al sitio en que se hallaba el héroe mártir. Aún yacía en el lecho de

1 "Los tres siglos de México," lib. I.
2 Cavo. "Los tres siglos de México," lib. I.

dolor, á consecuencia de la tortura á que se le había sometido. Tzimtzicha no pudo menos que estremecerse al contemplar los llagados muñones en que estaban convertidos los pies
del monarca mexicano.

Tzimtzicha hizo ademán de saludar al augusto prisionero;
pero éste volvió el rostro con un gesto de desdén.

—Ya ves, gran rey de Michoacán,—le dijo uno de los españoles—ya ves en qué estado se encuentra el Guatemuz por
haber osado resistir á los castellanos y por haber ocultado los
tesoros que le pedíamos. No seas tú malo como él.[1]

Una imperceptible sonrisa de amargura se dibujó en los labios de Cuauhtemoctzin, quien fijó una mirada de lástima en
el rey de los purépecha.

———

Al día siguiente Tzimtzicha se despidió de Hernán Cortés,
no sin haber reiterado en su presencia el pleito homenaje que
rendía al Emperador Carlos V.

—Torna á tu país, le había dicho Cortés; allí reinarás bajo
la protección de mis soldados: nuestra es la hacienda que po-
sees y por lo tanto no decretarás tributos; porque esto lo en-
comiendo á mis españoles. En cuanto á la vida de tus súbditos, tuya es y podrás disponer de ella como te plazca.[2]

No se cansaba el rey de proclamar las bondades de Cortés,
y de cuán generosos eran los españoles, puesto que le permitían disponer de la vida de sus súbditos, y en consecuencia
reinar como soberano.

En su regreso á Tzintzuntzan, hizo muy contento el camino,
en el que de rato en rato iba jugando al *patal* con sus compañeros, según refiere la crónica.

1 Relación, pág. 108.
2 Relación, p. 104.

XVI

Mientras duró el viaje de Tziml̃zicha á México, permaneció Cristóbal de Olid en Tzintzuntzan sin emprender expedición alguna, preocupado sólo en indagar la existencia de nuevos tesoros.

Reinaba tranquilidad en la extensión del suelo michoacano.

Los rebeldes del barrio fuerte de Pátzcuaro, viendo que no eran atacados, cobraron mayor confianza é iban más frecuentemente á sus casas ó á ver sus sementeras.

El mismo Timas, caudillo de los patriotas, lleno de confianza, marchó á sus posesiones de Capácuaro sobre la orilla oriental del lago. Allí había ocultado la doncella el hermoso corcel quitado á los españoles el día del combate. Eréndira mostraba cada día más cariño al noble animal, y éste, que parecía haberlo comprendido, correspondíale lleno de gratitud, relinchando de contento cada vez que la veía y moviendo graciosamente las elegantes orejas. Alimentábalo Eréndira cuidadosamente y lo había alojado en el mejor aposento de la casa. Cuando lo montaba, el generoso bruto, como si se enorgulleciera de su preciosa carga, marchaba arrogante por las colinas, saltaba airosamente las barrancas ó galopaba en la llanura, dejando flotar, al impulso del viento, la crin sedosa y abundante.

Los indios contemplaban admirados aquella esbelta amazona, la veían pasar como celeste aparición y perderse en la espesura de los bosques.

XVII

El más profundo silencio reinaba en la mansión de Timas. Los habitantes de la casa yacían en profundo sueño.

De cuando en cuando el *coroví*, como centinela de la noche, lanzaba su agudo canto desde la copa de los pinos. De repente el ave redoblaba sus gritos de alarma, y volaba de árbol en árbol inquieta y azorada.

Empero nadie la oía en el interior de la casa.

Comenzaban á palidecer las estrellas é iba despercudiéndose poco á poco el negro manto de la noche. Los ojos penetrantes del corcoví se fijaron en unas manchas obscuras que se dibujaban en la superficie del lago; el pájaro, espantado, gemía lleno de angustia y saltaba de rama en rama, como poseido de desesperación.

En la mansión de Timas todos dormían profundamente.

———

De improviso, cuarenta hombres armados saltaron de dos barcas, y rápidos se dirigieron á la silenciosa estancia. Aquellos guerreros estaban mandados por Cuinienángari y por Nanuma. Rodearon la casa y exhalaron el grito de guerra.

Los habitantes despertaron sobresaltados. En seguida apareció en la puerta el anciano Timas y tras de él sus diez esposas que lloraban y se mesaban los cabellos. Eréndira fué la única que se presentó serena, cubierto el rostro de severa altivez.

En aquel momento la aurora derramaba sus galas en el horizonte.

Digna era la actitud de Timas: los collares de turquesas que ceñían su cuello, las grandes orejeras de oro que descendían hasta sus hombros, los cascabeles del mismo metal que adornaban sus muslos, y la guirnalda de trébol que coronaba sus sienes, más parecían indicar que el anciano marchaba á alguna fiesta que al encuentro de sus enemigos.

Cuinienángari le mostró una carta que le enviaba Tzimtzicha, quien, como señor de la vida de sus súbditos, usaba ya esta señal de mando.

—¿A qué vienes tú aquí?—preguntó Timas á Cuinienángari —¿Vas acaso á alguna conquista?

—En vano te burlas de nosotros contestó el mensajero; el rey ha dado orden de muerte contra tí.

—¿De qué me acusa? ¿De defender su reino?

—No me toca juzgar á mi señor. Enviado soy y cumpliré sus mandatos.

—¡Valiente éres! Pelearemos los dos. ¿No has estado tú en las batallas en que pelean enemigos contra enemigos? ¿Mataste alguno por si acaso?

—"¿Tienes miedo de morir? ¿Por qué me insultas?"

—"Sé bien venido; y pues mi sobrino el rey lo manda, sea así. Yo también estuve á punto de matarlo por traidor. Pelearemos. ¿Cómo he de tener miedo, pues había resuelto matarme antes que ver la afrenta de la patria? Espera un poco."

Timas penetró á un aposento seguido de sus mujeres. Encendió los braserillos con el incienso destinado á la muerte, escogió una entre sus odaliscas y hundió en su pecho una navaja de obsidiana. Era la esposa escogida como compañera en su eterno viaje.

Y tornó á salir en donde estaba Cuinienángari con los verdugos que lo acompañaban.

—Toma—le dijo Timas—toma este vaso de vino, pues que has de tener sed.

—No tengo sed. No soy cobarde, contestó el mensajero.— Lo que tengo es hambre de matarte.

"Y á una señal que hizo, los cuarenta asesinos se arrojaron sobre Timas y lo acogotaron con sus porras,[1] le quebraron la cabeza y lo llevaron arrastrando antes de que muriese, y los hijos que estaban con Timas huyeron de miedo,[2] en tanto que las mujeres lanzaban gritos de dolor en el fondo del aposento."

———

Entonces, como era costumbre, los verdugos se apoderaron de los bienes del ajusticiado y se repartieron las mujeres.

Nanuma escogió su botín, á Eréndira, que si no había querido ser su esposa sería ahora su esclava.

———

1 Relación, pág. 105.
2 Ya se ha dicho que Timas no tenía más hijos que Eréndira; pero repito que los tarascos llamaban hermanos á los primos ó hijos á los sobrinos.

Arreglado el reparto, todos se apresuraron á penetrar en el aposento para tomar posesión de su presa.

En aquel instante una blanca visión, como la imagen divina de un sueño, apareció en el umbral. Era la hermosa doncella, montada en fantástico corcel, que se abrió paso por entre los asesinos, derribando á Nanuma.

Ligera como el viento desapareció entre la espesura de los pinos.

———

El corcoví batió sus alas, brincó de rama en rama y murmuró trinos de alegría.

Al mismo tiempo el sol brotaba en el Oriente, llenando el mundo de efluvios luminosos.

———

CUARTA PARTE.

La Predicación del Evangelio.

I

El mes de Julio se deslizaba en el infinito declive de los siglos.

El paisaje de Capácuaro ostentaba todo el brillante lujo del estío.

Por la mañana el fecundo luminar del día hacía resaltar el verde gualda de los maizales que alcanzaban ya su pleno desarrollo, y sobre sus anchas hojas millares de gotas de rocío, como diamantes acabados de pulir, temblaban al impulso de la brisa.

En la tarde, negras nubes se aglomeraban en el horizonte, y creciendo rápidamente obscurecían el cielo. El rayo centelleaba, y mugía el trueno que iba repercutiéndose de montaña en montaña. Entonces se desataban cataratas que inundaban la tierra.

Una tarde en que el cielo estaba despejado, el astro rey despedía sobre el campo sus rayos abrasadores, como saetas de lumbre.

Eréndira, á la sombra de frondosa encina, contemplaba absorta la dilatada sementera de maíz profusamente iluminada por el sol.

Eréndira, que jamás había amado, ¿por qué experimentaba en aquel momento honda tristeza, que la hacía pensar en que se hallaba sola en el mundo? ¿Por qué en aquel seno, en que parecía dormir la naturaleza, palpitaba extraña sensación de soledad? ¿Por qué ningún guerrero venía á su lado á despertar en su pecho las alegrías del amor?

Los ojos de la doncella se dilatan en una mirada de misterioso placer. ¿Qué pasa en el maizal, que así provoca el éxtasis de Eréndira? Su pecho se levanta y late y parece que dos elevadas ondas se hinchan allí, como las olas del mar que presagian la tempestad.

En aquel momento sucede algo extraordinario en la fecunda sementera. Yérguese cada tallo, las hojas se desmayan, las espigas se mueven y tiemblan los pistilos de la flor, semejantes á una sedosa cabellera. Y llega, no sé de dónde, una ráfaga suave y tibia de viento, que vibra entre las plantas, que lo invade todo, que derrama un aliento de sensualidad en aquel campo de esmeralda; y de improviso se satura el ambiente de un polvo amarillento, desprendido de las espigas, que parece lluvia de átomos de oro. Se escucha un rumor misterioso, como si estuviesen sacudiéndose de placer las alas del amor!

Eréndira, con los labios entreabiertos, con la nariz dilatada, el semblante pálido, se estremecía en todo su cuerpo, y en sus ojos había lágrimas candentes.

¿Había despertado la naturaleza en aquel seno de voluptuosidad?

....

II

El rey Tzimzicha volvió á México, llamado por Hernán Cortés.

Habíanle llevado al capitán español planos bastante deta-
llados del reino de Michoacán, con noticia de sus riquezas minerales y agrícolas y de la importancia de su litoral en el Pacífico. Llamó, pues, á su lado á Tzimtzicha con el pretexto de
hacer de común acuerdo el repartimiento de las tierras entre
los españoles y los pueblos de indígenas en Michoacán.

De sus pláticas con el monarca indiano concibió Cortés la
idea de incluir la provincia de Michoacán en las posesiones que
para hacienda suya pidió al Emperador Carlos V, demanda
que le fué acordada, pero en la que Cortés no persistió, prefi-
riendo veintitrés ciudades y lugares muy poblados y ricos, situados en otras regiones. [1]

Durante aquellas conferencias se verificó en la ciudad de
México uno de los acontecimientos más notables, que si no
cambió la política de los conquistadores, la modificó, suavi-
zándola en favor de los indios. Me refiero á la llegada de los
frailes franciscanos. Hé aquí cómo relata el suceso el cronista
Mendieta en su "Historia Eclesiástica Indiana."

"Llegados, pues, á México, el Gobernador (Cortés), acompañado de todos los caballeros españoles y indios principales que
para el efecto se habían juntado, los salió á recibir, y puestas
las rodillas en tierra, de uno en uno les fué besando á to-

1 Cavo, "Tres Siglos de México," lib. II.
Cuando Cortés emprendió su viaje á Zacatula á través de Michoacán fué
cuando dió al Cupatitzio el nombre de *río del Marqués*, que conserva aún,
nombre que lleva también uno de los ranchos que pertenecen á la hacienda
de la Zanja.

dos las manos, haciendo lo mismo Don Pedro de Alvarado y los demás capitanes y caballeros españoles. Lo cual viendo los indios, los fueron siguiendo, y á imitación de los españoles les besaron también las manos."

Más que un acto de devoción fué éste un rasgo de la astuta política de Hernán Cortés.

Profunda impresión causó en el ánimo de Tzimtzicha la humillación de los españoles ante aquellos hombres que por toda arma portaban un crucifijo y por cota de maya un humilde sayal.

—¡Poderosos é inmortales deben ser estos nuevos guerreros! exclamó.—Y si los españoles les tienen miedo, ¿qué será de nosotros?

Con estas impresiones regresó á Michoacán, en donde ya no tenía un palmo de terreno como soberano.

III

Poco tiempo después la voz pública comenzó á difundir en todo el país la noticia de que aquellos hombres extraños eran protectores de los indios, á los que libraban de la tiranía de los españoles; que amaban á los niños y les enseñaban las artes castellanas; que no exigían oro ni plata, antes bien repartían limosnas entre los pobres; que no arrebataban de su hogar á las doncellas para hacerlas sus esclavas, sino que las defendían de los extranjeros y las hacían sacerdotisas de los templos: en suma que su poder era tan grande, que los capitanes españoles caían á sus plantas, pidiendo perdón de sus pecados y dejándose castigar por sus faltas.

Tzimtzicha respiró al saber esto, como el reo de muerte á quien se comunica el indulto. Tener á su lado á uno de aquellos séres sobrehumanos fué desde entonces toda su ambición, la esperanza de verse libre de sus pesares y temores. Determinó, en consecuencia, ir por tercera vez á la metrópoli y regresar con uno ó varios religiosos. Los pediría á Cortés, diciéndole que era para que introdujesen la fe cristiana en su reino.

"Premióle Dios su buena voluntad y diligencia—dice el cronista Beaumont—pues fué el primero que lavó su alma en las aguas del santo bautismo, poniéndole por nombre *Francisco*, al que en otro tiempo fué conocido por Sinsicha Tangajuan y por el Gran Caltzontzí."

Con la venia de Cortés solicitó y obtuvo del padre Fr. Martín de Valencia, provincial de los franciscanos, que le señalase misioneros para Michoacán, cabiendo á esta tierra la dicha de que fuese designado, con otros compañeros, el padre Fr. Martín Chávez, conocido por algunos por Fr. Martín de la Coruña, y generalmente por Fr. Martín de Jesús.

IV

Pálido, intensamente pálido, era el semblante del misionero; y sin embargo, en los frecuentes éxtasis que experimentaba, durante sus oraciones, se le encendía el rostro, como con una llama de fuego.

Negros, muy negros y brillantes eran sus ojos, pero ninguna luz humana, sino un destello celestial hacía fulgurar su mirada apacible, como los primeros rayos del sol filtrados á través de la gasa de la aurora.

"No obstante su vida de ayunos, pues jamás comió carne ni pescado, andaba descalzo entre guijas y pedernales, trepando montes y trasegando sierras."[1]

Era dechado de todas las virtudes, distinguiéndose particularmente en la paciencia para evangelizar á los indios, á quienes trataba con infinita dulzura.

Ardiendo en deseos de comunicar cuanto antes la luz divina

1 La Rea.—Crónica de la Provincia de San Pedro y San Pablo de Michoacán.

á su grey, en pocos meses aprendió el idioma tarasco y pudo
ya predicar en esta lengua sonora y armoniosa.

Aunque de carácter humilde, exaltábase y se erguía como
un atleta ante las demasías de los españoles que "como tigres
daban en la manada, destruyendo y matando." Tanta energía
convertíase luego en mansedumbre, á fin de procurar tranquilidad á las víctimas que había arrebatado á sus perseguidores.

Tenía Fr. Martín treinta y dos años cuando salió de México
en compañía del rey Francisco para dirigirse á Tzintzuntzan.

En tanto que el monarca iba en un rico palanquín, conducido
en hombros de sus súbditos, el misionero caminaba á pie, con
un báculo en forma de cruz en la mano, el breviario colgado
de la cuerda y sin más abrigo que su hábito. A la espalda llevaba su equipaje, que consistía en los ornamentos y demás
cosas necesarias para celebrar la misa.

"En todos los lugares del tránsito salían á recibir á los misioneros con entusiastas demostraciones de alegría, y al ejemplo
de su príncipe, trataban á los religiosos con suma atención y
reverencia."

Después de nueve días de camino, una tarde de Agosto de
1525 la comitiva penetró en las dilatadas calles de Tzintzuntzan, en donde inmensa gente esperaba la llegada de aquellos
seres extraordinarios que aparecían como salvadores.

De alero á alero de las casas había corredizos, formando una
bóveda de verdura sobre las avenidas; el piso estaba tapizado
de ninfeas y de la infinita variedad de flores silvestres, tan
abundante en la estación de aguas. Se respiraba un ambiente
profusamente perfumado.

Avanzaban los padres en medio de la inmensa multitud, pro-
digando bendiciones á entrambos lados. Las madres cogían en
brazos á sus hijos y se los presentaban, como poniéndolos bajo su protección.

Tzimtzicha los hospedó en su propio palacio, cortejándolos con real magnificencia. Le parecía que á su lado tenía más seguridad que rodeado de su ejército.

———

Aún permanecía el pueblo en la extensa plaza, aclamando á sus salvadores, cuando en lo alto de una yácata apareció Eréndira, tinto de rojo por la indignación, el virginal sem-, blante.

—¡Purépecha!—exclamó con voz trémula, pero con acento poderoso.—Antes vimos á los españoles que vinieron á arrebatarnos nuestros tesoros y nuestras tierras; hoy miramos á estos hombres que llegan como mendigos á apoderarse de los niños, como si fuesen huérfanos,[1] á destruir nuestros dioses y á imponernos una religión extraña. ¿Qué nos quedará entonces?

———

Estas palabras fueron transmitidas de boca en boca, y luego la muchedumbre se dispersó silenciosa, pero amenazadora.

V

No bien había amanecido el día siguiente cuando los misioneros pidieron al rey que les asignase sitio para construir su iglesia. Tzimtzicha quiso que eligiesen ellos mismos el lugar, y los invitó á recorrer la ciudad y los acompañó él mismo, seguido de los nobles de su corte. Recorrió la comitiva, uno á uno, todos los barrios. A su tránsito se formaban grupos de pueblo, y el monarca escuchaba palabras poco tranquilizado-

1 Es sabido que los franciscanos recogían en los conventos á los niños para aprender de sus labios el idioma y para sembrar en su tierno corazón la semilla del cristianismo, haciendo de ellos eficaces auxiliares en la propaganda religiosa.

ras de parte de sus súbditos. Poco á poco fueron creciendo estas demostraciones hostiles, de tal suerte, que Tzimtzicha no pudo menos que ponerlo en conocimiento de los religiosos. Llegaban en esos momentos al atrio en que se alzaba el templo de la luna. Fr. Martín, encendido el rostro con el celo de la fe, se volvió hacia el rey y le dijo:

—Este sitio me agrada. Aquí, donde tus antepasados adoraron á la falsa madre de uno de tus dioses, edificaré mi templo y lo consagraré á la santa mujer que tuvo la dicha de llevar en su seno á la Madre del Dios verdadero.[1]

—Sea como lo quieres, padre; pero déjalo para cuando los soldados españoles te acompañen; mira cómo se insolenta el pueblo, oye cómo nos amenaza con su cólera.

—Hombre de poca fe,—replicó Fr. Martín—el demonio disfrazado de miedo se introduce en tu corazón........ Retírate, que quiero permanecer aquí, solo, en oración.

Había tal acento de imperio en aquellas palabras, que la comitiva obedeció, apartándose del misionero. La muchedumbre, empero, quedó allí compacta y terrible.

Fr. Martín hincó su báculo en el suelo y se arrodilló ante él. Extendió los brazos en cruz, concentró su alma y elevó su pensamiento hasta el trono de la Excelsa Sabiduría. Poco á poco el semblante pálido del misionero fué tomando un tinte rosáceo, como si lo iluminaran los rayos carminados de la aurora. Hubo un momento en que aquel hombre se alzó de la tierra, como si todo el magnetismo del cielo lo quisiese conducir á la morada de los justos.

Todos los ojos estaban fijos en el varón de Dios. En un boscaje de cedros, fronterizo al atrio, había una mujer, cuya profunda mirada no perdía un detalle de la sublime escena. Era una joven: su semblante palidecía, se dilataba su nariz, se entreabrían los labios de su boca, las olas de su pecho presagiaban tempestad y se estremecía todo su cuerpo......

1 Santa Ana.

VI

Mas entre la muchedumbre comenzaba á correr la voz de que aquel hombre era hechicero. Decían que iba á volar al cielo para tornar de allí con legiones de seres extraños que arrasasen los templos y extinguiesen la luz del sol y los rayos de la luna.

Entonces estalló el motín.[1] La gritería era espantosa, parecía que un viento de cólera saturaba el ambiente. La plebe enfurecida, ni respetaba á su rey, ni le infundía respeto la actitud del misionero, insensible á todo lo que le rodeaba. Llovían en torno suyo las piedras; pero como si un muro invisible las contuviera, caían á cierta distancia, sin que una sola lograse tocar su cuerpo.

La situación no podía prolongarse. Fr. Martín volvió en sí de su éxtasis, y paseando una mirada apacible sobre la agitada multitud, comenzó á hablarle de Jesucristo, del sacrificio que el Dios Hombre había hecho de su vida para redimir al mundo, y del amor supremo que profesaba á todas las criaturas: les decía que no había más que un solo Dios verdadero, creador del cielo y de la tierra, que moraba en todo el universo, teniendo á su lado á la Caridad y á la Esperanza, que eran sus mensajeras para comunicarse con los hombres. La muchedumbre lo escuchaba, pero no entendía sus palabras pronunciadas en idioma extraño.

Entonces la jóven se desprendió del bosque de cedros. Había comprendido en su alma el pensamiento del apóstol; adivinó que en aquel ser la vida era amor, amor como jamás se lo había imaginado, y creyó ver que de sus ojos se desprendía una luz desconocida y misteriosa.

———

Y Eréndira se dirigió á la multitud: el acento de su voz era

1 La Rea. Crónica citada.

tan melodioso que parecía un canto nunca escuchado por humanos oídos. Los indios quedaron absortos escuchando el raudal de palabras que se desprendía de los labios de la doncella, y que llevaba al corazón de cada uno la inspiración de Fr. Martín, llena de esperanza, de luz y de consuelo. Y estaban silenciosos, deseando que nunca acabase de hablar. Apenas interrumpían aquella quietud los latidos de mil corazones que se movían unísonos.

Terminó la joven su arenga, y como si la multitud hubiese exhalado un inmenso suspiro, se oyó brotar de ella un rumor que el viento hizo repercutir, de vibración en vibración.

Fr. Martín de Jesús fijó su límpida mirada en el intérprete que le deparaba el cielo. Sus ojos se encontraron con los de Eréndira y el fulgor que de ellos brotó iluminó un abismo profundo, en cuyo fondo hervían las llamas de un incendio.

Eréndira se extremeció como si aquel fuego abrasase sus entrañas......

VII

La conquista espiritual se había iniciado. Fr. Martín había dominado el espíritu de los indios, los cuales "fueron entregándole—dice el cronista Beaumont—todos los ídolos de oro, plata y piedras preciosas, y quebratándolos con gran desprecio, haciendo de ellos un gran montón, los arrojó á vista de todos en lo más profundo de aquella laguna, que es la misma de Pátzcuaro. Otros de madera y de curiosas piedras hizo juntar en medio de la plaza y en una grande pira hizo que el fuego los redujese á cenizas, para que éstas, arrebatadas por el viento, les diesen en los ojos y los sacasen de la ceguedad en que tantos años se habían mantenido.

"Y para que no quedase ningún asilo al demonio consiguió que los mismos indios demoliesen los templos que antes habían fabricado con tanto esmero y arrojasen sus piedras por aquellos suelos. [1]

"Quedó con esto la gran ciudad de Tzintzuntzan y sus moradores—añade La Rea—con la serenidad que suele el cielo, después de una gran tormenta, limpia de las nieblas del error y del engaño de la idolatría."

Inmediatamente dió principio Fr. Martín de Jesús á la edificación del convento, "miserable choza pastoril del evangelio," formada de adobes y techada de *zurumuta*. [2] Cabe el templo había unas cuantas celdas, sin mueble alguno, destinadas para los religiosos: al lado se construyó un espacioso salón para escuela de niños, y enfrente quedaba la *guatáppera* convertida en mansión de las doncellas consagradas al culto de Santa Ana, patrona del convento.

———

Fr. Martín era infatigable, ora activando los trabajos de los edificios, ora recogiendo á los niños á quienes por de pronto no enseñaba más que las dulzuras del canto, ora predicando á la muchedumbre que lo rodeaba, cuando aparecía en público. Lo acompañaba siempre Eréndira, su fiel, su constante, su inteligente intérprete, de quien él mismo no podía separarse, no obstante la inquietud que le causaba la profunda mirada de la joven.

Concluídos los trabajos se señaló día para la consagración solemne del templo. De todos los pueblos de la laguna se vieron llegar piraguas henchidas de flores con que se adornó profusamente la iglesia: los instrumentos de música no cesaban de producir melancólicos sones, acompañados del dulce tañido de las quiringuas. Y por primera vez escucharon los indios, atónitos á la par que alegres, el sonoro repicar de las campanas.

———

1 Todavía se ve en Tzintzuntzan la gran cantidad de piedras lajas, hoy sirviendo de cercas, de pavimento de calles y de construcción para las casas.
2 Es el nombre tarasco del zacatón.

En seguida franqueó las puertas del palacio una numerosa comitiva de nobles, ataviados con sus más ricos trajes y cubiertos de joyas de oro y plata. El rey y los principales se dirigieron al templo y al penetrar en él, los seis religiosos entonaron el Te—Deum, dando gracias al Ser Supremo por aquel instante en que la nobleza del reino de Michoacán iba á recibir la nueva fe, desterrándose para siempre de aquella tierra el reinado de las supersticiones. En efecto, en ese día recibieron el bautismo los miembros de la familia del rey Francisco, sus principales consejeros é infinito número de nobles de ambos sexos, distinguiéndose entre todos los príncipes Cuinienángari y Tzintzun, los caciques de Higuatzio y de Zirosto y sus esposas.[1] El que con más fervor recibió en aquel momento su nombre de cristiano fué el famoso general Nanuma, quien durante la ceremonia no apartaba sus ojos de Eréndira, como para significarle que quería serle grato, abrazando la nueva religión. En cuando á Eréndira, lo había olvidado para siempre.

———

QUINTA PARTE.

EL SACRIFICIO.

I

¿Por qué se refleja tanta angustia en el semblante pálido de Fr. Martín de Jesús?

Hacía muchos días que los religiosos lo veían alejarse del convento, no para ir á predicar á los neófitos, no para enseñar á los niños los salmos que cantaban en el coro, no para entrar al templo, á fin de entregarse á la oración, sino para correr trémulo y vacilante y encerrarse en su celda para hacer

---

1 Beaumont. Crónica de Michoacán.

cruenta penitencia. Sus ayunos eran diarios y noche á noche se le observaba en constante vigilia...... Se hallaba demacrado y hondas ojeras amorataban sus párpados.

Eréndira estaba profundamente inquieta por lo que ella creía enfermedad del misionero, sin notar que ella misma estaba pálida y ojerosa: sentía oprimido el pecho no obstante los frecuentes suspiros con que trataba de desahogar su pena. En su tristeza, sin causa aparente, no comprendía que ella también estaba enferma, muy enferma. Las gentes que la miraban pasar se preguntaban: ¿Por qué ya no hay sonrisas en los labios de Eréndira?

En vano pasaba largas horas en la puerta del convento, Fr. Martín no aparecía ante sus ojos: la joven no podía penetrar en el claustro, prohibido como estaba que las mujeres pusiesen sus plantas en el sagrado recinto.

Dos ó tres veces creyó entrever la sombra del misionero, pero dos ó tres veces la vió desvanecerse, y sentía como si una espesa niebla cubriese su mirada.

Entonces se retiraba con los ojos bañados en lágrimas....... Ya no había sonrisas en los labios de Eréndira.

II

—Padre,—dijeron un día á Fr. Martín sus compañeros— nuestros hermanos que predican en México, en Tlaxcala y Huejotzingo no permanecen encerrados en sus conventos, salen á buscar almas que redimir, recorriendo los pueblos y las chozas aisladas.

—Es verdad, nuestros hermanos no son pecadores como yo!

—Nuestros hermanos salen á repartir limosnas entre los pobres.

—Es verdad; pero ellos no son pecadores como yo!

—Ellos salen á visitar á los enfermos para llevarles la salud del cuerpo é infundirles la del alma.

—Es verdad que ellos no son pecadores como yo!

—Ellos van á sepultar á los muertos para devolver á la tierra el polvo de que formó Dios á los hombres.

—En verdad que ellos no son pecadores como yo!

—Ellos van de encrucijada en encrucijada y de colina en colina, levantando en alto la cruz, emblema de la regeneración.

—Tenéis razón! La cruz se hizo para redimir á los pecadores! Yo iré: levantaré en esta tierra tantas cruces como son mis pecados, desterraré con ellas á los demonios que me atormentan.

Los frailes se llenaron de regocijo: no veían en su prior más que exagerados escrúpulos.

III

Y desde el día siguiente, arrancando fuerzas de su dolor, Fr. Martín partió de Tzintzuñtzan. ¿A dónde encaminaba sus pasos? ¿Qué importa saberlo? Iba en busca de los desgraciados y le acompañaban la fe, la esperanza y la caridad.

Así caminó de cabaña en cabaña, haciendo mies de cristianos, así fué levantando cruces en cada una de las numerosas yácatas que se alzaban en los campos; así fué predicando de pueblo en pueblo, ya sin necesidad de intérprete, porque había aprendido lo bastante del tarasco para darse á entender. Mas en medio de sus sermones, se acordaba de aquella mujer que había traducido sus pensamientos en su primera predicación en Tzintzuntzan, recordaba la mirada fulgente de la joven, fija en él, como una chispa sin fin que se infiltraba en su pecho. Aquel recuerdo hacía palidecer más su semblante, hacía brotar el sudor de su frente, su voz era trémula y un extremecimiento extraño corría por todos los miembros de su cuerpo. Buscaba en el cielo la imagen de Dios y sólo veía el rostro de Eréndira y la dulce sonrisa de sus labios.

Y queriendo desechar de su alma estos pensamientos, trepaba á los montes en que vivían los indios más salvajes, les arrebataba los ídolos que hacía mil pedazos, arrojándolos al fuego, y buscaba con tezón la muerte del mártir, al herir con aspereza el sentimiento religioso de aquellas tribus; pero no sé qué luz divina circundaba su rostro, que los bárbaros caían postrados á sus plantas.

IV ·

Entretanto Eréndira había sabido la desaparición de Fr. Martín. Desolada partió en su busca: las cruces erigidas en las yácatas le servían de señales para seguir su camino: al pie de cada una de ellas se arrodillaba, no retirándose de allí sino después de haberla cubierto de flores. Al llegar á una cabaña aislada, á un caserío, escuchaba los himnos que á los habitantes había enseñado el religioso. Por todas partes sentía la presencia del varón de Dios y le parecía percibir el perfume, como incienso, que dejaba en su marcha.

Cuando por cualquier indicio creía ya estar cerca del misionero, se dibujaba en sus labios una sonrisa inefable, la dulce y expresiva sonrisa que le había dado el nombre de Eréndira; pero, cuando se desvanecía la ilusión, un fuego de inextinguibles llamas abrasaba su pecho, sin que bastase á apagarlo el torrente de lágrimas que corría por sus mejillas.

Una tarde, desde la playa de Higuatzio, vió una flotilla de canoas que surcaba el lago de Pátzcuaro en dirección á Erongarícuaro. Adivinó que aquellas embarcaciones llevaban al hombre á quien seguía. Se dirigió á la ribera, entró en una chalupa, hendió el redondo remo y como si fuera una golondrina que roza la superficie de las aguas, se deslizó rápida, dejando en pos del esquife una estela de espuma. Mas la noche desprendió del fondo de los cielos su cortinaje de tinieblas; el viento levantó grandes olas en la laguna y la pequeña canoa, juguete del huracán, no hacía más que girar sobre sí misma y fuerza fué á la joven abordar en la isla de Jarácuaro.

Al día siguiente, la chalupa volaba sobre la superficie tersa del lago, espléndidamente iluminado por la luz de la mañana. La joven arribó á Erongarícuaro y supo allí que el misionero había penetrado en el espeso bosque de Ajuno, obscura selva sin senderos. Eréndira no podía adivinar hacia dónde había marchado el religioso. ¿Se había roto el imán que la atraía hacia el objeto de su amor?

Eréndira avanzó resueltamente. Atravezó el profundo bosque, hasta sentirse fatigada, presa de enervación irresistible. Descansó á la sombra de una encina: aquel sitio era encantador; la floresta estaba cuajada de robles, de pinos, de madroños y de tilos. Jamás el hacha había abatido un sólo árbol, estos caían de cuando en cuando, agobiados por los musgos y carcomidos por los hongos. A la salida del bosque había un hermoso lago incrustado en las montañas. En el fondo se veía el pintoresco caserío de Sirahuen.

———

El sol estaba á la mitad de su carrera. Eréndira se sentía languidecer. Reclinóse en una peña cubierta de líquenes y se quedó dormida. Brotaba de su frente un sudor abundante y de su pecho hondos y prolongados suspiros. ¿En que soñaba su alma? El ambiente perfumado de la floresta hacía circular con más rapidez la sangre de sus venas. Estaba tan profundamente dormida, que no alcanzaban á despertarla ni el dulce trinar de los jilgueros ni el ronco graznido de las guacamayas.

De repente se extremeció: respiró como si un soplo de la brisa hubiera penetrado en todo su cuerpo; sus labios sonrieron dulcemente, y á través de sus párpados, su espíritu contempló una suave claridad, como la que anuncia al día después de una noche tempestuosa.

Eréndira abrió los ojos y vió á Fr. Martín de Jesús; se arrojó á sus pies y los bañó con el torrente de sus lágrimas. El misionero se puso intensamente pálido: le causaba pavor aquella hora en que el bosque estaba saturado de rayos del sol; lo intimidaba aquel sitio solitario; lo llenaba de espanto aquella mujer tan ingenua que estaba dominada de pasión irresistible. Tenía horrible miedo de sí mismo, porque se sentía subyugado ante aquella mirada de fuego. Si apartaba la vista; en donde quiera que la fijase.......... allí estaba Eréndira. Quería orar, y las oraciones se convertían en extraña respiración.

Mas en medio de su agonía hizo un supremo esfuerzo, puso sobre su corazón el crucifijo y elevó su alma á Dios, á ese supremo crisol en que se funden todos los amores.

—Padre,—le dijo Eréndira—te he seguido por todas partes; te buscaba mi alma, y mis ojos no podían encontrarte. Vas bautizando á mis hermanos, ¿por qué á mí sola me has abandonado?

—Es verdad, Eréndira, me haces recordar que tú no has recibido aún las aguas del bautismo: Dios te mandará con ellas la gracia que tanto necesitas!—Que tanto necesito yo también! pensó el sacerdote.

—No dilates un momento. Mira ese lago cristalino que te está convidando; aquí tienes mi frente...... apresúrate, padre, fuego inmenso me devora......

Fr. Martín se inclinó á la superficie líquida y con su mano trémula recogió el agua, tomándola de una de las ondas de aquella gran piscina; empapó la cabeza de la joven, y alzando su propio corazón hasta el fondo de los cielos, murmuró:

—Yo te bautizo en el nombre del Padre, del Hijo y del Espíritu Santo!

—Ah! ya soy cristiana—gritó Eréndira.—Ya puedes amarme! Ya no huirás de mí! Ya tenemos un mismo Dios!

En su mirada había como una oración, como una plegaria de infinita ternura.

Fr. Martín cayó de rodillas.

En aquel momento plegó sus alas la brisa; los pájaros, ocul-

tos en el follaje inmóvil, habían cesado de cantar; una blanca
nube veló lánguidamente los haces luminosos del sol: se diría
que reinaba el silencio, á no escucharse un rumor misterioso,
como el canto lejano de un coro de ángeles.

———

Desde aquel día las cristalinas aguas del lago de Sirahuen se
tiñeron de azul, reflejando la bóveda celeste.

V

Los ayunos de Fr. Martín se sucedían sin interrupción: su
cuerpo estaba llagado por la más cruel penitencia, su alma melancólica y sombría.

Para libertarse de las tentaciones, trabajaba sin cesar en la
obra de la evangelización. Comprendía que el hombre ha nacido para el amor, pero luchaba porque su alma se llenase del
amor divino, del amor universal, para apartarse del amor de
la tierra. Quería amar en conjunto á todo lo creado por el Señor......... ¿No era también Eréndira una criatura del Señor?
La doncella lo seguía á todas partes, y cuando alguna vez estaba ausente ¿no veía él su imagen en el cielo, en el lago, en una
flor? No quería hablarle; y sin embargo, ¿no se decían ambos
muchas cosas, de corazón á corazón?

VI

Un día Fr. Martín de Jesús anunció á los habitantes de la
comarca que iba á celebrar el santo sacrificio de la misa en la
pequeña isla de Apúpato, [1] á donde deberían concurrir todos

1 Es el peñón conocido con el nombre de San Pedrito, que está frente al
hotel de Ibarra, en el lago de Pátzcuaro. Aún subsiste la tradición de que
allí se dijo la primera misa que se celebró en Michoacán.

los indios que hubiesen recibido el bautismo. Se señaló al
efecto el día 19 de Octubre de aquel año de 1525.

En todos los pueblos de la laguna se notaba inusitada ani-
mación: los |hombres sacudían el polvo de sus penachos y
preparaban sus atavíos; las mujeres lavaban sus flotantes guanengos y escogían las plumas más flexibles para colocarlas
en lo alto de sus cabellos ceñidos de guirnaldas de flores, los
niños ensayaban los himnos que habían de entonar en la ceremonia.

Amaneció el día de la cita. El lago estaba límpido como un
gran espejo encajado en el verde esmeralda de las montañas.
La isla de Apúpato aparecía como un gigantesco ramillete,
en que ostentaban sus tintes lujosos las flores de la tierra caliente, su modestia y perfumes las recogidas en la serranía.
En la cúspide del peñón se levantaba el altar formado de palmas tropicales y le servía de techo una tupida enramada de
ninfeas y espadañas.

———

Llegó Fr. Martín, y al contemplar tanta belleza, comprendió que la mano de Eréndira había llevado á cabo aquella
obra de arte en que se adunaban la poesía y la sencillez.

Más de doscientos mil neófitos cubrían las playas y las colinas inmediatas y en la superficie del lago eran incontables
las piraguas y las chalupas, henchidas de gente que acudía al
acto religioso. No había embarcación en que el toldo no fuese una bóveda de flores y verdura.

En medio del humo de los incensarios apareció el apóstol,
y la sublime devoción con que celebraba la misa ¡infundió
respeto y veneración en el alma de los espectadores; les parecía que el cielo y la tierra se comunicaban por un lazo de
bendiciones.

Al concluir la ceremonia se desbordaron el entusiasmo y
la alegría. Por todas ¡partes, bajo enramadas improvisadas
y al melancólico son de la música apacible, se entregaban á

las delicias del baile los mancebos y las doncellas, soñando en una nueva éra de felicidad.

VII

Pasadas las horas del calor, Fr. Martín indicó su intención de regresar á Tzintzuntzan. Más de cien barqueros se le ofrecieron para conducirlo en sus piraguas; pero el misionero, deseando entregarse á la contemplación en la gran soledad del lago, pidió una pequeña embarcación, empuñó el remo y se alejó de la orilla. Tan abstraído iba que no observó que la chalupa estaba llena de flores, sin más espacio libre que la popa en que tomó asiento el religioso.

Era la tarde. En esa hora la laguna se pliega en ondas delgadas, que van aumentando su volumen á medida que el viento arrecia. El fraile hendía su remo maquinalmente, pues su pensamiento estaba concentrado en Dios, á quien tributaba su inmensa gratitud por haber libertado del infierno á aquella multitud de almas que habían asistido á la misa, pensaba no descansar un momento en su trabajo de evangelización y se imaginaba á sí mismo, trasmontando las serranías que acotaban el horizonte para encaminarse á tierras lejanas, erigir en todas partes millares de cruces y ver al pie de éstas millones de séres humanos, recibiendo los beneficios del cielo.

Apartada su alma de todo pensamiento de la tierra, soltó el remo eu el fondo de la barca, se hincó de rodillas, su semblante se cubrió de suave carmín y......... en aquel momento dos espléndidos ojos que brillaban entre las flores, contemplaron la faz del apóstol, circuida de una luz indefinible, y su cuerpo que se elevaba de la popa, resplandeciendo entre las negras nubes que comenzaban á arrastrarse terribles y tempestuosas sobre el lago. Eréndira se incorporó violentamente y se apoderó del remo.

Ya era tiempo. El huracán encrespaba las olas del lago; la noche descendía negra y aterradora; el rayo lanzaba intermitentemente su cárdena lumbre, seguido de truenos espantosos.........

Fr. Martín seguía en éxtasis profundo. En tanto, Eréndira, con esfuerzo sobrehumano fatigaba el remo: la barca aparecía, á veces, en la cima de una ola, á veces descendía al fondo del abismo. Por fin arribó á las playas de la isla de Pacanda. La joven atrajo con robusto brazo al misionero y ambos pusieron el pie en la tierra salvadora. Entonces volvió en sí de su arrobamiento el santo religioso, y se encontró solo con Eréndira en aquel sitio obscuro y solitario; tembló al fijarse en aquellos ojos que brillaban como carbunclos encendidos; le parecía que el infierno estaba enmedio de la tempestad y que la hora solemne del pecado sonaba sobre los truenos de las nubes.

La joven lo condujo á un palacio no distante, mansión campestre, por entonces inhabitada.

El fraile, próximo á desmayarse, estaba aterido de frío. Eréndira lo obligó á reclinarse en un lecho y lo cubrió de mantas; mas temerosa de que aquel abrigo fuese insuficiente para devolverle el calor, quiso comunicarle el de su propio cuerpo, intenso, abrasador, y se colocó á su lado.

Lenguas de fuego pasaron entonces de uno á otro de aquellos dos séres, los ojos despedían llamaradas, la respiración era fatigosa.

La tempestad mugía fuera del palacio, y dentro se desataba otra tempestad más terrible.

El ángel de la inocencia agitaba trémulo sus alas.

—————

De improviso, el fraile se desprendió del lado de Eréndira, se hincó de rodillas enmedio del aposento, puso sus brazos en cruz, é inclinando su frente, elevó al cielo una plegaria tan fervorosa, despegó de tal manera su alma de los deleites de la tierra, que Dios coronó sus sienes con la diadema de su amor y lo colmó de bendiciones; "le quitó los impulsos de la carne y lo dejó tan puro, que obraba estando en ella como si no estuviera."[2]

Cuando Fr. Martín se levantó del suelo había dejado de ser hombre y se había convertido en ángel.

Eréndira, postrada en el lecho, vertía abundantes lágrimas y sollozaba tan lastimosamente, como si el corazón se le estuviese haciendo pedazos.

En aquel momento la bóveda celeste se cubría de estrellas, y la luna se alzaba en el horizonte como una hostia de castidad.

SEXTA PARTE.

LA APOTEOSIS.

Muchos años después—en 1557—la muerte sorprendió á Fr. Martín de Jesús en la ciudad de Pátzcuaro, adonde había regresado tras dilatadas y penosas expediciones en la predicación del Evangelio.

Padre le llamaban las gentes desde Tehuantepec hasta Jalisco, lo conocían todos los niños, y las mujeres se arrodillaban á su paso y le besaban la orla del hábito.

Murió rodeado de sus primeros neófitos, de aquellos sus hijos á quienes él amaba tanto.

Se le hicieron exequias en el convento de San Francisco de

1 La Rea, crónica citada.

Pátzcuaro y una vez más "dió testimonio de sus virtudes la fragancia y olor còn que quedó el cuerpo ya frío y yerto."

Después de aquella formidable escena en la isla de Pacanda, Eréndira se había retirado á la soledad de sus campos de Capácuaro. Día á día visitaba la yácata en que yacía el cadáver momificado de Timas. La doncella derramaba allí las fuentes de su llanto; y lloraba también por otra muerta, por su patria, que iba á perder hasta su nombre en la memoria de los purépecha,[1] y sollozaba siempre al recordar á Fr. Martín de Jesús, á quien había dejado de ver en tanto tiempo.

Una tarde, vagando por uno de los bosques que rodeaban su rica cabaña, percibió el ruido de muchas gentes que pasaban por el camino y que exhalaban lamentos lastimeros. Se acercó á escuchar y llegó á sus oídos la noticia de la muerte de Fr. Martín. Una sombra de infinita tristeza pasó por su alma, y mientras en sus labios se dibujaba extraña sonrisa, sintió que su corazón dejaba de latir. Sus ojos permanecieron enjutos, como si el calor del estío hubiese cegado para siempre sus fuentes.

Pero haciendo un poderoso esfuerzo logró sobreponerse al dolor y corrió á su palacio. En uno de sus aposentos preparó ciertas substancias extraídas de diversas flores y las colocó cuidadosamente en una cesta.

Tomó en seguida el camino de Pátzcuaro, y á media noche penetró en la ciudad, se dirigió al convento de franciscanos, y se deslizó cautelosamente en el interior de la iglesia; abrió la

---

1 El nombre de *Michoacán* es del idioma azteca. ¿Cuál era el que tenía en la lengua tarasca? Hasta hoy no ha podido averiguarse con exactitud.

bóveda de un sepulcro reciente, extrajo el cadáver de Fr. Martín y largo tiempo lo tuvo estrechado entre sus brazos.

Después lo ungió con aquellos bálsamos que había preparado, derramó sobre él gomas aromáticas y lo cubrió de flores de intenso perfume, y luego volvió á depositarlo en el fondo de la tumba, "habiendo quedado su cuerpo—dice el padre Mendieta—con gran olor y suavidad, y sus carnes tan hermosas y tiernas como las de un niño."

———

Era el mes de Agosto. Eréndira cogía millares de luciérnagas, que, envueltas en capullos de algodón, llevaba á la iglesia: abría el sepulcro, vestía de blanco el cadáver, lo circundaba de aquellas luces animadas, encendía cirios y permanecía largas horas contemplándolo.

"Y dos veces—asienta el cronista La Rea—los clérigos de la ciudad y otros vecinos de ella, le vieron vestido de vestiduras blancas, puesto sobre un altar en la iglesia, con dos candelas encendidas en el mismo altar y otras cuatro sobre su sepultura. Y en otra ocasión muchas personas lo vieron sobre el sepulcro, cercado de mucha luz y resplandor."

———

Después.... Eréndira se desvaneció en la inmensidad de los tiempos, como se desvanece una hermosa nube en el azul del cielo.

———

EL APÓSTOL DE MICHOACÁN.

INTRODUCCIÓN.

I

Los rayos del sol naciente doraban las elevadas copas de los pinos en el misterioso bosque que se extiende detrás de las playas de Napízaro.

Pero á poco aquel torrente de luz fué descendiendo de la encumbrada sierra é inundando como un río de oro la limpia superficie del lago de Pátzcuaro.

II

Serena y apacible está la mañana: llegan á nuestro oído, del lado de la tierra, ese rumor vago pero imponente de las selvas, el zumbido de las alas invisibles del colibrí, el eco lejano del hacha del leñador, el picoteo de los pájaros en el tronco de los árboles y el ruido de las hojas secas que chocan entre sí, como un gemido de los genios ocultos en el bosque.

En cambio, en el espejo del lago cristalino todo es silencio y soledad: ni un rumor se escucha en medio de las tupidas espadañas; los ánades, como mecidos por el viento, surcan tranquilamente las aguas y ostentan el metálico reflejo de sus plumas de nieve, en tanto que las garzas flotan en el azul del cielo.

Y al aletear del aire, el lago se riza en infinitas ondas: entonces el espectáculo aparece á nuestros ojos como un espléndido miraje, en el fondo del cual se ven invertidas y temblando las imágenes de los numerosos pueblos que bordan las riberas.

III

Pero ¿por qué ese lago, que no há mucho surcaban millares de canoas, está hoy desierto y silencioso? Los pescados juguetean en el agua sin temor á las redes. Solitarios están los caseríos: ni una columna de humo se eleva por encima de las cabañas.

Todo es desolación y tristeza, allí donde poco antes el ángel de la alegría habitaba bullicioso y feliz.

IV

Tzimtzicha, el último rey del imperio michoacano, acababa de ser sacrificado por el feroz Nuño de Guzmán, el insaciable codicioso de los tesoros de los indios.

Familias enteras habían huido á ocultarse en el fondo de los bosques, en las quebradas de los cerros ó en las más áridas llanuras de la tierra caliente. Los ancianos cogían con mano trémula el báculo, las doncellas iban desaliñadas y llorosas, y los hombres, terrible la mirada y con el odio en el corazón, buscaban una guarida para salir de allí á sembrar el exterminio.

La ciudad de los reyes quedó en poder de los soldados extranjeros.

V

¿De qué sirvió al desgraciado pueblo de Tzintzuntzan haber recibido en su seno á aquel santo varón Fr. Martín de la Coruña, que arrojó en el lago los ídolos de oro de los indios, á fin de que quedase aquel recinto "con la serenidad que suele el cielo después de una gran tormenta, limpio de las nieblas del error y del engaño de la idolatría?

¡Ah! Sobre los escombros de los antiguos templos no humea ya el copal de Cuerápperi ni tampoco el incienso, recién ofrecido al Dios verdadero por los sacerdotes cristianos.

La cruz misma ha sido derribada, y en su lugar flamea el estandarte de la guerra.

VI

Sola está la ciudad de Pátzcuaro, la sultana del lago. Sobre los colosales cimientos que le dieron nombre, surge el santuario erigido á la nueva fe; empero el apóstol se halla ausente y el pueblo ha huido de sus lares. Las aguas que lamen las riberas reflejan aquel cuadro de luto y desolación.

Sola está la sultana. En vez de los cantos alegres de las jóvenes se escucha el gemido melancólico de la huilota ó el aullar lastimero de algún perro vagabundo.

VII

En vano los pocos misioneros que habían quedado en Michoacán, penetrando en los bosques, se esforzaban en predicar la paz del Evangelio; los indios los tenían por locos y no querían creer que la caridad y el amor fuesen la esencia de una religión en cuyo nombre los españoles cometían tamañas crueldades y tan inauditas violaciones.

En tal estado de los ánimos, la empresa de la evangelización era superior al poder humano.

PRIMERA PARTE.

I

Por la florida playa que se extiende desde los bosques de Napízaro hasta la ciudad sagrada de Erongarícuaro avanza una hermosa doncella que procura ocultarse entre los matorrales.

Flexible es su talle como el delgado junco de la espadaña; sedosa cabellera cae en suaves ondulaciones sobre la espalda en que flota el blanco velo de las vírgenes; sus ojos, profundamente negros, están bañados de melancólica dulzura, y el color apiñonado de su cutis da á conocer que la joven pertenece á la aristocracia de la raza indígena. Es, en efecto, una de las princesas reales de Tzintzuntzan que, oculta con su familia en la insondable floresta de Zinciro, acude ahora á una cita para tener noticias de su amante.

Ciñe sus sienes bella guirnalda de flores sobre la que se destaca una flexible pluma, y desde su cuello hasta la rodilla baja el blanco guanúmuti con franjas de cerúleo añil y de carmínea grana. El pie pequeño y la robusta pierna dejan adivinar la morbidez de sus formas.

Está marcado en la frente de la joven tal sello de melancolía; es tan majestuoso y lánguido su andar, y hay en su mirada apacible un esplendor tan limpio, á la par que tan triste, que hicieron bien los moradores de la tierra en llamarla con el gráfico nombre de *Inchátiro* — el crepúsculo vespertino — en el poético idioma tarasco.

A veces camina apresurada como si temiese ser perseguida; á veces se detiene á respirar, y al latir de su pecho los turgentes globos semejan dos palomas enamoradas, temblando de placer en el caliente nido.

II

Caminando va la doncella: luce en sus ojos un rayo de esperanza al divisar el alto templo de Erongarícuaro. Era la época en que residía allí el gran sacerdote del sol, el venerable anciano *Petámuti*, guardián del santuario de Tzacapu.

¿Cómo se atreve á penetrar en el templo, cuya puerta está siempre cerrada á las mujeres? De estirpe real y guardando aún intacta la sangre de sus venas,[1] puede Inchátiro traspasar el sagrado umbral.

Va á adquirir noticias del príncipe Tacamba, jefe de los guerreros tarascos que empuñan aún las armas en contra de los conquistadores. El gran Petámuti, que conoce los arcanos del porvenir, le dirá dónde se halla el héroe y cuáles son sus futuros destinos.

III

Mas ¿por qué detiene el paso, indecisa y trémula de pavor? Pone su delicada mano sobre los ojos é inclina ligeramente el cuerpo hacia adelante. Queda un momento inmóvil, fijando su mirada indagadora en un punto de la ribera, en donde se yergue la imagen de un hombre de mirar siniestro. Quiere retroceder, pero al tornar su mirada hacia el camino recorrido se llena de espanto y en su semblante extiende la angustia su pálido velo.

Sobre las colinas que se levantan en la playa se ven centenares de guerreros indios, cuyos atavíos militares son desconocidos para Inchátiro. Algunos de aquellos hombres se adelantan para impedir el paso á la doncella. Sobresaltada se precipita al interior de las tupidas espadañas que bordan el lago. Descubre un surco abierto y allí oculta una endeble cha-

---

1 *Yurísquiri* (la que tiene íntegra su sangre) es el nombre tarasco de las doncellas.

lupa. Salta sobre ella, se apodera del remo, y sin perder un momento se desliza por el angosto canal, y rápida como el céfiro sale á campo abierto y huye sobre las ondas, como una gaviota que se siente perseguida.

IV

Aquel trabajo es superior á las fuerzas de la joven. Desfallecida deja caer el remo. Apenas si conserva Inchátiro una débil esperanza de que la velocidad adquirida por el esquife la conduzca á la inmediata orilla de la isla de Jarácuaro, en donde acaso encontrará un auxilio.

¡Vana esperanza! La chalupa se detiene á poco andar. La joven vuelve los ojos hacia la playa, y en aquel instante una piragua, tripulada por cuatro remeros, se desprende rápida, y dirigiendo la proa hacia la isla, avanza sobre el líquido elemento. Allí viene el hombre de mirar siniestro, el guerrero que parece ser de una raza distinta de la de los purépecha. Su piel negra, sus cabellos ensortijados, sus obscuras pupilas bulléndose en el blanco de las órbitas de sus ojos, infundían hondo pavor en el alma de la joven.

V

Rebelde al emperador Tzimtzicha, el cacique *Turí Achá*[1] había logrado de años atrás vivir independiente de la corte de Tzintzuntzan. Tenía sentados sus reales en las ásperas montañas de Comachuen, y á corta distancia de la ciudad, en un campo ancho y descubierto, rodeado de inaccesible pedregal, había edificado inexpugnable fortaleza.

1 Significa *el señor negro*.

VI

Inchátiro veía la acelerada rapidez con que caminaba la embarcación que conducía á su perseguidor. Recordó entonces haber oído decir á las gentes del pueblo que en los profundos bosques de *Turícuaro* reinaba un caudillo absoluto y feroz, que caía repentinamente sobre las ciudades ribereñas, á fin de apoderarse de las más hermosas doncellas, y transportarlas á su escondido harem: que aquel guerrero era negro como una noche nublada, y más tenebroso aún su corazón impío.

VII

Inchátiro comprendió el inmenso peligro que la amenazaba: en su desesperación introducía las manos en el agua y quería dar impulso con ellas á su esquife. ¡Inútil tentativa! El esquife no hacía más que girar sobre sí mismo.

Jarácuaro estaba á la vista de la joven. Algunas mujeres, llenas de espanto, contemplaban desde la isla aquella escena de dolor, impotentes para ir en socorro de la infortunada *virgen de la tarde.*

VIII.

Están á punto de unirse las dos embarcaciones. Los ojos de Turí achá relumbran como dos carbones encendidos: ya extiende los brazos para apoderarse de su víctima; mas en aquel momento Inchátiro salta de la chalupa y desaparece en el seno de las aguas. Turí Achá se precipita en ellas también, y á través de la diáfana linfa, en donde reinan los esplendores del sol de medio día, se ve en el fondo del lago á una sombra negra, persiguiendo una blanca visión, como si el genio de la más obscura tempestad se hubiese lanzado á lo profundo de las aguas para apoderarse de una ondina de nívea vestidura.

Las mujeres de Jarácuaro exhalaron un gemido de angustia y huyeron á ocultarse en el fondo de sus cabañas.

SEGUNDA PARTE.

TACAMBA.

I

Residía Tacamba[1] en uno de los más hermosos sitios de la tierra caliente, en aquella florida región que marca el descenso de la sierra á la cordillera andina que se extiende paralela á las costas del Pacífico.

Tacamba, descendiente del legendario Hirepan, era uno de los cuatro régulos de la alianza michoacana. Su reino, el más fértil y el más rico de las cuatro provincias que componían el imperio de Tzintzuntzan, tenía por capital á Coyucan—la ciudad de las águilas—asentada en la margen del río de infinito caudal que corre entre verjeles, á desembocar en Zacatula.

Era el príncipe un joven apuesto: su estatura se erguía elevada y flexible, como la planta tropical cuyo nombre llevaba; su mirar era dulce y profundo como el fulgor del lucero en noche serena.

Habíase deslizado su existencia en la tranquilidad del hogar y en los ejercicios de la guerra. De esta suerte, su vida era á veces el céfiro que pasa murmurando una queja de amor entre las ramas de los pinos, y á veces el huracán que abate las encinas en su vuelo invencible; á veces el rizo apacible y suave que pliega la superficie del lago, y á veces la ola que se levanta cubierta de espuma amenazando al cielo.

Generoso y magnánimo, la guerra no era un placer para su

---

1 Es el nombre de cierta especie de palmas de la tierra caliente.

corazón. Odiaba el exterminio, y sin embargo, cuando el jefe de la cuádruple alianza lo requería para emprender alguna campaña, era, ó el más prudente en el consejo, ó el más valeroso en el combate.

A pesar de las exigencias de los sacerdotes, jamás un solo cautivo subió las gradas que conducían al sacrificio.

En las épocas de paz enseñaba á su pueblo el mejor cultivo de aquellos feraces campos del reino, lo alentaba para el adelanto de la industria rudimentaria que principiaba en el país, y le procuraba el ensanche del comercio.

II

De tiempo en tiempo trasladaba su corte á un pequeño y delicioso valle que lleva su nombre.[1] Habíase construído un palacio campestre en el borde de la cristalina alberca de *Chupio*, en donde es fama que por la noche se oye el canto de las sirenas, las que por ignoto canal vienen desde el océano á hablar de sus amores en medio de las selvas.

Aquel alcázar suspendido en la elevada colina, disfrutaba de una espléndida vista: hacia el Norte la obscura serranía cubierta de pinos que ocultan su cabeza entre las nubes; del lado del Sur cerros de una figura extraña y fantástica que se destacan de la espesa bruma de la tierra caliente, y hacia el pie del palacio, el primoroso valle y la poética laguna.

III

Tal era la mansión de Tacamba: pasaba allí sus días consagrado á los asuntos de gobierno; por las tardes se extasiaba contemplando aquel espléndido panorama, y durante la noche sus ojos se dirigían al espacio celeste, á ese infinito abismo en

1 El valle de Tacámbaro.

que ruedan los soles y en que innúmeros mundos narran la inmensidad de Dios.

¿Qué buscaba en la bóveda estrellada la vista escrutadora de Tacamba? ¿Por qué osaba su pensamiento penetrar en aquellas insondables profundidades? ¿Contemplaba acaso las misteriosas señales del cielo, anunciando á los indios espantados la venida de otros hombres que habían de esclavizarlos?

Algunos de sus súbditos que en las altas horas de la noche pasaban á inmediaciones del palacio, veían aparecer en las almenas la silueta del joven monarca y escuchaban de sus labios dulces y melancólicos cantares, entonados en loor de *Tucup Achá*, el solo señor del Universo.

_ IV

Cuando se esparció por la tierra el vago rumor de la llegada de los españoles, Tacamba escuchó la noticia sin que se pintase en su rostro la sorpresa. Envió emisarios á toda la extensión de su reino, y un mes más tarde, veinte mil hombres acampaban desde Chupio hasta las márgenes de los dos ríos que bañan la tropical y exuberante Turicato.[1]

El caudillo había sabido que el orgulloso Motecuhzoma demandaba el auxilio del rey de los tarascos, y quería estar dispuesto para ser el primero en acudir con sus tropas. Grande fué, por lo tanto, su despecho, cuando supo que la Corte de Tzintzuntzan prefería permanecer en cobarde neutralidad. Licenció su ejército, del que no podía disponer sin permiso del emperador, y con escaso acompañamiento marchó á la metrópoli, en donde esperaba vencer, por medio de la palabra, la injustificable apatía del anciano monarca.

1 Viene de *Turí, negro,* y de *huato ó huata, cerro.*—Es uno de los más fértiles pueblos de la tierra caliente.

V

Reinaba entonces sobre el vasto imperio de Michoacán el que antes había sido tipo de valor y de audacia, *Siguangua*, y ahora anciano y débil del cuerpo y del espíritu.

En vano Tacamba puso en juego toda su elocuencia. Inútilmente apeló al sentimiento religioso, al amor de la patria, al orgullo de una raza hasta entonces invencible; el egoismo, el miedo y la superstición turbaban el alma de los nobles *purépecha*.

En aquel viaje fué cuando Tacamba conoció á Inchátiro, hija de reyes y la más hermosa doncella de la Corte.

VI

Habitaba Inchátiro en las floridas playas de Santáppen,[1] en donde su padre, el cacique de Siróndaro, poseía palacios de recreo poblados de mujeres encantadoras.

Al Orienté de aquel delicioso sitio, en la margen opuesta del lago, estaba la imperial Tzintzuntzan, oculta á los rayos del sol naciente é iluminada por las tardes con los tibios reflejos del crepúsculo.

Era la hora en que Inchátiro, después de haber cumplido sus deberes en la Corte, regresaba á Santáppen, á la amena mansión bañada por los rayos del moribundo día. Su elegante esquife surcaba las tranquilas ondas, como una ave que vuela presurosa al deseado nido.

La joven iba entonando himnos melancólicos y dulces, co-

---

1 Significa *campo iluminado*. Era el nombre primitivo de Santa Fe, evangelizado por el obispo Quiroga, quien se aprovechó de la semejanza de pronunciación del nombre tarasco con el castellano.

A un kilómetro de distancia de Santa Fe, hacia el Noroeste, está el paraje de Guayameo, residencia de *Sicuir Achá*, segundo rey de los *purépecha*.

mo las notas impregnadas de armonía que se levantan del arroyo que murmura en la selva.

Al caminar hacia el Poniente, su espléndida belleza, apacible y pura como la primera estrella de la tarde, aparecía con todo el esplendor de su poético nombre de Inchátiro.

VII

Cuando los ojos de Tacamba se fijaron por primera vez en la doncella, el ángel del rubor tiñó con sus rosadas tintas el semblante apiñonado de Inchátiro. Un ligero temblor, como cuando se hincha en mórbidas ondas la superficie del lago, hacía mover en suaves ondulaciones el blanco guanengo que ocultaba su talle.

—Inchátiro, le dijo Tacamba, tú serás la única esposa en mi hogar.

La joven inclinó al suelo los rasgados ojos que una lágrima fugitiva humedeció para que más limpios contemplasen el cielo del amor.

VIII

Algún tiempo después, la epidemia de las viruelas sembró la desolación entre las familias del reino; señaló entre las primeras víctimas al rey de los tarascos y aumentó el invencible pánico que se había apoderado de los indios.

Entonces subió al trono que tan alto había colocado el emperador Tariaco, el más abyecto de sus descendientes, el afeminado Tzimtzicha; y esto, cuando los españoles se enseñoreaban ya de la invencible Tenochtitlán.

IX

Tacamba veía con rabia y desesperación el abatimiento de aquel pueblo que siempre se había distinguido por su indomable fiereza. Aquella raza de águilas parecía una bandada de tímidas palomas, temblando á la presencia del gavilán.

Tacamba empero, como fiel tributario, unió sus destinos á los de su rey. Más tarde, cuando el desgraciado monarca de Tzintzuntzan iba prisionero de Nuño de Guzmán, lo acompañó en la vía de su calvario, sostuvo amoroso sus grillos, presenció el horrible martirio que le preparó la sed de oro de los conquistadores y escuchó las sublimes palabras que pronunció el mártir al morir.

Entonces Tacamba no pudo ya contenerse, y á la cabeza de unos cuantos guerreros, juró odio eterno á los invasores de su patria, comenzó la corta pero tremenda época de matanza y exterminio de que fueron teatro las encomiendas establecidas en Michoacán.

TERCERA PARTE.

FRAY JUAN DE SAN MIGUEL.

> Fuit homo missus a Deo, cui
> nomen erat Joanes, hic venit in
> testimonium.[1]

I

Las enhiestas rocas que se levantan en las playas de Erongarícuaro se hallan cubiertas de guerreros: en medio hay un grupo de doncellas rodeando el cuerpo inerte de Inchátiro. Un venerable anciano, en quien se fijan todas las miradas, espía impaciente la salida del sol.

Después de fatídica noche, la risueña aurora empieza á tender en el horizonte su finísima gasa.

---

1 Esta inscripción está en la información testimonial levantada con motivo del juicio de residencia de D. Vasco de Quiroga, en la que Fr. Juan de San Miguel fué uno de los testigos.

Los guerreros eran los soldados de Turí Achá, quien había logrado apoderarse de Inchátiro en el fondo de las aguas, conduciéndola en seguida á la ribera, velándola una larga noche de angustias y esperando que volvería á la vida al rayar el día siguiente.

Las jóvenes que rodeaban el cuerpo de la virgen eran las guanánchecha, sacerdotisas del sol, en el templo de Erongarícuaro.

El anciano venerable era Petámuti, el gran sacerdote de los tarascos, el único que tenía el poder ́de conjurar al astro esplendoroso, en bien del pueblo que lo adoraba.

Sólo espera que asome en el Oriente el primero de sus rayos para pedirle que devuelva la existencia á Inchátiro.

II

Por fin el luminar del día traspone la alta cima del Xhanuat-Ucacio,[1] y un haz de rayos incandescentes, como lluvia de brillantes chispas, se deja caer en la tersa superficie del lago.

La multitud se inclina con religioso recogimiento; las vírgenes del sol entonan melancólica plegaria, y Petámuti, extendiendo las trémulas manos hacia el rey del universo, murmura una oración y ruega al dios que envíe uno de sus poderosos efluvios al corazón de Inchátiro.

Hay profundo silencio en la concurrencia y un destello de esperanza en todas las miradas, que no se apartan del cadáver. El sol baña con su lumbre aquel semblante lívido, que parece inanimado........ Lívido é inanimado continúa el semblante de la niña........ Los espectadores se miran aterrorizados; Turí Achá prorrumpe en horrible blasfemia; Petámuti deja caer desfallecidas ́sus impotentes manos, y las guanánchecha entonan el canto funeral de las doncellas.

---

1 "Que tiene nieve en la cima." Es el nombre tarasco del cerro conocido hoy por de San Andrés.

III

Repentinamente se escucha salir de entre la selva el eco de un himno religioso, pronunciado en el más puro idioma taras- ·co, pero con un acento que más que humano parecía celestial.

"Alabado sea el Señor mi Dios—clamaba aquella voz—alabado sea en todas sus criaturas, y singularmente en nuestro hermano excelso, el sol, que nos da el día y nos envuelve con su luz! ¡Es bello, y cuando radia, su inmenso resplandor nos da testimonio de tí, Dios mío!

"¡Alabado seas, Señor, en la luna y las estrellas! ¡Las has formado tú en los cielos claras y serenas!

"¡Alabado seas, Señor, por mi hermano el viento, por el aire y por las nubes, por la serenidad del tiempo, puesto que con todas esas cosas sostienes á las criaturas!

"¡Alabado seas, Señor, por nuestra hermana el agua, tan útil, tan humilde, tan preciosa y tan casta!

"¡Alabado seas, Señor, por nuestro hermano el fuego! ¡Con él iluminas las noches; tan bello y agradable, como indomable y fuerte!

"Alabado seas, Señor, por nuestra madre la tierra, que nos sostiene, nos nutre y que produce toda especie de frutos, las flores matizadas y las hierbas lozanas y olorosas."

Los oídos todos escucharon con recogimiento aquel hermoso acento que parecía á los asistentes un *cántico al sol*,[1] á la luna, á las estrellas, semejante á una plegaria de la religión de los tarascos, pero más inmaterial, pero sublime.

IV

De repente avanza hacia la concurrencia un hombre de majestuosa y gallarda estatura. Pálido es su semblante: sus ojos,

---

1 Lo que cantaba la voz desconocida era el *Cántico de las criaturas* de San Francisco de Asís.

de mirar austero, tienen, sin embargo, no sé qué de apacibles y de dulces, que hacen entrever confianza y alegría. En aquella tranquila y ancha frente brillan los reflejos de la virtud y del saber.

Aquel hombre viste traje talar de color gris;[1] sus pies están descalzos y la frente descubierta á los rayos del sol. El espíritu de Dios la circunda.

V

Y camina: á su lado, siguiéndolo de rama en rama entre los árboles de la floresta, lo acompañan centenares de pajarillos que con su gorjeo forman un eco armonioso á aquel divino canto de la naturaleza.

—Vamos, vamos en nombre del Señor, exclama al contemplar el grupo que rodea á Inchátiro.

Llega hasta el cadáver: coloca sobre el pecho de éste un crucifijo de marfil; se pone de rodillas, y desde el fondo de su alma eleva una oración.

Algo como un torrente de mística alegría inunda todos los pechos, que no se atreven á respirar.

El desconocido fija en la inmóvil doncella una mirada de infinita fe, la baña con sus "bellos ojos consoladores" y permanece extático.

Inchátiro exhala un débil suspiro, late su corazón, y una luz indeficiente, como la postrimera de la tarde, ilumina dos lágrimas que se desprenden de los ojos.

Los espectadores, llenos de admiración, caen al suelo prosternados.

Y aquel hombre, sobre quien el cielo parece derramar una luz nueva, se incorpora, atraviesa por entre el grupo atónito

---

1 Era el color del hábito que usaban los franciscanos. Cuando en México se acabaron esas vestiduras por el uso, los frailes enseñaron á los indios á tejer la lana; pero no pudieron dar el mismo color, y entonces lo sustituyeron por el azul.—Véase Beaumont.

de los tarascos, y con el hermoso andar del evangelizante desaparece en el interior del bosque, saturado con la esencia purísima del pino.

Aún se escucha allá á lo lejos el gorjeo de las aves, como un himno misterioso dirigido á Dios.

VI

Aquel viajero desconocido era ¡Fray Juan de San Miguel!

VII

¿Qué tierra vió nacer al apóstol? ¿Cuándo desembarcó en la América? ¿Cuál fué luego el día feliz en que sus plantas pisaron el suelo de los tarascos?

La historia no lo sabe decir. Alguno de nuestros cronistas supone que llegó á México en el año de 1528, ó en la copiosa misión de 1529 á 1530.[1] El Padre La Rea sólo asegura que fué uno de los primeros después de los doce religiosos que vinieron con Fr. Martín de Valencia.[2] No falta testimonio que afirme que fué uno de estos mismos, si bien no sería sin fundamento suponer que perteneció al grupo de padres franciscanos

1 Beaumont, Crónica de la Provincia de los Santos Apóstoles San Pedro y San Pablo de Michoacán. Tom. III, cap. XIV.
2 Crónica de la Orden de N. Seráfico P. San Francisco. En el antiquísimo retrato de Fr. Juan de San Miguel que posee la parroquia de Uruapan y del que hay una copia en la Secretaría del Ayuntamiento de la misma ciudad, se lee en la inscripción que está al pie del cuadro lo siguiente: "Fué uno de los doce primeros religiosos obreros que binieron á la combersion de este reino."
Nada se dice sobre la fecha de su venida en el magnífico retrato suyo que existe en el colegio de San Nicolás de Morelia, también pintura muy antigua, y sólo es de llamar la atención que este retrato representa á Fr. Juan siendo joven, como de treinta años, mientras que el de Uruapan lo representa ya en la senectud. Anduvo, pues, muy equivocado el Sr. Canónigo D. J. Guadalupe Romero en su Estadística del Obispado de Michoacán, cuando afirmó, en la pág. 98, que ni Morelia, ni Uruapan, ni otras poblaciones conservan algún retrato de tan esclarecido varón.

que vinieron, según Torquemada, después de los doce primeros, cuyo desembarque en Veracruz se verificó en 13 de Mayo
de 1524.

Acaso por esa sublime humildad de que tantos ejemplos
dieron los primeros discípulos de San Francisco de Asís, Fray
Juan de San Miguel no habló nunca del lugar que lo vió nacer,
ni de sus padres, ni de los primeros años de su existencia: lo
cierto es que la tradición no pudo recoger ninguno de estos datos, y los cronistas se limitan á hablar de su gloriosa predicación en Michoacán.

VIII

Corría el año de 1531.

Dos frailes menores, caminando descalzos y apoyadas las
manos en sus báculos, llegaban cubiertos de sudor y extenuua-
dos de fatiga á un hermoso valle que se extiende entre los elevados montes llamados el *Quinceo* y el *Punguato* y los pinto-
rescos lomeríos de *Tarímbaro* y de *Cuintzio.*

Entonces aquel valle era un obscuro bosque en el que por
sobre las espesas copas de encinas seculares se levantaban las
sombrías frondas de los cedros. Las lianas, entrelazando los
brazos de los árboles, formaban un dosel de verdura, por donde apenas penetraban los rayos del sol, filtrándose como por
una tupida criba para iluminar con extrañas figuras el suelo
tapizado de húmedo musgo.

Sobre la superficie plana de una suave pero extensa colina
que surge del valle, algunas chozas asomaban entre verdes ca-
pulines y melancólicos sauces llorones;[1] éstos, sacudiendo hacia el suelo sus delgadas cabelleras, y aquéllos ostentando las
níveas flores de sus ramilletes.

Al pie del otero corrían, hasta encontrarse, un arroyo que
baja de honda y florida rinconada, y el río que, despeñándose
de las lomas del Suroeste, corre luego por entre verdes cuanto

1 *Itzí tarimu*, que significa en tarasco sauce de agua.

fértiles campiñas. Los dos ríos, el *grande* y el *chico*, caminan
lentamente; con frecuencia se hinchan sus aguas, y desbordán-
dose en los vecinos campos los cubren de esbeltas tupatas[1] y
de blancas y espléndidas *chumbácuares*.[2]

Aquel humilde caserío tenía por nombre Gueyángareo.[8] El
pintoresco llano llevaba recientemente el de Valle de Olid,[4] en
memoria del capitán español que primero tomó posesión de
las tierras de Michoacán en favor de los soberanos de Castilla: un noble virrey, que mereció el nombre de padre de los
indios, fundó allí una ciudad y la llamó Valladolid, en memoria
de la Valladolid de España, lugar de su nacimiento.

Fué, pues, Gueyángareo la cabecera de la provincia, y la historia, con respetuoso orgullo, la denomina hoy *Morelia*, por ser
la patria del más grande de los héroes mexicanos, del inmor-
tal Morelos. Es actualmente la capital del Estado de Michoacán. En los tiempos anteriores á la conquista era una pequeña
aldea de indios pirindas. En la alta loma que acota la llanura
hacia el Sur (donde se halla en la actualidad el pueblo de Santa María) estaba la necrópolis de los régulos de *Charo*. Aún se
ve allí una gran *yácata*, sepulcro de uno de los seis capitanes
matlaltzinca que fueron desde Toluca en auxilio del rey tarasco, contra quien se habían sublevado los indómitos tecos que
habitaban el Poniente del imperio.

IX

Los dos frailes se dirigieron á la más próxima choza y pi-

---

1 Espadañas.

2 Las ninfeas.

8 Por corrupción *Guayangareo*, significa loma de semblante aplastado, y
por esto algunos lo traducen *loma chata.*.

4 "Teatro Americano," del padre Villaseñor y "Diccionario de América,"
de Alcedo. *Valle de Olid* fué el primitivo nombre español de *Gueyángareo*.
Después fundó allí una ciudad el Virrey D. Antonio de Mendoza, poniéndole el nombre de su patria Valladolid, siendo de advertir que ya existían allí
algunas familias de españoles, al amparo del convento de S. Francisco. (Beaumont, Crónica citada, tomo IV, cap. XV.

dieron hospitalidad. Una familia de pescadores que allí habitaba se la brindó, recibiendo á sus huéspedes con cariño y veneración.

Poco á poco fué llenándose el patio con los moradores de la pequeña aldea que iban á conocer y saludar á los recién llegados.

Cuando ya el grupo no podía ser más numeroso, los misioneros, aprovechando la oportunidad y valiéndose del lenguaje de las señas, procuraron insinuar en el corazón de sus oyentes las máximas de una religión llena de consuelo y esperanza, dulce y sublime, junto á la cual la que ellos profesaban antes aparecía absurda y cruel, grosera y material.

Llamaban la atención de los indios el crucifijo y el breviario, únicos objetos que llevaban consigo los misioneros. Observaban cómo éstos recorrían, llenos de respeto, las páginas del libro, y fijaban religiosa mirada de éxtasis en la imagen cruenta de Jesús. Habían visto que los mismos guerreros castellanos tenían respeto á estos misteriosos amuletos, y sorprendidos, habían presenciado que los impíos conquistadores doblaban la rodilla ante aquellos hombres vestidos de sayal, pobres y humildes, y sin embargo caritativos y fuertes en defensa de los indios. No olvidaban que el mismo emperador Caltzontzin (Tzimtzicha) había marchado á México á solicitar y conducir personalmente á Michoacán á los primeros religiosos que pisaron aquellas tierras.

En efecto, apenas hubieron llegado los frailes franciscanos en medio de los indios, cuando supieron inspirar en el co ra zón de éstos, sentimientos de amor y de ternura. Amantes aquéllos de la soledad, de la hermosa soledad en que solían pasar horas enteras para que su alma hablase con Dios, ora en el interior de la cabaña que les servía de convento, ora en medio de las selvas, en los sitios más profundos del bosque, no trataban de que los neófitos se aislasen y llevasen una vida cenobítica: al contrario, reuníanlos en pueblos, estrechaban los lazos de su comunidad y los hacían llevar una vida política eminentemente social.

Ellos, tan austeros en su conducta, tan sobrios en sus alimentos, tan llenos de religiosa unción, no querían que sus hermanos indios viviesen tristes, ni pensasen con horror en las cadenas que arrastraban: no los querían débiles ni enfermizos, no exigían de ellos que estuviesen constantemente en los templos: de aquí provinieron las alegres costumbres en que las fiestas se sucedían á las fiestas, los banquetes á los banquetes, los bailes tradicionales al són de músicas, si melancólicas, dulces y sentimentales.

Los indios comprendieron que aquellos hombres que los llamaban *hijos* eran sus bienhechores, y los amaron como á sus padres.

X

Nada extraño es, en consecuencia, que la noticia de la llegada de los dos frailes al pueblo de Guayángareo se difundiese rápidamente en la comarca; que la multitud aumentase, y que los indios sintieran el deseo de que los dos misioneros se quedasen entre ellos.

Encarecidamente se lo rogaron, y aunque no se ocultó á la penetración de los religiosos la circunstancia de hallarse casi desierto aquel paraje, y de ser sus aires malsanos, por estar los campos inundados y en gran parte convertidos en ciénagas, comprendieron que aquel sitio podía llegar á ser el punto de contacto de tres pueblos de razas enteramente distintas: los tarascos, los pirindas y los otomites, estos últimos en perpetua guerra contra las otras dos. Hacer la propaganda entre las tres tribus y unificarlas en una sola familia cristiana, fué el pensamiento que desde aquel instante llenó el espíritu de los dos religiosos.

Proyectaron desde luego fundar dos planteles, construyendo con tal fin dos edificios: un convento y un colegio.

Mas ¿quiénes eran aquellos dos frailes que tenían fe en tamaña empresa? ¿Con qué elementos pecuniarios contaban para llevarla á cabo? Eran Fr. Juan de San Miguel y Fr. Antonio de Lisboa. Su capital, ¡cinco reales!

XI

El convento de Fray Antonio de Lisboa y el colegio de Fray Juan de San Miguel, ambos edificios de humilde construcción, quedaron concluídos en el mismo año de 1531.[1]

El primero de aquellos misioneros permaneció en Guayángareo, y acaso le sorprendió allí la muerte.

Fray Juan de San Miguel estaba deparado para más altos destinos.

Aún duraba la sublevación de los tarascos ocasionada por la cruel tiranía de Nuño de Guzman. Los habitantes del reino de Michoacán se habían remontado á los más altos cerros de sus espesas serranías, y los pocos frailes que, expuestos á grandes peligros, habían permanecido en los pueblos de la laguna de Pátzcuaro, no se atrevían á penetrar en el retiro de los indios.

Entonces fué cuando Fray Juan de San Miguel apareció en Erongarícuaro.

1 El colegio fundado por Fr. Juan de San Miguel en Guayángareo llevó el nombre de "Colegio de San Miguel." Fué el primero que se estableció en toda la América. Más tarde fundó el Obispo D. Vasco de Quiroga, en Pátzcuaro, el colegio de San Nicolás Obispo: y cuando se trasladó á Valladolid (hoy Morelia) la silla episcopal, se refundieron ambos colegios con el nombre de San Nicolás. El establecimiento cuenta entre sus alumnos al cura D. Miguel Hidalgo y Costilla, que más tarde fué su rector; á Morelos, Rayón, Clavigero y otros muchos hombres ilustres. Clausurado por el gobierno virreinal en la época de la insurrección, fué restablecido en 17 de Enero de 1847 por el Gobernador Don Melchor Ocampo, quien le dió el nombre que lleva ahora de "Colegio primitivo y Nacional de San Nicolás de Hidalgo." Los estudiantes de este plantel han sido siempre amantes de la libertad, por la que muchos de ellos han combatido en los campos de batalla. Los déspotas han perseguido siempre á los alumnos y clausurado dos veces el instituto.

XII

La noticia de la resurreción de Inchátiro circuló de montaña en montaña.

Fray Juan de San Miguel fué considerado como un sér superior al sol. No de veneración, sino de culto, fué objeto desde aquel día por parte de los infelices indios reducidos á la
miseria.

XIII

Pero si inmóviles de admiración habían quedado cuantos
presenciaron el milagro, Turí Achá, el impío y terrible rey de
Turícuaro, vuelto en sí de la sorpresa, tomó en sus brazos á
Inchátiro y, seguido de sus guerreros, huyó, perdiéndose en
medio de la selva, riendo irónicamente del llanto de las guanánchecha y de las maldiciones de Petámuti.

CUARTA PARTE.

EL CERRO DEL REY VALIENTE.

I

Obscuras y profundas son las selvas de aquella parte de la
sierra de Michoacán, en que aún se ocultan las poblaciones de
Tingambato, Cumachuen, Turícuaro y Surumucapio.

En el fondo de los bosques un tupido césped, tierno y lus-
troso, tapiza el suelo, siempre húmedo. Los árboles entrelazan
sus ramas, formando una bóveda tan cerrada que hay sitios
en donde jamás ha penetrado un rayo de sol: de noche, la obscuridad podría palparse, y el contraste que forma con otros
lugares próximos, menos espesos, es misterioso é imponente,
porque los efluvios de la luna, nítidos, de asombrosa diafani-

dad, fuertemente luminosos, caen en formas recortadas, remedando mil fantásticos dibujos que se transforman sin cesar, cuando el viento mueve las hojas de aquellos gigantes de la vegetación.

De día la vista se enajena con la infinita variedad de orquídeas que ostentan flores esplendorosas de exquisito perfume; el oído se encanta con los melodiosos trinos del jilguero, ó con el canto melancólico de la huilota: se oyen los extraños rumores con que el viento, al pasar, saluda la majestad de la floresta, y el aroma resinoso del pino embriaga los sentidos. Allí el alma se siente grande y dotada de expansión religiosa, se eleva ferviente como buscando el trono de Dios para fundirse en dulcísimas plegarias de santa gratitud.

II

Atravesaba Fray Juan de San Miguel aquellos campos deliciosos, caminando en dirección hacia el Suroeste.

De tiempo en tiempo salmodiaba el *cántico de las criaturas*. A veces se quedaba extático contemplando la belleza de una flor ó las pintadas alas de un *coa* que brincaba de rama en rama como sirviendo de guía al apóstol. Luego sonreía dulcemente, recordando á Inchátiro y á los turbados indios que la rodeaban. Su pensamiento volaba hacia la joven, y cayendo como una gota de rocío sobre la casta frente de la virgen, la bautizaba en el fondo de su corazon, imprimiendo en el de ella el sello de la consagración divina.

¡Qué ajeno estaba Fray Juan de San Miguel de que en los momentos mismos en que él cruzaba por aquel bosque, no lejos, aunque en distinta dirección, desmayada é intensamente pálida, iba Inchátiro en los hercúleos brazos del feroz Turí Achá.

Pero ni la tierna salmodia, ni las flores perfumadas, ni el vuelo de los pájaros, ni su propio pensamiento detienen la marcha del misionero. Llega al pie de un cerro, lo encumbra, y al pisar la cima, sus ojos contemplan extasiados el más hermoso panorama.

Fr. Juan de San Miguel había llegado á lo alto del puerto de Tingambato, había subido á la cúspide de una yácata y desde allí, volviendo el rostro en todas direcciones, pudo contemplar, hacia el Poniente, la inmensa mole del Tancítaro coronada de nieve y teniendo á su falda los jardines de Uruapan; hacia el Norte la gigantesca montaña del Taretzuruán, semejante á una águila en actitud de volar; hacia el Oriente la esbelta figura del *Xhanuat Ucacio*, que merced á la distancia se veía surgir del transparente lago de Tzintzuntzan; y hacia el Sur, en remota lontananza, el pico del *Istafiate* y la gallarda cresta del *Cundémbaro*, que sirven de barrera á las encrespadas olas del océano Pacífico.

La admiración del misionero no podia saciarse ante el espectáculo de tantas y tan intrincadas cordilleras, de tantos y tan amenos valles como se desarrollaban á su vista.

Era la última hora de la tarde. El viento estaba diáfano. El sol doraba la frente de las montañas y teñía de un verde mar profundo la superficie superior de los bosques.

Largo rato oró el apóstol, hincadas las rodillas, en lo alto de la yácata.

Irguióse luego, y abriendo los brazos para ponerse en cruz, bendijo aquella tierra que veían sus ojos y amaba ya su corazón.

En aquel momento se escondía la lumbre del sol, difundiendo sus postrimeros rayos.

Y se vió la silueta de Fray Juan de San Miguel remontarse al cielo, crecer en estatura y estar circuída de inefable claridad.

III

Tacamba había regresado á sus dominios. Después del trágico fin de Tzimtzicha había penetrado en las desiertas calles de Tzintzuntzan, y al ver que allí reinaban la soledad y la tristeza, recorrió las ciudades, los ocultos caseríos, sin encontrar quien le diese noticias de Inchátiro.

Solo y meditabundo encaminó sus pasos á Tacámbaro, más que nunca resuelto á seguir combatiendo á los españoles.

Numerosas legiones de guerreros se agruparon en torno suyo. Pasó revista á su ejército, y al enumerar aquellas aguerridas tropas, al divisar aquellas montañas inaccesibles que lo rodeaban, le pareció que podría luchar por mucho tiempo; soñó en su patriótico orgullo que amanecería el sol de la victoria, y luego, sintiendo oprimido el corazón, pero alta y limpia la frente, pensó que moriría vencido, pero nunca humillado. La sangre de los héroes es el riego que fecunda la semilla de la libertad para los pueblos.

IV

En las tardes, cuando sentado sobre una roca, á la orilla de la transparente alberca de Chupio, veía los últimos fulgores del sol, ¡cómo pensaba en la gloria que coronaría sus esfuerzos! Y á veces, soñándose vencedor, se imaginaba cuán dulces se deslizarían, tejidas por el amor, las horas de felicidad pasadas al lado de su Inchátiro. Cada vez que este nombre venía á la memoria del héroe, se anublaba su frente y se le oprimía el corazón.

Los emisarios recorrían la tierra convidando á los señores para la guerra santa. Los correos cruzaban en todas direcciones, indagando noticias del enemigo y...... de la dulce y apacible Inchátiro.

V

Llega un mensajero.

¿Por qué contrae la cólera las facciones del jefe? ¿Por qué á una señal suya, resuenan los instrumentos del combate?

Se ven entrar en la plaza los escuadrones de guerreros.

Tacamba recorre las filas poseido de inexplicable frenesí. A veces da la orden de marcha, á veces él mismo corre á detener la vanguardia puesta ya en camino.

Los soldados, impacientes por peléar, maldicen las vacilaciones del caudillo.

VI .

El correo no llevaba noticia de los españoles. Había relatado simplemente á Tacamba la muerte de Inchátiro, su resurrección y su rapto por el *iré* de Turícuaro.

———

Pasados los primeros instantes en que la ira embargó el corazón del amante, recobró el rey de Coyucan su acostumbrada calma, se retiró algunas horas á meditar en el interior de su palacio, y al llegar la noche envió á llamar á cien jefes entre los más valientes de sus nobles, y antes de que el sol del siguiente día iluminase las montañas, en medio de un silencio profundo, Tacamba y el escogido grupo de capitanes penetraron en los tortuosos senderos del bosque de Tecario, atravesaron la dilatada selva, y bordeando en seguida el misterioso lago de Sirahuen, se perdieron en el espeso florestal del Poniente.

Los ojos ejercitados y perspicaces de Tacamba observaron la huella de varios hombres cuyos pies estaban calzados con las sandalias del guerrero, y notó, además, el rastro que dejaba una planta humana, breve y descalza.

Aquel rastro no era, sin embargo, el de un pie de mujer. Ni menos era la huella de un indio. Tacamba pensó entonces en el sér sobrenatural que había resucitado á Inchátiro.

———

. ¿Por qué llevaba Tacamba aquel camino, cuando el grueso

de sus tropas tomaba en el mismo día la dirección de Curíncuaro, la reina de las pampas de la tierra caliente?

VII

Una de esas tremendas tempestades que tan|frecuentes son
en la sierra, estalló repentinamente, deteniendo la marcha del
caudillo de los cien guerreros.

Negras nubes corren en tropel por la bóveda celeste y mil
rayos las rasgan de tiempo en tiempo iluminando el bosque.

El viento sacude con estrépito sus alas, haciendo chocar entre sí los altos pinos que gimen agobiados. Aquel rumor siniestro parece la confusión de ayes lanzados por los fantasmas de
la selva.

Las nubes se convierten en cataratas y las crecientes que
bajan de los cerros producen un rumor pavoroso que poco á
poco va creciendo fatídico, amenazador.

De cuando en cuando, sin embargo, se desgarra la negra cortina que oculta el cielo. y el luminoso disco de la luna se deja
ver un instante.

Así, por un momento también,'cesan el estrépito de los vientos y el rumor de los torrentes, y el oído ejercitado del indio
parece oir á lo lejos un canto de plegaria.

VIII

Tacamba se había detenido ante la lucha de los elementos.
Mas luego, salvando barrancos y por en medio de los pinos
que caían heridos por el rayo, continuó sin vacilar su marcha,
y seguido de su valiente tropa comenzó á escalar una montaña.

Los guerreros de Turí Achá yacen dormidos á la entrada de

una gruta oculta al pie de una encina colosal, cuyas nudosas ramas, tupidas de hojas, no dejan penetrar los rayos del sol ni las gotas de la lluvia.

Allí donde debiera reinar el silencio, la tempestad muge estrepitosa y se oyen ruidos siniestros; de repente se escucha el grito de guerra y se oye el pesado choque de las macanas que brazos invisibles agitan sin cesar, El ¡ay! de los moribundos despierta á los soldados que aún duermen: lucha encarnizada sucede á las dulzuras del sueño.

Turí Achá, ciego de cólera, saliendo del fondo del antro, se abre paso y siembra la muerte entre sus propios súbditos. Su obscuro cuerpo se distingue entre las tinieblas, y en el blanco de sus ojos brillan las pupilas como fragua de chispas desprendidas del infierno.

Los dos rivales se buscan en medio de la pelea.

La confusión, las tinieblas, los charcos de sangre que hacen el suelo resbaladizo, todo impide que los jefes se encuentren.

Se combate sin piedad: los de Turícuaro, que no vuelven aún de su sorpresa se hieren mutuamente, y descargan golpes hasta contra su mismo jefe que, presa del odio y del despecho, blande su pesada macana, ávido de matar ó deseoso de morir. Los celos vendan sus ojos y la envidia roe su corazón.

IX

El espíritu imperturbable de Tacamba adivina aquella situación; penetra cautelosamente al interior de la gruta: su oído atento y fino escucha una respiración, si suave, entrecortada por el miedo, y dirigiéndose al sitio en que se oye aquel dulce aliento, toma en sus brazos á Inchátiro.

Y ya con la preciosa carga, no huye precipitado, sino que sigilosamente se desliza por entre los combatientes y pasa al lado de Turí Achá que en aquel momento, temeroso de que le arrebaten su víctima, va á apoderarse de la boca del antro.

A poco se escucha un silbido como el del águila que se remonta al cielo. Los capitanes de Tacamba se mezclan una vez más entre los soldados de Turícuaro, los dejan combatiendo entre sí y se retiran silenciosamente en seguimiento de su jefe.

X

Poco después, la luna ilumina en el fondo del valle á Tacamba, que lleno de ternura conduce en sus brazos á la princesa Inchátiro. Abre ésta los ojos que tenía cerrados por el miedo, envía á su salvador una mirada de inefable tranquilidad y una sonrisa de sus labios oyuelados.

Las nubes siguen rasgándose: el astro de la noche aparece en todo su esplendor. A su clarísima luz se deja ver, en lo más alto de la montaña, la imponente figura de Turí Achá inmóvil, de mirada feroz y de pie, en medio de más de cien cadáveres.

Desde entonces aquella montaña lleva el nombre de "Cerro del rey valiente."

XI

Las nubes han desaparecido por completo. La bóveda celeste está límpida y transparente como un cristal purísimo. La luz de la luna y de las blancas estrellas derraman tan apacible claridad, que se ven brillar las gotas de rocío en las hojas de los árboles.

Los torrentes apagan su voz, el viento pliega sus alas y los bosques sacuden con placer su cabellera mojada por la lluvia.

En aquel momento se ve atravesar por el pequeño llano un hombre de alta estatura, de pálido semblante y de gallardo andar. Angosta túnica cubre su cuerpo y van sus pies descalzos; dulces y hermosos son sus ojos. Se oye su voz sonora y apacible que canta:

"Alabado seas, Señor, en la luna y las estrellas! Las has formado tú en los cielos claras y serenas."

"Alabado seas, Señor, por mi hermano el viento, por el aire
y por las nubes, por la serenidad del tiempo, pues con todas
esas cosas sostienes tus criaturas!"

QUINTA PARTE.

Uruapan.

I

Después de las escenas que acabamos de referir, Fray Juan
de San Miguel apareció en Uruapan.

La ciudad estaba solitaria: los moradores habían huído también á los montes.

Era el mes de Marzo: en los altos árboles frutales se oía la
algazara de los zanates, el silbido del mulato, el trino alegre y
melífluo de los jilgueros y el bullicioso y alegre canto de las
primaveras. Pero sobre todos estos ruidos, se alzaba el rumor
del Cupatitzio y de sus cien cascadas, rumor sordo, imponente
y simpático, mezclado con los suspiros de las vecinas selvas.

Era la tarde cuando Fray Juan de San Miguel penetró en
las embalsamadas calles del edén florido.

En aquella solemne hora comenzaba para el varón santo la
gloriosa campaña que "solo, á pie y descalzo" emprendía en
nombre de la humanidad y de la civilización.

"No quedó cumbre, gruta ni monte en la extensión de aquella Provincia" que no discurriera solícito en busca de los indios dispersos para reunirlos en poblaciones y predicarles el
Evangelio, ora trepase á las nieves perpetuas del Tancítaro,
ora descendiese á las abrasadas llanuras de la tierra caliente.
Tan pronto dirigía su eficaz palabra á las muchedumbres de la
sierra de Uruapan, como se le veía celebrando el sacrificio de

la misa en las asperezas de la Sierra Madre,[1] atravesando en su camino por guaridas "de tigres y leones."

"Cuando llevado de su espíritu, trepaba los montes ó se arrojaba á sus abismos, buscando almas que convertir, los bárbaros que, como fieras, se aprestaban á despedazarle, caían postrados á sus plantas como mansos corderillos, seguían luego sus huellas y no querían apartase de sus tiernos brazos, é hizo cosas tan maravillosas, que cada una es bastante á dejar engrandecida una provincia y al siervo de Dios reconocido por grande!"[2]

En efecto, cada uno de sus pasos era señalado por acontecimientos maravillosos que aumentaban el entusiasmo y el amor de los indios. Para socorrerlos en sus necesidades, iba rápidamente de un lugar á otro "como cierva amorosa al socorro de sus hijos."

"Fundó pueblos y ciudades, dividiéndolas en calles, plazas y edificios, escogiendo el sitio y cielos para que su conservación fuese siempre adelante.—Ordenó que los niños se juntasen á la doctrina, de donde se escogieron las mejores voces para cantores en las 'capillas 'y músicos para sus fiestas y para que aprendiesen á tocar el órgano."

---

1 La tradición y las crónicas refieren que en el mismo día decía misa en Uruapan y en San Jerónimo, pueblo situado en la Sierra Madre.

Al pie del retrato de Fr. Juan que existe en Uruapan, se leen los siguientes versos:

> "Pobre, humilde y Religioso
> "A Fr. Juan de San Miguel
> "Lo presenta aquí el pincel
> "Por ser pastor tan seloso
> "Y mas cuando prodigioso
> "La tierra que transitava
> "Paresiendo que bolava
> "Decia Misa en San Gregorio
> "Y en este pueblo es notorio
> "Que la mayor la cantava."

2 La Rea, crónica citada.

II

"Fundada ya gran parte de la sierra, llegó al sitio de Uruapan, y viéndole tan fecundo, ameno y vistoso y que el cielo se
le inclinaba con tan lindo agrado, escribiendo en los semblantes
el afecto con que le miraba, hizo alto el colono Seráfico, caudillo
del pueblo y apóstol de su Iglesia y fundó el pueblo en el mejor .
lugar [1] que contenía todo aquel valle, y que tiene todo el reino
de Michoacán repartiendo la población en sus calles, plazas y
barrios con la mejor disposición que pudiera la aristocracia de
Roma, dando á cada vecino su posesión, mandando que desde
luego hiciesen casas y huertas, plantando de todas frutas, plátano, ate, chicozapote, mamey, lima, naranja, limón real y cen-
til; y así, no hay casa de indio que no tenga de todas estas
frutas y agua de pie para la verdura, con tan linda disposición
y arte, que todo el pueblo parece un país flamenco, de frutales
tan levantados que, en competencia de los pinos, se suben al
cielo.

"A un lado del pueblo está un ojo de agua de doce varas
poco más ó menos de circunferencia, tan profundo y corpulento que discurriendo hacia el poniente, á tiro de piedra, es ya
un río tan caudaloso. que no se vadea, sirviendo de cinta ó ta-
jo á la población. De aquí dos leguas enfrena su curso en una
montaña tan espesa que, como esponja sedienta, se bebe todo
el raudal y le despide gota á gota por otra parte y demenuzán-
dose por entre los pinos, riscos y peñascos, parece una lluvia
de aljófar ó copos de nieve.[2] Aquí sí que pudieran enriquecerse de aljófar, perlas y cristales todos los poetas que se precian
de liberales. Apenas gana pie el agua y congrega los desperdi-

1 Antes estaba en el llano, barrio y cerrito de la Magdalena; pero el caserío se extendía hasta la Quinta.
2 La cascada, cuyo nombre es *Tzaráracua*, que significa cedazo en tarasco.

cios de su copia, cuando discurre un hermosísimo río hacia el sur y rinde muchas truchas y pescados.

"Hay dentro de este pueblo, demás de este rio otros muchos ojos de agua con que pudo este siervo de Dios encañarla por todas las calles y casas del pueblo, sin que haya alguna que no la tenga, y así todo el año hay fruta y verdura, por ser la tierra tan fértil, y tanto que en todo su circuito se está sembrando, cogiendo, espigando y naciendo el trigo en todos los tiempos del año, porque ayuda la fertilidad del suelo. Siempre está dando fruto, y así se ven en todo el contorno, á unos segando, á otros sembrando y á otros aventando el trigo á un mismo tiempo. Y es la razón porque á las cinco de la tarde se levanta una marea tan suave y fresca que, estorbando las inclemencias del cielo, dura hasta las cinco de la mañana, y así nunca yela, con que se ha conservado el pueblo en su primera fundación, que fué de más de cinco mil fuegos, aunque con las pestes que han sido tan grandes en estos años se ha minorado; pero no el comercio que, como es de todo el reino, no cesa la contratación con todos los géneros de la Provincia y de la tierra, y así el concurso es tan numeroso que obligó al pueblo á que introdujera todos los días *Tianguis*, á quien nosotros llamamos ferias donde se vende, compra y trueca, desde las cinco de la tarde hasta las nueve de la noche. Y para evitar la confusión de la noche, así en la feria como para volverse á sus casas, usan los indios atar en unos *quiotes* tan largos como una asta, manojos de ocote ó tea, que encendidos, hacen una llama muy hermosa: y son tantos que todo el pueblo parece un incendio troyano; y así venden y compran y se vuelven á sus casas.

"Fundado el pueblo y repartido con la disposición que hemos visto, trató luego este siervo de Dios de hacer la Iglesia. Y como los indios eran tantos y la devoción mayor, apenas lo propuso cuando se puso en obra y se acabó una Iglesia muy grande, suntuosa y capaz para concurso tan crecido, siendo su labor de cal y canto y tan costosa que consumiera muy grandes patrimonios á no ser suyo el de aquel que *dat, afluenter et not improperat.*

"Concluída la fábrica la adornó de retablos, órgano y ornamentos, como pudiera un gran potentado. Después de esto trató de hacer hospital para el recurso de las enfermos, y le hizo tan costoso y capaz, que por sí solo es obra memorable. Colocóse su retablo, órgano, fundándole su renta, como veremos que hizo en los demás.

"Fundado el pueblo, hecha la Iglesia y acabado el hospital, repartió la población en sus barrios, dándole á cada uno su titular.[1] Instituyóles sus fiestas, haciendo en cado uno de ellos su capilla con el retablo del santo, para que todas las noches se juntasen todos los del barrio después de la oración á cantar la doctrina, con lo que el pueblo parecía un coro de religiosos. Y como cada capilla está en los remates de las calles, unas á otras se están mirando y hermoseando la disposición del pueblo. Y como está dividido en nueve barrios, son nueve las capillas, cada una con sus ornamentos y órgano, salvo una que no lo tiene. Hecho ya todo lo natural en la fundación, puso sus conatos en lo espiritual y político, asistiendo en persona al examen de la doctrina, creando alcaldes, mayordomos y fiscales, adornando el pueblo de todos los oficios y poniendo en ellos á los muchachos de la doctrina para que los aprendiesen, y juntamente escuelas de canto y música para que siempre la Iglesia tuviera cantores y organistas. Cuyo ejemplar siguieron después todos los ministros de Michoacán en la educación y aumento de sus iglesias."

Lo que refiere el P. La Rea en las líneas anteriores prueba que Fray Juan de San Miguel no trató de hacer de los indios una comunidad religiosa: los congregó en sociedad política y civil, les señaló diversos caminos para el trabajo colectivo é individual, les abrió escuelas para su civilización, y alejando de su alma la tristeza del asceta, daba alegría á su corazón con las notas de la música y con las armonías del canto.

1 Eran, cuando se fundó Uruapan, nueve barrios llamados: San Francisco, La Magdalena, La Trinidad, San Juan Evangelista, San Pedro, Santiago, San Miguel, San Juan Bautista y Los Reyes. Este último se trasladó más arde á la Sierra y formó el pueblo de San Lorenzo.

III

Todo era alegría y prosperidad en la elegante y pintoresca ciudad de Uruapan. Las sementeras de trigo y de maíz ostentaban sus lujosas espigas; la caña de azúcar, que aparecía por primera vez en aquellos campos, los teñía de esmeralda; los árboles estaban agobiados al peso de las frutas tropicales y de la zona fría, ya fuesen indígenas ó exóticas, llevadas allí por el filántropo misionero. El agua estrepitosa se deslizaba por todas partes en finísimos hilos de blanca argentería, de mil arroyos que fecundan la tierra. Y el rumor de los ríos, augusto é imponente, se mezclaba al de las oraciones de los fieles que daban gracias á Dios por tantos beneficios.

A lo lejos se dibuja el elevado y majestuoso pico del Tancítaro, inmensa mole, cuya corona de nieve está arriba de las nubes, y cuya falda cuajada de manantiales, como los mil pechos que nutren con su leche aquella vegetación espléndida, se dilata en fértiles valles de infinita variedad de productos.

Pero un día, un funesto día, las jóvenes que habían ido por agua á las fuentes vuelven á su casa con el llanto en los ojos y el miedo en el corazón. Los manantiales habían desaparecido, exhausto estaba el cauce de los arroyos, y el gran río, el bullicioso y alegre *Cupatitzio*, el caudaloso torrente de las cien cascadas, había dejado de correr......

Aquella misteriosa vorágine en que el río se deshace en perlas, y en que los rayos del sol se quiebran irisados, aquel imponente pero risueño salto que los indios llaman Puruátziro, [1] estaba convertido en hondo abismo, húmedas las rocas que lo forman y encharcado su fondo en donde se reflejaba otro abismo, la bóveda azulada.

1 Nombre tarasco del salto de Camela. Significa *agua convertida en espuma.*

En vano iban los habitantes de manantial en manantial en busca del agua; el precioso líquido había desaparecido en las entrañas de la tierra.

El paraíso de Uruapan estaba amenazado de transmutarse en árido desierto.

———

Algunos de los indios, en cuyo corazón no había aún echado raíces la nueva fe, pensaban que sus dioses, airados, enviaban aquel castigo á los partidarios de la Cruz: los neófitos del cristianismo, al contrario, pensaban que, celoso Satanás de los triunfos de la nueva religión, se vengaba cegando las fuentes que apagaban la sed de millares de cristianos, y que servían para las piscinas del bautismo.

El dolor y el espanto se pintaban en todos los semblantes. Las hojas de los árboles se inclinaban marchitas y las espigas se doblaban sedientas.

———

Se oye en las torres de la ciudad el alegre repique de las campanas, tan dulces y sonoras, como el rumor de los bosques y como el estrépito de los torrentes de aquel suelo. Los cohetes atruenan el espacio y se respira el perfume sagrado del incienso.

———

Salen del templo de la Virgen los vistosos estandartes de la Cruz, y luego la tierna y hermosísima imagen de la Madre de Dios, llevada en su dosel en hombros de las guanánchecha, las más hermosas doncellas de la ciudad. Bajo un lujoso palio aparece en seguida el austero, pero dulce y amable, Fray Juan de San Miguel.

La procesión recorre las calles del barrio de Santiago, la calzada del Calvario, y penetra bajo el follaje umbrío de un profundo bosque de zirandas, en medio del cual y bajo una bóveda de granito brotaba pocos días antes el inmenso caudal del *Cupatitzio*. Ahora el cauce de aquel río parece un extraño y fantástico esqueleto, y el fondo de su lecho, de blanquecinas peñas, una hórrida osamenta.

Ni una gota de agua corre á lo largo del triste, del enjuto álveo.

Llega la procesión. En alto promontorio se colocan las andas de la imagen. Las guanánchecha entonan un cántico sagrado y dejan escapar en torno del improvisado altar esbeltas y tenues espirales de humo que brotan de los incensarios.

Todas las miradas se fijan en el vacío *ojo de agua* que parecía un obscuro é infernal abismo.

———

Fray Juan de San Miguel se arrodilla al pie del altar, dirige sus ojos al semblante de la Virgen, y un rayo de luz, como un destello divino, ilumina su espaciosa frente y aquellas pupilas que parecen bañadas por el azul del cielo.

Sumerge en el agua bendita el hisopo, y lleno de fe y de unción esparce una lluvia de rocío sobre la roca calcinada......

———

Una espantosa detonación sacude las ondas sonoras del aire, y el eco la repercute terrible y prolongada en las sinuosidades del enjuto cauce.

Se oye en la roca algo como la caída de un cuerpo colosal, de un sér invisible: impregna el ambiente un nauseabundo olor, como las emanaciones sulfurosas de un volcán.

———

Y es fama que de la negra sima se desprendió una forma horrible, como la piel de un pulpo gigantesco, y que al pasar frente á la efigie de la Virgen tropezó en las rocas..... y una hon-

da huella quedó grabada en el peñasco duro y frío, la huella
de una rodilla, la *rodilla del Diablo*. [1]

Pero en medio de aquel fragor se oyó brotar de nuevo el
Cupatitzio; y alegre y bullicioso, y cubierto de espuma en la
que se reflejan los colores del iris, rueda, se precipita con ímpetu; se oyen mugir sus aguas torrentosas que van chocando
en los mil peñascos que quisieran atajarles el paso.

Una á una dejaron escuchar entonces su imponente voz las
cien cascadas que en el curso del río rompen por entre cortinaje de flores.

Los pétalos de las rosas se cubrieron de rocío y se levantaron al cielo las espigas, una hora antes inclinadas y sedientas.

Las jóvenes indígenas llenaron sus cántaros cubiertos de
flores, se arrodillaron ante el misionero, que bendijo el agua,
y airosas colocaron sobre su cabeza el ánfora adornada y fueron á llevar la alegría al seno del hogar.

La procesión desanduvo el camino. Se oyeron los alegres
repiques de los altos campanarios; los cohetes atronaron el espacio; las guanánchecha entonaron sus cánticos sagrados y el
incienso perfumó el ambiente.

La imagen de la Virgen entró en su templo, y Fray Juan de
San Miguel se inclinó al pie del altar y murmuró una oración
de gracias.

IV

Consta en la "Crónica de Michoacán," escrita por el P. Beaumont, que Fray Juan de San Miguel era ya guardián del con-

---

1 Este nombre tiene el primer manantial del Cupatitzio. En la roca de
donde sale hay marcada una hoquedad que tiene, en efecto, la figura de una
huella de rodilla.

vento de Uruapan por los años de 1534 á 1535. Ejercía esas funciones, cuando el oidor D. Vasco de Quiroga fué á Michoacán á pacificar á los indios, por medio de una política de paz y de dulzura. En el auto de residencia del Sr. D. Vasco de Quiroga, efectuado el año de 1536, Fray Juan de San Miguel fué uno de los testigos examinados: su dicho era de gran valía por haber residido desde antes de la visita del Sr. Quiroga, y durante ella, en Michoacan. [1]

Cuando el infatigable misionero se presentó entre los habitantes dispersos de Uruapan y de los pueblos de la Sierra, ya era docto en el idioma tarasco, cuyas bellezas y expresión aprovechaba en sus sermones, no tardando en atraer á los indios á la vida civil con el ejemplo de sus virtudes y la dulzura de su trato.

Fué tal la afluencia de naturales que de todas partes acudían á Uruapan, enfermos y desfallecidos de hambre, que bien pronto las calles de la ciudad se vieron henchidas de mendigos. Entonces fué cuando Fray Juan de San Miguel fundó allí el primer hospital establecido en la América, antes de que D. Vasco de Quiroga planteasé el suyo en Santa Fe cerca de México. Después el mismo Fray Juan de San Miguel siguió fundando iguales establecimientos de beneficencia en otras poblaciones de la Sierra.

Eran estos planteles una especie de falansterios en que los asilados trabajaban en común y se repartían los productos de sus pequeñas industrias. Para cuidar de los enfermos se turnaban semanariamente las familias acomodadas del pueblo (de raza indígena); se nombraban mayordomos para administrar los bienes destinados á la institución, y priostes y fiscales para que cuidasen del buen orden, reservándose los religiosos la sobrevigilancia y dirección.

En el mismo sitio en que se edificaba la casa para hospital ú hospicio, se erigía un templo consagrado al culto de la Vir-

1 Beaumont, tomo V, cap. XX.

gen bajo el misterio de su Inmaculada Concepción. Y en un departamento anexo, llamado "*La Guatapera*," residían las guanánchecha, cuyo encargo duraba un año, á contar del 8 de Diciembre.

Las mismas familias semaneras tenían á su cargo el culto en aquel templo; y por las noches, en unión de las guanánchecha, se congregaban allí para entonar himnos á la Madre de Dios; en algunos pueblos se cantaba en el dulce y sonoro idioma tarasco [1] el *Pange lingua* ó el *Ave maris stella*, traducidos del latín.

Los sábados se hacía procesión á la Virgen, llevándola desde la capilla del hospital hasta la parroquia, en hombros de cuatro de las guanánchecha, yendo además otras dos con braserillos de incienso, y abriendo la marcha la *Pendon pari* (la que lleva el pendón), que era la principal de aquellas sacerdotisas.

Aún duran en algunos pueblos de la Sierra tan dulces y sencillas costumbres.

V

Ya hemos dicho que Fray Juan de San Miguel no trató de hacer de los indios gente consagrada de preferencia á los actos del culto. Turnaba entre todos ellos el desempeño de esa clase de funciones religiosas; pero en cuanto á su vida civil, despertó en su alma el amor al trabajo, ya en las pequeñas industrias que les enseñó, ya en el cultivo de la tierra, santa y fecunda madre que paga con usura la consagración que le tributan los hombres; ya, finalmente, en el comercio, que cría y ensancha las relaciones y que es el mejor vínculo de la existencia social.

Deseaba el misionero borrar en los neófitos el recuerdo de

1 Lejarza, Análisis estadístico de Michoacán. Beaumont, Crónica de Michoacán.

su historia pasada; hacerles sobrellevar la carga de la domina-
ción española, y desterrar de su alma esa tristeza que suele
convertirse en irascible egoísmo, entre las gentes que viven
consagradas exclusivamente al templo; y al efecto, les institu-
yó fiestas, les reformó sus antiguos bailes, fomentó su afición
á la música y al canto y los acostumbró á toda clase de reu-
niones, en que se trataban sus intereses de barrio ó los gene-
rales de la comunidad.

Es de saber que cada barrio, en Uruapan, tenía una especie
de autonomía, con funcionarios que dirigían su régimen interior, con rentas y tierras propias para llenar los gastos comu-
nes y los de los individuos en particular; mas cuando el asunto
afectaba á la comunidad de toda la población, entonces se ocu-
rría á los mandatarios de lo que pudiéramos llamar el centro.
Para estas atribuciones, había también rentas y bienes raíces
que correspondían al común de la ciudad. Las mismas fiestas
religiosas, unas eran exclusivas de cada barrio, otras eran de
todo el pueblo; aquéllas las costeaban los habitantes de cada
demarcación; los gastos de éstas eran sufragados por todos los
habitantes. No ha muchos años que en Uruapan se llamaba
República á la población toda, á diferencia de *los barrios* que se
mencionaban por sus respectivos nombres.

. Tan armónica organización no podía menos de estar de acuerdo con la índole de los indios, quienes no olvidaron ni olvidan
aún que debieron esa felicidad relativa á su bienhechor, á quien
llaman todavía *tatá San Juanito*.

Nada extraño fué que al descender al sepulcro el infatigable
y santo misionero, los indios de Uruapan se apresuraran á eri-
girle una estatua que se conserva sobre la fachada de una capilla, denominada del Santo Sepulcro.

SEXTA PARTE.

El agua santa

I

En las fértiles campiñas de Curíncuaro [1] se nota un extraño movimiento.

Por entre los espesos bosques de mameyes y de zapotes negros que enlazan sus ramas con las sombrías de los tamarindos y de las zirandas, se ven atravesar grupos de guerreros, cuyos penachos ostentan plumas de brillantes colores.

Se oye el grito de guerra, y espantados gritan en lo alto de las palmas el guaco y el turpial.

El panorama es imponente.

De un lado se ve la pampa extensa, árida y solitaria, sobre la cual un sol de fuego hirviente vierte rayos abrasadores; del otro, allá á lo lejos, la azul serranía exhala suaves emanaciones perfumadas con el aroma fresco de los pinos.

En aquella dilatada llanura, monótona, fatigante, ni un cristalino arroyo, ni una cisterna mantienen una gota de agua para apagar la sed del viajero: allí la vegetación duerme estéril hasta que las lluvias desprendidas de las nubes la despiertan de su letargo; y entonces, como por encanto, crujen los tallos de gigantescas gramíneas y se extiende sobre el suelo un manto como mar de verdura.

———

La ciudad estaba situada entre las dos hondas barrancas de Jicalan Viejo y de Andanguío, que la acotaban por el Sur y por el Norte: hacia el Oriente se desliza con fragor el río Cupatit-

---

1 Portentosa ciudad que existía antes de la conquista, al Sur de Uruapan, en los terrenos que se llaman de *Jicalán Viejo:* subsisten aún las ruinas en un extenso campo.

zio en insondable abismo, y hacia el Poniente, se abría en otro
tiempo profunda excavación de paredes acantiladas, cuyos ves-
tigios causan sorpresa hoy día. Aún se ven las colosales yácatas, asiento de los templos, las calles que se dilatan entre de-
rruídos cimientos, y alguno que otro árbol, gigante de la vegetación, que ha resistido á la pesadumbre de los tiempos. Allí
donde antes ostentaba su lujo una brillante corte, se arrastran
hoy la silenciosa iguana y la falaz serpiente.

II

¿Por qué aquel extraño movimiento que se nota entre los
habitantes de la ciudad? Se les ve desfilar por las calles, poseídos de tristeza é inquietud. Tras de ellos cierran la marcha
los guerreros.

Desierta quedó la populosa y bella Curíncuaro. Tan sólo en
el palacio se observaba inusitada animación.

Mas no bien el último escuadrón de guerreros había traspasado los límites del caserío, cuando apareció en la puerta
del alcázar el rey Tacamba, ataviado con sus más lujosos arreos
militares, conduciendo de la mano á la princesa Inchátiro, radiante de felicidad y de hermosura.

La mirada de la jóven era apacible y profunda, como el cielo después de que ha pasado la tempestad.

Vestía Inchátiro elegante *guanúmuti* [1] de finísimo algodón
bordado de oro y guamilule: el color negro de sus trenzas con-
trastaba con el albo traje. Flexible era el talle de la virgen, y
ciñendo la ovalada frente una diadema de turquesas, dejaba
flotar al aire el plumaje de un *coa* cazado por su amante.

La pareja feliz emprendió á su vez el camino. Los ojos de
Inchátiro parecían interrogar la mirada impenetrable de Tacamba.

1 Traje talar que descendía desde el cuello hasta los piés. Usábanlo solamente las mujeres de la nobleza.

III

Los españoles se habían enseñoreado de Tacámbaro. Por todas partes los encomenderos tomaban posesión del reino, y amedrentados los indios se entregaban á discreción de sus amos. Unos cuantos. nobles acompañaban á Tacamba y formaban su reducido ejército.

En vista de esta situación, el rey de la tierra caliente había encaminado sus pasos á Curíncuaro, en donde, después de celebrar sus bodas con Inchátiro, pensaba hacerse fuerte y oponer tenaz resistencia á los invasores.

Pero entretanto, Turí Achá había aumentado el número de sus guerreros con la hez y escoria de los indios vagabundos que vivían del pillaje. El feroz caudillo de Turícuaro había jurado no tardar su venganza, y se preparó á invadir el retiro de Tacamba.

Los correos llegaban anunciando que de un momento á otro caería sobre la ciudad de Curíncuaro.

El primer pensamiento del rey fué salir al encuentro de su enemigo; mas pensó en sus leales vasallos á quienes dejaría indefensos; y entonces, oyendo á su Consejo de ancianos, determinó buscar un refugio en los inaccesibles flancos del Condémbaro, en medio de una raza de valientes fieles aún á su bandera.

Este era el motivo por qué los habitantes de Curíncuaro acababan de abandonar sus hogares.

IV

Ya era tiempo. Rápidos como el huracán, los guerreros de Turí Achá franquearon la distancia que separa la Sierra de la ciudad codiciada. Aquel ejército parecía un impetuoso torrente despeñándose de lo alto de las montañas. Cobarde para sa-

lir al frente de los invasores de la patria, iba lleno de rencor
contra sus hermanos. Turí Achá empuñaba la flecha, ansioso
de lanzarla al corazón de Tacamba.

V

Atónitas quedaron aquellas hordas de salvajes al ver los campos de Curíncuaro tan admirablemente cultivados. No se cansaban de contemplar aquellas habitaciones cuya magnificencia les era desconocida; el agua aprisionada en las fuentes y que luego saltaba en surcos plateados y se deslizaba en medio de los bordes de verdura; los jardines que por todas partes ostentaban las flores más lujosas, y las aves de gayos plumajes que saltaban de árbol en árbol: todo aquel reflejo de una civilización que jamás habían soñado, embargó el ánimo de estos hombres y detuvo sus pasos.

Al observar esta impresión, Turí Achá llegó á temer que fracasase su empresa. Tomó un haz de ramas secas, lo acercó al fuego, y llevando en alto el hacha encendida, penetró en la ciudad, incendiando luego la primera casa que encontró en su camino.

Hablaba así al corazón de sus soldados, en el cual la barbarie se sobrepuso á la admiración. Mil antorchas se esparcieron entonces por las desiertas calles, y la ciudad de Curíncuaro fué presa de las llamas.

El furor y el despecho roen el corazón de Turí Achá al convencerse de que los habitantes habían huído. Los ojos del caudillo negro brillan siniestramente, como la tea que tiene en la mano.

VI

La inmensa y obscura nube de humo que se levantó sobre el caserío fué observada por los fugitivos que iban ya á gran distancia de su hogar. El miedo se apoderó de los ancianos, de las mujeres y de los niños, y dió alas á sus pies.

Tacamba y sus guerreros oprimieron con furor sus macanas y detuvieron su marcha.

Inchátiro tembló como una sensitiva; sus negros ojos nublados por el terror, se fijaron en los de su amante.

VII

Este espera de pie firme á su adversario: su pequeña hueste forma en batalla.

El sol envía sus rayos de fuego. No hay en toda la llanada un árbol que convide con su sombra. No se escucha en toda la extensión de la árida pampa el murmurio de un arroyo.

De repente, un guerrero cae en tierra, acometido de horroroso vértigo: terribles contorsiones agitan su cuerpo: sus ojos se salen de las órbitas y se crispan sus manos.

Diez, veinte, más guerreros caen de la misma manera sin exhalar un grito, por más que, en su agonía, mueven los convulsos labios.

¡Es la insolación!

Como un ángel de muerte cierne sus alas ponzoñosas sobre aquel pequeño ejército.

Entretanto, Turí Achá sale de Curícuaro y va al alcance de su enemigo.

Los dos ejércitos se han avistado: la pelea está próxima.

Reina pavoroso silencio.

VIII

Tacamba vuelve sus ojos hacia Inchátiro: nota la palidez que cubre el semblante de la vírgen; observa que sus labios se contraen y que en vano quisiera exhalar un gemido. Por la primera vez Tacamba siente el martirio del miedo.

No hay agua en cuatro leguas á la redonda: ni un arbusto, por pequeño sea, para dar sombra, siquiera sea al rostro de la joven, recostada en el suelo. Apenas, allá á lo lejos, se levanta una peña de cortas dimensiones. Aquella roca es una esperanza de alivio: toma el príncipe en sus brazos á Inchátiro y la conduce á aquel sitio.

Entretanto la insolación sigue cebándose entre los guerreros; pero Tacamba se olvida de ellos, como se olvida de sí mismo, y sólo piensa en la joven, cuya mirada va extinguiéndose.

IX

Detrás de la peña hay un hombre que exclama con voz consoladora:

—¡Aquí hay agua!

Dice así, é hiriendo con su báculo en lo alto del peñasco, hace saltar el cristalino líquido. [1]

No se preocupa Tacamba del milagro: presuroso toma el agua en el hueco de la mano y la vierte en los labios de su amada. Inchátiro vuelve en sí, se incorpora, y aproximándose al manantial apaga su sed.

Tacamba corre entonces hacia donde están sus nobles: sus labios secos no pueden articular palabra, pero con su gesto les indica el venero de agua que todos gustan con indecible bienestar. El héroe es el último en acercarse al líquido misterioso.

Ya vuelve sus pasos para unirse con Inchátiro, cuando escucha el grito de guerra de Turí Achá.

---

1 Hay en aquella peña, al alcance de la mano del hombre, una oquedad que conserva agua sin derramarse ni agotarse. "El agua santa" la llaman los habitantes del país.

En el antiquísimo retrato de Fray Juan de San Miguel que existe en la parroquia de Uruapan, se lee en la inscripción:

"Dejó en testimonio fiel de sus virtudes la agua del *Copalito* (nombre de aquel paraje), la que inagotable é incorruta se preserva en una piedra biba sin estiladero ni mananteal ninguno."

Reorganiza en el instante su tropa y sale al encuentro de su enemigo.

X

Cada uno de sus soldados pelea contra diez de los de Turícuaro. El choque es tremendo: se oyen el ruido de las macanas y el silbar de las flechas, el aliento fatigoso de los combatientes y el estertor de los moribundos.

Mas en aquel momento el ángel de la muerte, la terrible ó implacable insolación, bate sus alas sobre los salvajes de Turí Achá, que caen en tierra como espigas segadas por la hoz.

El caudillo negro ruge de rabia y de despecho y busca á Tacamba.

Es muy fácil encontrarlo.

Los dos rivales empeñan combate personal: el odio da fuerza á los brazos; los ojos despiden llamas de ira que se desbordan terribles. El genio del valor contempla con orgullo aquel duelo á muerte......

XI

Entretanto Inchátiro se había prosternado á los pies de Fr. Juan de San Miguel. El misionero recorría su acostumbrado camino de San Jerónimo á Uruapan. Aprovechando unos instantes la débil sombra que le ofrecía la peña aislada, había sido testigo dél sufrimiento causado por la sed en los soldados de Tacamba y en Inchátiro.

Entonces el sér extraordinario había hecho brotar el agua de la roca.

La doncella, fijos los ojos en aquel hombre, creía haberlo visto en sus sueños, ejerciendo en su alma un poder sobrenatural: se imaginaba haberse encontrado realmente con él en alguna circunstancia importante de su vida, y en aquel momento le parecía un rayo de luz desprendido del cielo.

Inchátiro fijaba su mirada en el religioso, pero enviaba su alma al lugar del combate.

Y al ver el misionero que la virgen luchaba entre la fe y el amor, impuso en ella su mirada severa, á la par que dulce; poderosa al mismo tiempo que llena de inefable ternura; la bañó con un destello purísimo de magnética unción, y colocando en su cabeza entrambas manos, la acercó al manantial, y bañó sus sienes con el agua del bautismo.

Inchátiro estaba envuelta en las invencibles mallas de una red sobrehumana y se sentía arrastrada por la fuerza de una extraña sugestión.

XII

Turí Achá mordió el polvo de la tierra al exhalar el último aliento: los guerreros de la montaña, diezmados y despavoridos, huyeron como aves perseguidas por el cazador.

Tacamba se apresuró á regresar al sitio en que había dejado á Inchátiro.

XIII

Pero Inchátiro se había desvanecido como sombra, y el extranjero no aparecía en la extensión del llano.

Tacamba sintió que su razón se extraviaba. Su mirada recorrió el desierto.

El desierto estaba vacío.

Tacamba entonces despidió á sus soldados. Inclinó hacia el suelo el semblante, y no volvió á pensar en su reino.

SÉPTIMA PARTE.

I

Había transcurrido algún tiempo. ·

Tacamba, errante en los más profundos bosques, se dirigía, de cuando en cuando, á las desiertas ruinas de Curíncuaro: encaminaba luego sus pasos á la peña del manantial: sus ojos buscaban algo que no existía allí. Mojaba su frente con el agua milagrosa, y otra vez volvía á perderse entre las obscuras selvas.

Le sobresaltaba el ruido vago de las hojas movidas por el viento. Llamaba en voz alta á Inchátiro, y se estremecía al escuchar el grito de los pájaros espantados.

Un día que bajaba de una montaña divisó á lo lejos una extensa y populosa ciudad.

Como atraído por mágico poder caminó en dirección del caserío: vió calles alineadas, habitaciones que no eran parecidas á las que construían los indios; arroyos artificialmente encauzados; frutas desconocidas, y hombres y mujeres de su propia raza, pero vestidos con extraños trajes.

Aquella ciudad era Uruapan.

II

De repente escucha el estampido de millares de truenos que estallan en los aires, y oye timbres sonoros cuyo eco alegre y bullicioso repetían las montañas.

Una fuerza irresistible atrae más y más á Tacamba hacia el centro de la ciudad: el pavimento de las calles está tapizado de *huinumo*, y á la altura de los aleros hay verdes enramadas. En cada esquina de las calles se levantan rústicas capillas adornadas con arcos de tuspatas, de ninfeas y de infinita variedad de parásitas, y el incienso impregna el ambiente ya perfumado con el aroma de las flores. Luego se ven pasar en confusión cien y cien danzas en que se mezclaban los bailes primitivos de los indios con las costumbres de los españoles en sus fiestas religiosas.

III

Cierra la marcha de abigarrada muchedumbre una procesión de imágenes de santos.

En seguida, bajo la rica tela de un palio, un sacerdote de semblante austero y de mirada apacible conduce en sus manos la áurea custodia, semejante al disco del sol, ante la cual doblan la rodilla los espectadores.

Pero lo que más llama la atención del guerrero es un brillante palanquín cubierto de azucenas, llevado en hombros de las guanánchecha. Va en él la imagen de una virgen ingenua, con el casto esplendor de madre soberana. Tiene la sien orlada de estrellas, y huellan sus plantas la media luna de suave luz de perla.

Llega frente al guerrero este espléndido cortejo, precedido por una hermosa doncella que tremola un pendón azul; y una exclamación de indecible sorpresa se exhala de los labios de la joven, dominando el rumor de la muchedumbre.

"¡Tacamba!" dice la doncella. "¡Inchátiro!" grita la robusta voz del guerrero.

IV

Un mes después los dos jóvenes se desposaban en la iglesia parroquial de Uruapan, recibiendo la bendición nupcial de manos de Fray Juan de San Miguel.

EPÍLOGO.

No se contentó Fray Juan de San Miguel con que sus trabajos apostólicos se limitasen á la conversión de los indios de la Sierra de Uruapan, en la extensa comarca que corre desde los montes de San Gregorio hasta los de Tancítaro y Paracho, comprendiendo los valles de los Reyes y Peribán. La índole dulce y dócil de los tarascos, y el temor que en aquellos días los tenía subyugados, habían hecho que la simiente sembrada por Fray Juan de San Miguel fructificase, hasta cierto punto, sin gran dificultal. Otras gentes, broncas y feroces por su ignorancia, presentaban no sólo mayor resistencia á admitir las nuevas creencias religiosas, sino que amenazaban con grandes peligros la vida de los misioneros que se atrevían á ir á predicar entre los chichimecas errantes, ó los crueles é indomables otomites.

Fray Juan de San Miguel tomó su cayado y encaminó sus pasos á las tierras ocupadas por aquellas tribus.

Permaneció algún tiempo de guardián en el convento de Acámbaro, y dirigiéndose en seguida á Querétaro, llevó luego la palabra del Evangelio á los intrincados montes de Xichú, recorriendo las márgenes del río Verde. Fundó después á San Miguel el Grande (hoy de Allende), y recorriendo el país que forma en la actualidad el Estado de Guanajuato, predicó la buena nueva en la total extensión del territorio que, antes de la conquista, comprendía el dilatado imperio de Michoacán.

———

Anciano ya, inclinado su cuerpo al doble peso de los años y de las fatigas, volvió á Uruapan, habitó la celda que en ruinas se conserva todavía sobre la capilla del Santo Sepulcro en el edificio del hospital.

———

Una tarde las campanas soltaron su voz de bronce desde lo alto de las torres.

Los indios, al oir la alegre llamada, abandonaron sus poéticas cabañas, ocultas entre los árboles frutales, y acudieron al lado de su pastor.

¿Qué palabras salieron de los labios del anciano? ¿Por qué se pintó tan vivo entusiasmo en el semblante de los concurrentes?

Se hablaron éstos entre sí con inusitada animación, y en seguida se retiraron á su hogar, marchando á toda prisa.

———

Sonaron más tarde las solemnes campanadas que anuncian la *oración*, en esos instantes en que el astro del día desaparece por completo en el horizonte, y en que la naturaleza entera como que se recoge para bendecir á Dios.

A cada campanada que vibra en la torre de la parroquia responde en voz más baja otra sonora en lo alto del hospital, y más tenues y más finas, como un eco lejano, van sonando también las campanas de los barrios.

Se oyen esos tañidos como el concierto religioso de una salmodia que se eleva á los cielos.

Desde el centro de la ciudad hasta sus más remotas chozas se alzan á cada toque de campana las voces tiernas y limpias de los niños, exclamando unas veces: "¡Santa María, madre de Dios!" y otras sencilla, pero sublimemente: "¡Ave María purísima!" [1]

¡Cuántas veces, de niño, escuché estas santas plegarias que hacían palpitar mi corazón! Veía á mi padre á mi lado con la cabeza descubierta y el sombrero en la mano; á mi madre, murmurando llena de unción: "El ángel del Señor......" y yo buscaba entre las primeras estrellas, que lánguidas brillaban en la bóveda, aquel ángel mensajero de paz y de ventura.

¡Qué lejanas están ya de mis recuerdos, siempre vivos, aquellas dulces impresiones!

1 Queda todavía en algunos pueblos de la Sierra esta costumbre introducida por Fray Juan de San Miguel.

· Rayaba el alba en la mañana del día siguiente.

· Era uno de'esos tibios días del mes de Marzo en que una polvareda de oro se levanta en el camino de la aurora.

Allí en el país en que pasan las últimas escenas de esta historia, no esperan los árboles á la primavera para estrenar su nuevo traje de esmeralda. Las flores se anticipan también, y cuando la estación ingente se presenta, la vegetación de Uruapan sale á su encuentro, engalanada ya con sus más vistosas pompas.

En medio de tan espléndido espectáculo, Fray Juan de San Miguel, seguido de millares de indios, encamina sus pasos en dirección del Norte. Su agobiado cuerpo apenas si se apoya en el nudoso báculo, pero le dan fuerza la alegría y el alborozo que iluminan su semblante.

Los numerosos indios que lo acompañan, también llenos de entusiasmo, llevan en las manos primorosos ramilletes. De cuando en cuando las músicas impregnan el aire de dulces melodías.

¡Qué hermosa la mañana! ¡Cómo brilla el sol en las enhiestas copas de los pinos! ¡Qué risueños los angostos valles que interrumpen la espesa serranía!

El rumor de las gentes se confunde con ese vago y misterioso ruido de la naturaleza que parece el latir potente del corazón de la selva.

Allá en el cielo, algunas nubes como gasas rasgadas del manto de la aurora, hacen que resalte más limpio y más brillante el azul del firmamento.

———

Cuatro horas llevaban de camino nuestros peregrinos, cuando de improviso, en medio de un encantador grupo de colinas, que más bien parecen ondulaciones del terreno, se presenta á sus ojos incontable muchedumbre de habitantes de los cien pueblos de la Sierra. El clamoreo de aquella gente ensordece el espacio.

Fray Juan de San Miguel y sus compañeros atraviesan por entre aquella multitud compacta, en medio de la cual se distingue un anciano, en cuyos ojos hay mirada de autoridad, y en cuya frente espaciosa se adivina la luz de serena y grande inteligencia. Es el obispo Don Vasco de Quiroga.

Fray Juan de San Miguel se arrodilla á sus pies y estampa un ósculo en el anillo pastoral.

El pueblo presencia aquella escena sencilla, en que un anciano se inclina ante otro anciano, los dos tan venerables, los dos tan llenos de dulzura y tan amados de los indios.

Entretanto algunos de los concurrentes habían erigido una cruz al pie de añosa encina que cubría con sus ramas aquel sitio.

A la sombra del árbol gigantesco se ofreció un frugal almuerzo al obispo, humilde ofrenda de tribus semisalvajes. Fr. Juan de San Miguel bendijo los manjares, y durante la comida se oyeron los cantos de las doncellas, acompañados de la música melancólica de los tarascos. [1]

———

Después los dos ancianos emprendieron su camino hacia Uruapan: Don Vasco de Quiroga montado en humilde mula; Fray Juan de San Miguel á pie y descalzo, apoyado en su nudoso báculo.

El obispo iba á hallar su sepultura en la ciudad de las flores.

———

Y cuando más tarde llegó el supremo momento en que el alma de Fray Juan de San Miguel se desprendió del cuerpo para elevarse al cielo, rodeaban su lecho los inconsolables in-

1 No ha muchos años que se veía en el camino de Paracho aquella vieja encina, á la que faltaban ya muchas ramas. Aún se erguía la cruz, dejando ver la huella de los siglos en sus brazos carcomidos por los insectos.
El sitio conserva el nombre que desde aquel remoto tiempo se le impuso: se llama *Obispo tirécuaro*, que significa: *donde comió el obispo.*

dios que se sentían huérfanos y abandonados. ¡Cuántas lágrimas regaron el camino del sepulcro! ¡Cuántas flores sobre el ataud, esparcían purísimos aromas! ¡Qué triste y plañidero el doblar de las campanas! ¡Qué espantosa soledad en las calles de Uruapan!

¿Cuándo se verificó el glorioso trance? Ninguna crónica lo dice; la tradición misma lo ha olvidado. Sólo existen en la inscripción que hemos venido citando las siguientes líneas:

"Falleció en el cuarto de la convalesencia que se alla cercano á la capilla del Santo Sepulcro desde donde se le dió sepultura eclesiástica en la Parroquia deste Pueblo, en donde descansa su cuerpo." El Padre La Rea dice que está enterrado al lado del Evangelio.

Los habitantes de Uruapan conservan su memoria y le tributan aún el culto de su amor. La historia bendice su nombre, y la tradición lo repetirá como un eco tierno, transmitiéndolo de generación en generación.

EL PADRE JACOBO.

—

La memoria del sabio y virtuoso padre Fray Jacobo Daciano dura aún en los pueblos de la Sierra de Michoacán, principalmente en Tzacapu y Tarecuato, en donde su nombre es
bendecido y se venera su efigie como la de un santo.

La historia del humilde franciscano es sencilla sin carecer
de interés; pero la imaginación de los indios, habitantes de
aquella comarca, la ha convertido en una de esas narraciones
legendarias, llenas de poesía y de episodios sobrenaturales.

Era Fray Jacobo descendiente de la familia real de Dacia,
antiguo pueblo que habitaba al Norte del Danubio. Su voca-
ción religiosa lo hizo tomar el hábito de San Francisco, y su
talento y estudio le dieron un lugar distinguido en aquella sociedad.

Se desarrollaba entonces la Reforma en la parte septentrio-
nal de Europa. Fray Jacobo luchó en vano contra las doctrinas
protestantes de Lutero; pero su ortodoxia le atrajo las persecu-
ciones de un poderoso obispo, partidario de las nuevas ideas,
lo que determinó á nuestro fraile á pasar á la América, en donde la mies estaba virgen y donde sería eficaz la propaganda
católica. Llegó primero á España, y con la autorización de Carlos V emprendió su viaje al nuevo continente, sucediendo esta
peregrinación en los años de 1530 á 1531.

Fray Jacobo desembarcó en Veracruz, y á pie y descalzo caminó la inmensa distancia que separa aquel puerto de la ciu-

dad de Tzintzuntzan, en que estaba ya fundado un convento de la Orden seráfica. Al penetrar en este sagrado recinto, hincóse para recibir la bendición del venerable Fray Martín de Jesús, primer misionero en aquellas regiones.

No fljó desde luego el Daciano su residencia en el reino de Michoacán, sino que, obedeciendo órdenes superiores, fué á evangelizar á otros puntos del país conquistado. Refiere la crónica que una vez recorrió más de cien leguas, hollando la tierra con el pie desnudo, á fin de servir de lazarillo á otro varón ejemplar, Fray Antonio de Segovia, anciano y ciego, que tenía que asistir á un Capítulo que se celebraba en Huexoncingo.

————

Por aquella época, si rapaces, crueles y avaros eran los conquistadores; desinteresados, llenos de caridad y de amor se mostraban los frailes franciscanos. Sin éstos, los tarascos habrían permanecido en constante guerra con los españoles, y ávidos de venganza por los inauditos crímenes que en aquella región habían cometido Nuño de Guzmán y sus secuaces, habrían permanecido en las asperezas de los montes, convertidos en tribus bárbaras y feroces como las que no ha mucho todavía sembraban la muerte y el exterminio en el Norte de la República.

Tales fueron en general y en los primitivos tiempos de la conquista aquellos dignos discípulos de Francisco de Asís. Y especial mención entre todos merecen Fray Juan de San Miguel y Fr. Jacobo Daciano; el uno, cuyo origen se pierde en la obscuridad de humilde cuna, y el otro, provincial de su Orden en Dinamarca, nacido de estirpe real y señalado por su nobleza y erudición: ambos recorrieron los bosques del antiguo imperio de Tariácuri; escudriñaron las cuevas, bajaron á las profundidades de las barrancas más inaccesibles en solicitud de los indios para conducirlos á la vida civil; les hablaban en su idioma fluido, elegante y flexible; establecieron para ellos escuelas de primeras letras y de oficios; los congregaron en academias de música y de canto; les trazaban poblaciones y les enseñaban á construir mejores chozas que las que antes habitaban, y llevados de su celo apostólico recibían en sus brazos á los recién nacidos para enseñarles el camino de la vida, y confortaban y llenaban de esperanza á los moribundos.

Nada extraño es que semejante conducta haya despertado en el corazón de los sencillos aborígenes un amor infinito hacia sus bienhechores, que la memoria de éstos haya venido transmiténdose de generación en generación, y que se les atribuyesen milagros que indican la fe y la veneración que entre los indios disfrutaban los dos sublimes misioneros. De Fray Juan de San Miguel hemos narrado ya las tradiciones que se conservan en Uruapan y otros lugares: tócanos ahora hablar de Jacobo Daciano, para que no sean olvidadas las tiernas leyendas de los pueblos.

———

Era tanta la opinión que con los indios tenía de santo (afirma La Rea), que con mucha fe y devoción le llevaban los niños enfermos, y se dice que no hubo uno solo á quien no curase con la eficacia de su bendición. Dura aún en Tzacapu y Tarecuato la costumbre de que las madres invoquen al santo padre Jacobo en el instante en que sus hijos exhalan el primer vagido de la vida, y creen sin vacilar que el misionero acude á la cabecera de la enferma en aquel misterioso momento.

Se decía y se dice aún en la Sierra de Michoacán que "más que andar en la tierra volaba por los aires" al recorrer el extenso territorio que administraba. Acontecía á menudo que los indios de un pueblo iban á invitarlo para que los visitase: caminaba él á pie y descalzo, y ellos á caballo corrían á galope, sin poder darle alcance, llegando al lugar mucho tiempo después que el santo, "cuyo crédito (agrega el cronista) se levantaba como espuma, pues que más parecía ave del aire que hombre de la tierra." Fíngelo, en efecto, la tradición como un

ángel que, cuando quería, desplegaba las alas, siendo frecuente
que en las primeras horas de un mismo día dijese misas reza-
das en Tarecuato y en Tzintzuntzan y cantase la mayor en
Tzacapu, recorriendo en tan corto tiempo más de cincuenta
leguas.

———

Este último pueblo fué el primero que evangelizó Fray Jacobo: los habitantes, gente belicosa y altiva, pertenecían á los
indómitos *tecos;* empero los docilitó con su mansedumbre y
buen ejemplo, y allí es en donde se conserva más tierna y res-
petada su memoria. Recuerdan que caminando la primera vez
de Cheran hacia aquel rumbo, acompañado de una numerosa comitiva, les anocheció en una obscura selva, donde hicieron alto. Entre los acompañantes iban ciertos sacerdotes de
la primitiva religión del país, deseosos de sorprender y publicar alguna debilidad del misionero; mas ¡cuál no sería la sorpresa de todos cuando á media noche lo vieron desprenderse
del suelo á grande altura en actitud de orar! Una luz celestial
bañaba su semblante y se oían voces misteriosas, entonando
dulcísimos cantares. Aun los más incrédulos doblaron la rodilla, permaneciendo así durante el éxtasis de Fray Jacobo.

Apenas amaneció, los llamó á todos y les dijo que era voluntad de Dios que allí se erigiera la iglesia, consagrando de esta
manera la fundación del nuevo pueblo de Tzacapu. Los indios
desmontaron el sitio, abrieron los cimientos y á gran prisa levantaron los muros del templo. Sucedió que los carpinteros no
habían tomado bien la medida para las vigas del artesón, y
resultaron sumamente cortas. Los indios estuvieron á punto
de arrojarse sobre los culpables, creyendo que habían tratado de impedir la conclusión de la obra; pero Fray Jacobo les
ordenó que se calmasen, y mandó subir la madera. Con gran
asombro del numeroso gentío los tirantes se alargaban á la
vista de todos, y al llegar á lo alto de las paredes se ajustaron
perfectamente. En 1848 vino á avivar esta tradición el hecho

de que al reponerse el artesonado se encontraron allí semillas
de maíz, de trigo y de frijol, depositadas por el santo, admi-
rándose los indios de que por más de trescientos años hubiesen conservado su poder germinativo.

———

Nada arredraba al padre Jacobo en el cumplimiento de sus
deberes: ni los sofocantes calores del verano, ni el rigor del
invierno, ni las recias tempestades que se desatan en aquella
parte de Michoacán.

Una vez, hallándose en Tzintzuntzan, fué llamado urgente-
mente para confesar á un indio principal, enfermo en Tzacapu.
Llovía á torrentes: el rayo descuajaba los árboles del bosque,
y apenas interrumpida por el fulgor del relámpago reinaba pa-
vorosa obscuridad. Fray Jacobo cruzó como exhalación la distancia entre ambas poblaciones (cerca de diez leguas). Antes de
entrar á la pieza del moribundo, los indios quisieron recogerle
la capa que la lluvia había empapado enteramente; pero el padre Jacobo se apresuró á quitársela él mismo y la tendió en un
rayo de sol que en aquellos momentos rompía las nubes, ardiente y esplendoroso. La capa quedó suspendida en el aire y
no tardó en secarse.

———

Era tal el cariño que el apóstol profesaba á los indios que,
contra la opinión de otros de los misioneros de la Orden, admi-
mistró á los neófitos el pan de la Eucaristía, considerándolos
dignos de ese precioso manjar de los cristianos. No pocos dis-
gustos le ocasionó esta práctica entre algunos de sus mismos
cofrades que le negaban autoridad para decidir sobre este punto; mas el cielo se la confirmó con el siguiente hecho, que presenció el lego Fray Miguel de Estevaliz, gran narrador de milagros sucedidos en aquella época. Es el caso que, siendo guardián del convento de Tzintzuntzan Fray Pedro de Reyna en
el año de 1546, una vez que decía misa, llegada la hora de la

comunión, el acólito, que no era otro que el mencionado Estevaliz, vió que una de las formas consagradas se apartaba de
las demás, y volando por el aire se fué derecha á la boca de una
india. Esta tradición subsiste entre los habitantes de Tzintzuntzan, y se señala allí á los descendientes de la dichosa *guari*
(mujer), quienes llevan el apellido de *Felices*, en recuerdo del
prodigio.

————

He dicho que en Tzacapu es donde se conserva más viva y
tierna la memoria del misionero: en efecto, allí se rinde culto á
su efigie como si fuera la de un santo, y se tiene fe ciega en su
poder de hacer milagros. En las épocas de sequía, cuando se
ve que la estación de aguas no adquiere su periodicidad natural,
los indios ocurren á la intercesión de los santos: hacen primero
una fiesta á San Antonio, á mediados de Junio; si el paduano
se muestra impotente, claman á Señora Santa Ana celebrando
con pompa su función el 26 de Julio, y si las lluvias siguen re-
tardándose, en los primeros días de Agosto sacan en procesión
la imagen del padre Jacobo; y hé aquí que por aquellos días se
desatan las cataratas del cielo y los campos se cubren de ver-
dor.

————

Nuestro misionero, ya anciano y achacoso, se había retirado
á su convento de Tarecuato, en busca de la soledad, para consagrarse más á la oración, y para ver llegar tranquilo el trance
de su vida á la muerte.

Una noche, la del 21 al 22 de Septiembre de 1558, en medio de uno de los frecuentes raptos que tenía, vió con los ojos
de su imaginación el convento de Yuste en España, penetró al
claustro, observó la agitación que reinaba entre los frailes je-
rónimos, y obedeciendo á una fuerza misteriosa se introdujo á
una humilde celda en que agonizaba un hombre, á quien los
monjes miraban con respeto. El moribundo entregó su alma
al Señor á las dos de la mañana, hora en que el venerable Fr.

Jacobo volvió en sí de su éxtasis, y ya no pudo conciliar el sueño en lo restante de la noche. En la mañana mandó erigir un túmulo en la iglesia de Tarecuato y celebró una misa de *Requiem* con la solemnidad que era posible en aquel pueblo de indios. Los religiosos, admirados, le preguntaban la causa, y dijo que en aquella noche, á la hora indicada, había muerto el Emperador Carlos V, lo cual se confirmó algunos meses después que vino la flota trayendo la noticia y mandando hacer los funerales.

———

A los pocos años de este suceso llegó el término en que "la muerte (dice el padre La Rea) apagó la luz más brillante que tenía el candelabro de la Iglesia michoacana." En todos los conventos de la Provincia se le hicieron honores fúnebres, y los indios, inconsolables, lloraron largo tiempo la orfandad en que los dejó el padre Jacobo. Ellos no han esperado que el Sumo Pontífice declare su canonización: por sí mismos, por la tierna memoria que guardan de sus virtudes, lo veneran como á un santo y le tributan culto fervoroso.

En el barrio de Arancaracua, perteneciente á Tarecuato (según refiere el cronista citado), se conservan el báculo y el sombrero del apóstol, y "para mostrarlos, aunque fuese á religiosos, se juntaban el alcalde y los fiscales, y no los daban á tocar, sino á ver tan solamente."

———

El cadáver del padre Jacobo fué inhumado en la iglesia de aquel pueblo; pero es fama que en la noche del mismo día los caciques principales lo extrajeron, é incorrupto, como si el misionero solamente estuviese dormido, lo ocultaron en una cripta en el fondo de espaciosa é ignorada gruta, al cuidado de tres de los más ancianos del lugar, únicos poseedores del secreto. En aquel oculto sitio arden constantemente muchos cirios, y se eleva sin cesar el humeante perfume de los incensarios. En vano los curas de aquella parroquia, y aun algunos reverendos obispos, han tratado de averiguar la situación del misterioso subterráneo; la masa general de los indios la ignora, y los tres guardianes son incorruptibles y obstinadamente reservados.

Cuéntase que una vez un párroco que se hizo querer mucho de sus feligreses en Tarecuato, logró que cierta noche lo llevasen á visitar la cripta. Por precaución lo condujeron en hombros los tres viejos guardianes, vendándole previamente los ojos. El cura, sin embargo, ocurrió á un arbitrio, que juzgó infalible para hallar después el sepulcro, y lo puso en planta al ir caminando. La comitiva penetró en la caverna, quitaron al señor cura la venda, y pudo contemplar el inanimado cuerpo del apóstol, imaginándose cuánto fruto podía sacar del hallazgo. El cura volvió tranquilo y lleno de ilusiones. Al día siguiente, antes de levantarse, entraron á su aposento los viejos principales y le dijeron:

—Tata cura, anoche se te reventó tu rosario en el camino del santo sepulcro; pero aquí te entregamos tus cuentitas de chaquira, que hemos pepenado desde la puerta del curato hasta la entrada de la cueva. Cuéntalas, no falta una sola.

ZITÁCUARO.

I

Era la noche del 13 de Agosto de 1521.

La tempestad cernía sus alas sobre el sitio en que tres me-ses antes se alzaba orgullosa y bella la ciudad, sultana del Anáhuac.

Como si se librara una gran batalla en lo alto de la bóveda celeste, el trueno, semejante al estampido del cañón, no cesaba un instante, propagando de montaña en montaña su ruido ensordecedor. Densa obscuridad envolvía la tierra; pero de cuando en cuando, el relámpago la rasgaba para iluminar entre los escombros montones de cadáveres.

El aire estaba irrespirable, saturado con el hálito de la muerte.

Cuauhtemoc se hallaba prisionero: los mexicanos que habían sobrevivido á la catástrofe yacían en el suelo, presa del hambre y la fatiga.

En tanto Hernán Cortés descansaba tranquilo y satisfecho en los brazos de la Malintzin.

A la luz de un rayo pudo haberse visto á un hombre que se arrastraba cautelosamente, saliendo del teocalli. Irguióse de repente; puso una de sus manos sobre los ojos y clavó su mirada en las ruinas de una casa inmediata. Penetró con paso seguro entre los escombros y murmuró en voz baja:

—Ya podemos marchar, Cumanda!

Entonces una mujer, que por su andar dejaba adivinar que era joven, se levantó y siguió al guerrero, porque guerrero era aquel hombre, supuesto que ceñía su cabeza un penacho de tupidas plumas, y que llevaba en la mano una macana de finísimo cobre.

———

¿Quién era aquel guerrero?

No habían pasado muchos días desde que Hernán Cortés pusiera cerco á la ciudad, cuando entre los defensores de la plaza se vió aparecer un escuadrón de cuatrocientos flecheros, de gente extraña que jamás se había visto en Tenoxtitlán. Andaban casi desnudos, sin más adorno que sus altos penachos de plumas de brillantes colores. Su caudillo era el valiente *Cuanícuti*[1] que se hallaba entonces en la plenitud de la vida: alto, robusto, con una musculatura recia y flexible, en que se dibujaban los tendones, como serpientes que ondularan en aquel atlético cuerpo.

En las principales acciones de guerra, en que los españoles estaban á punto de apoderarse de la ciudad ó de alguna de sus más importantes fortalezas, los flecheros acudían en auxilio de los mexicanos, y luchaban con tanto valor y habilidad, que las más de las veces eran rechazados los sitiadores. Cuauhtemoc los tenía en grande estima y los había destinado como la reserva de su ejército.

En el vulgo se les consideraba como un auxilio sobrenatural enviado por los dioses, bajo el disfraz de guerreros tarascos, y se refería en apoyo de esta creencia que el denodado escuadrón había aparecido misteriosamente en México, estando ya cerrado el cerco y ocupados por los españoles todos los caminos que conducían á la ciudad. Hablando de Cuanícuti se

1 El cazador.

decía en voz baja que era la sombra de Xicotencatl y que sus soldados no eran más que otros tantos espectros, es decir, que eran los espíritus de los más valientes guerreros que habían dejado sus cuerpos en los campos de batalla; y que por estó eran invencibles.

Acompañaba también á Cuanícuti una joven de veinte años; de tez tan morena y tan suave que semejaba el terciopelo; delgáda, pero de formas redondas y esbeltas; de negros cabellos, cuyas largas trenzas, atadas en la parte superior de la cabeza, bajaban por la espalda hasta la cintura, y sus ojos de un café obscuro eran chispeantes, con un destello extraño, tanto más extraño cuanto que sus pupilas vagaban en una órbita azulada. De aquí que su mirada fuese fea, terrible y amenazadora.

Aquella mujer, que por su físico parecía la sombra de alguna hada malévola, en su parte moral era la negación de todas las virtudes, la sombra de la divina luz que convierte en ángel del hogar á la compañera del hombre.

Cumanda [1] era su nombre y no podían habérselo adecuado mejor los tarascos en su idioma tan eminentemente gráfico. En lo más recio de la pelea se le veía al lado de Cuanícuti, armada de una luciente espada de cobre, y no era ella la que menos sembraba la muerte en las filas enemigas. Jamás se apartaba del lado de su esposo, y lo mismo que lo seguía al combate, lo acompañaba en el descanso, en sus entrevistas con el emperador, en el paseo, en todas partes. Era como su sombra, inseparable, tenaz, sempiterna. Se diría que aquella mujer amaba intensamente á Cuanícuti y que estaba dispuesta á hacer por él el sacrificio de su vida.

Mas no era así; en el corazón depravado de Cumanda hervía el fuego de los celos, de los celos por odio, por crueldad, por lujuria. Jamás de sus labios salió una palabra de cariño, de ternura, de consuelo para su esposo. Siempre su boca vomitaba injurias, siempre su lengua estaba presta á la calumnia.

1 Significa *sombra.*

¡Cuántas veces Cuanícuti buscaba en medio de la lucha la muerte que le libertara de aquel infierno de su vida! Y la bus- caba en vano, porque los enemigos ó caían exánimes al golpe de su macana, ó huían á su presencia.

———

Cuanícuti y Cumanda atravesaron silenciosos por entre los escombros de la ciudad. Se deslizaban por las calles más obs- curas y se ocultaban sigilosamente al acercarse alguna perso- na. Así llegaron á un montón de ruinas sumergidas en el lago. Removió Cuanícuti una ancha piedra y se vió flotar una cha- lupa. Entraron en ella el guerrero y Cumanda, y el esquife surcó la líquida superficie.

—¿Qué vas á decir ahora á nuestro rey, cuando te pregunte por los guerreros que contra su voluntad trajiste á este malha- dado sitio de México? preguntó Cumanda.

—Le diré que, más afortunados que yo, murieron defendien- do la independencia de un pueblo digno.

—Un pueblo que no era el tuyo.

—Una nación hermana; y ya que Tzimtzicha le negó su au- xilio, al menos que uno de los caciques michoacanos se haya aprestado á socorrerlo. Uno á uno murieron mis hombres, y los dioses han recibido su espíritu.

—Sabrá Tzimtzicha y se le lo ratificarán mis labios, que hasta el último día del sitio te vieron á la cabeza de tus cuatrocien- tos hombres, que no sólo parecían invencibles, sino también in- mortales.

—Le explicaré que para sostener el prestigio de lo sobrena- tural, con que eran mirados por los mexicanos, cada vez que caía uno de mis valientes lo sustituía con un guerrero otomí en cuyas sienes colocaba el penacho del muerto.

—Es verdad: esto lo concertaste con el ambicioso Cuauhte- moc, y yo contaré á Tzimtzicha cómo entre el emperador de México y tú el cacique de Zitácuaro, se celebró un pacto se- creto para el caso en que los españoles fuesen derrotados.....

—¡Mientes!

—Yo le diré que á todas partes te seguía, espiando tus acciones y tus palabras; que sacrificabas sin prudencia ni piedad á tus hermanos, y que los sustituias con otomites para ir formando un ejército que sostuviese tu traición.

—Eres una mujer infame.

—Tú el desertor del ejército de los purépecha, el que ha traido á Cuauhtemoc inmensa cantidad de oro y plata, y cuantos víveres te ha sido posible introducir al sitio, sólo por grangearte como aliados á los que fueron siempre irreconciliables enemigos de Michoacán.

—Tzimtzicha no creerá tu calumnia.

—Le descubriré el secreto del subterráneo que comunica á México con *Chapatuato*, por el cual venimos á la ciudad sitiada y por donde hiciste varios viajes durante el sitio.

—Cumanda!

—Le revelaré el lugar en que has descubierto la más rica de todas las minas, de la que has extraído el oro y la plata para comprar á Cuauhtemoc.

Cuanícuti se estremeció de rabia, levantó el brazo con la mano crispada, y clavando una mirada de odio en Cumanda iba á descargar el golpe.

—Pega—le dijo la mujer—pega, cobarde.

Entonces el guerrero bajó el brazo y sintió que se ahogaba por no atreverse á castigar á aquel aborto del infierno.

—Eres tan ruin y tan miserable, le dijo Cumanda, que no me has pegado, tan sólo porque no vayan á perderse en el agua mi diadema, mi collar y mis brazaletes, porque tendrías que darme otros.

Cuanícuti exhaló un profundo suspiro y se contentó con dirijir una mirada de desprecio á la infame.

———

Largo rato tardó la chalupa en arribar á Chapultepec. Ya al pie de la colina, los fugitivos abandonaron su embarcación, subieron los escalones, tallados en las rocas, y penetraron en la gruta, en donde poco á poco fué perdiéndose el ruido de sus pasos. Un centinela español que se hallaba en lo alto del templo dió la voz de alarma; bajó una ronda, alumbró el antro con antorchas resinosas, y no hallando ni indicios de que hubiese allí alguna gente regresó á la fortaleza, maldiciendo del centinela.

II

Apenas habían transcurrido unos cuantos meses desde que Cuanícuti abandonara la ciudad de México. La noticia de haber caído en poder de los españoles la capital del imperio de Anáhuac se extendió por todo el territorio de la Nueva España, como la llamaban ya los conquistadores. El pánico era general y había como un aliento de infinita tristeza en el aire que respiraban los indios.

Ya comenzaba en Michoacán la desorganización de lo que podía llamarse gobierno político del reino. Ya el tímido Tzimtzicha, incapaz de defender su reino, preparaba su fuga con el fin de ocultarse hasta de sus propios súbditos.

Cuanícuti llegó á su cacicazgo de Zitácuaro. Los habitantes que lo vieron aparecer solo con su esposa, lo saludaron respetuosamente y no le dirijieron una pregunta, ni le hicieron la menor reconvención al ver que no le acompañaban sus soldados. Las madres y las esposas de los guerreros que el jefe había llevado á la campaña, derramando lágrimas silenciosas, amasaron en el interior del hogar el pan que sirve de alimento á los que han dejado de existir y lo llevaron al punto llamado *guarícharo*, el lugar de los muertos.[1] No estaban allí sus deudos; pero la sombra de cada uno de ellos vendría á

---

1 *Guarícharo* significa *el cementerio*. Como los frailes creían que los que no estaban bautizados se iban al infierno, preguntando á los indios á dónde se iban después de muertos y oyendo la respuesta de éstos que á *Guarícharo*, dedujeron que esta palabra debería traducirse "El Infierno." Por el estilo hay muchas equivocaciones en los diccionarios formados por los religiosos.

buscar su sitio y no era justo que vagase hambrienta, por no hallar en una sepultura el pan de las ofrendas.

Cuanícuti no pensó ni por un momento en ir á dar parte á Tzimtzicha de la malograda expedición. ¿Para qué, si conocía el carácter afeminado é irresoluto del monarca? Pero un día echó de ver que Cumanda había desaparecido y comprendió que su mujer marchaba á formalizar sus calumnias ante la corte de Tzintzuntzan. Era la primera vez que Cumanda se separaba de su lado, y Cuanícuti se sintió tan feliz con su ausencia, como si su corazón hubiese sido libertado de un gran peso.

Si aquella mujer era atendida por Caltzontzin, ¿qué le importaba la persecución de un rey, cuyo trono estaba próximo á derrumbarse? Si se despreciaban sus calumnias, en eso mismo llevaría su castigo la impostora. Por de pronto, verse libre de Cumanda era gozar de algunos días de tranquilidad, de esa dulce tranquilidad que había huído de su alma desde su matrimonio.

Pero si por un lado Cuanícuti sentía las dulzuras de la calma, por otro una profunda tristeza se había apoderado de todo su sér. Veía que los españoles, vencedores en todas partes, se adueñaban de la tierra y reducían á esclavitud á los habitantes y que éstos habían perdido por completo el sentimiento de la dignidad y, poseídos del miedo, no pensaban ya en defender la independencia de su patria. Entonces se acordaba Cuanícuti de sus guerreros, de aquellos valientes guerreros que habían sucumbido en el sitio de México. ¿Cómo sustituirlos? Eran los únicos purépecha establecidos en Zitácuaro. Cuando años atrás, el padre de Cuanícuti, que era uno de los consejeros del rey Harame, tuvo que abandonar su palacio de Tzintzuntzán, merced á las intrigas de sus enemigos, se retiró á las escondidas selvas que rodean el valle de Quencio, en el Oriente de Michoacán, en aquel país montañoso en que residían los mazaguas, tribus salvajes conquistadas por los purépecha. Pidió hospitalidad á sus antiguos enemigos y la halló amplia y

cordial, como la ejercen casi siempre los pueblos primitivos.
Con el anciano Yiríngari,[1] que así se llamaba el padre de Cuanícuti, habían inmigrado á Quencio sus parientes más allegados y algunos de sus súbditos, formando un patriarcado como
de doscientas familias. Los mazaguas señalaron al cacique un
terreno comprendido dentro de una medida de poco más de
dos fanegas de sembradura de maíz, medida que en tarasco se
llama *zitacua*, de donde la población tomó el nombre de Zitácuaro.

Una vez establecido Yiríngari, avisó al rey su nueva instala-
ción para que dispusiese de él y de sus guerreros, como de sus
más fieles súbditos.

Así pasaron los años: aumentó el número de habitantes de
la nueva población, y cuando falleció Yiríngari le sucedió en el
cacicazgo su hijo Cuanícuti que ya se había distinguido como
valiente en más de cien combates.

Cuando Hernán Cortés puso sitio á la ciudad de México, el
joven cacique de Zitácuaro supo que su rey Tzimtzicha había
rehusado el auxilio que le demandara el emperador azteca,
llegando hasta el colmo de la torpeza, pues dispuso que los
embajadores fuesen sacrificados. Entonces Cuanícuti convocó
á todos los hombres de su tribu que pudiesen llevar las armas,
y todos los hombres de la tribu acudieron al llamado, formando un total de cuatrocientos guerreros, hábiles, como todos
los tarascos, en el manejo de la flecha. Con ese brillante escuadrón marchó Cuanícuti á México, en donde lo hemos hallado. Allí perecieron, uno á uno, sus valientes guerreros, y
cuando regresó á Zitácuaro, no quedaban en su patriarcado
más que las mujeres y los niños. ¿Qué podía emprender el cacique en defensa de la patria, sin un solo hombre que lo acompañase? Y sin embargo, cuando las mujeres de Zitácuaro adi-
vinaron sus deseos, le llevaron sus hijos adolescentes, para
que al lado del caudillo recibieran la muerte gloriosa de sus

1 El del semblante arrugado.

progenitores. Cuanícuti podía contar, pues, con un ejército de niños!

Fijo siempre su pensamiento en la agonía de la patria, vagaba triste por las calles solitarias de Zitácuaro: á veces se engolfaba en los bosques que se dilatan al Sur, y allí, en medio de la floresta de zirandas y de parotas; en los tupidos matorrales que forman los grangenos; á la sombra de las ilamas que embriagan los sentidos con su perfume voluptuoso, lo absorbía de tal manera el recuerdo de su juventud, cuando su tierra estaba libre de opresores y él libre de Cumanda, que ni escuchaba el graznido de millares de chachalacas, la greguería de los loros, el displicente susurro de las chicharras [1] adheridas al tronco de los árboles, ni el tierno murmullo de las huilotas, ni las modulaciones del centzontli, ni los inesperados trinos del jilguero.

Cuanícuti había abandonado su cabaña de Zitácuaro y se había retirado á vivir en una profunda caverna oculta entre el espeso pinar de la montaña que se yergue rumbo al Sur de la población. Allí permanecía grandes temporadas, alejado de los hombres, y allí, con la meditación, hallaba consuelo á sus pesares. Desde entonces los moradores de aquellas tierras empezaron á llamar al elevado monte "El Cerro del Cacique."

———

Ya por aquel tiempo comenzaban los capitanes de Cortés á repartirse la tierra conquistada, y con el pretexto de que se les encomendaba la educación religiosa y la vigilancia de los indios, éstos les eran distribuídos como esclavos, á fin de que los utilizaran en toda clase de trabajos: los hombres eran enviados á explotar las minas, á cultivar los campos ó á prestar servicios como bestias de carga; en cuanto á las mujeres, se empleaban en las labores de su sexo, las más afortunadas; las otras hacían trabajos propios de los hombres, y las jóvenes,

1 Cigarras.

fueran ó no hermosas, se destinaban á satisfacer la insaciable lujuria de los encomenderos. De esto último resultó que en pocos años, los mestizos, descendientes de aquellas uniones, llegasen á formar casi la mayoría de la población.

———

La fama de que al Sur de Zitácuaro se extendían fértiles campos regados por cristalinos y copiosos manantiales, llegó á noticia de Cortés, quien deseando premiar los servicios de su fiel soldado Gonzalo de Salazar, le confió la encomienda de Taximaroa y Tuzantla, con los numerosos pueblos que formaban su jurisdicción. El encomendero emprendió su marcha, y al pasar por Zitácuaro se alojó en la cabaña de Cuanícuti. Las extrañas maneras del indio, su vida misteriosa y la reputación de valiente que gozaba, fueron parte para que el español sintiese una viva simpatía por su huésped, simpatía de que participó el indio, de una manera irresistible, no obstante haber jurado odio eterno á los conquistadores.

Salazar no iba más que á hacer un reconocimiento de sus tierras, é invitó á Cuanícuti á que lo acompañase. Juntos emprendieron el viaje: atravesaron por entre el bosque de guayabos de Enandio y contemplaron la altísima cascada que lo hermosea; visitaron el ameno valle de los laureles, las campiñas de Orocutin y la vega fertilísima de Tuzantla, cuyo río se cuaja de pescados. Salazar se extasiaba viendo la rica encomienda que le había tocado en suerte y se forjaba ensueños de riqueza al observar cómo cruzaban por donde quiera vetas de metales preciosos. Lleno de ilusiones, se propuso volver á México á fin de regresar con gente é instrumentos para el trabajo. Con ánimo de descansar de sus fatigas se detuvo algunos días en la cabaña del cacique.

Cuanícuti tuvo la mala suerte de encontrar allí á su mujer, la cual había llegado á Tzintzuntzan, en los momentos en que el rey Tzimtzicha se dirigía á Uruapan huyendo de los españoles. Todo era confusión y espanto en aquella Corte desmoralizada, y aunque Cumanda se apersonó con varios de los nobles principales, nadie quizo oirla ni creyó en las fabulosas riquezas que ofrecía. Despechada y más que nunca llena de odio contra su esposo, volvió á Zitácuaro, meditando en nuevos medios de venganza, pues venganza llamaba ella á su encono injustificado. Tornó á ser la sombra inseparable de Cuanícuti.

Salazar tuvo ocasión de escuchar las no interrumpidas reyertas de los consortes, de oir los insultos que Cumanda dirijía á Cuanícuti y que penetraban en el corazón de éste como saetas envenenadas.

Un día en que ella estaba ausente, Salazar dijo al cacique:

—¿Por qué no te separas de esa mujer? ¿Por qué no la echas de tu casa? ¿La amas tanto?

—¡Amarla! Desde el día en que uní mi suerte á la suya adquirí el convencimiento de que esa mujer es indigna de todo amor, de toda consideración. Cometí un gran pecado al casarme con ella, y los dioses me lo castigan, obligándome á vivir á su lado para expiar esta misma falta. ¡Amarla! la odio tanto, que muchas veces mi brazo se levanta para matarla: entonces ella, que me insulta hasta en la memoria de mis padres, me llama cobarde, prevalida de su sexo. ¡Amarla! no siento por Cumanda más que el más profundo desprecio, si la considero como esposa; el mayor aborrecimiento, si simplemente la veo como mujer. Cumanda me persigue por todas partes como sombra maldita.

—Tus dioses deben ser muy crueles si no permiten que el marido pueda separarse de una mujer semejante á la tuya.

—Los dioses son justos; el hombre que no estudia bien y por largo tiempo á la mujer que quiere para esposa, no merece perdón. El matrimonio debe ser en la tierra el único consuelo de la vida, y el que no ha sabido formarse este paraíso, muy justo es que sufra los tormentos que ustedes los españoles llaman infierno.

—Pero si la mujer falta á sus deberes?

—Los dioses son justos: si no cumple con las obligaciones

del hogar, si no ama á su marido, son cosas que dependen de su carácter, y el carácter se debe estudiar. Solamente en el caso de que la mujer falte á sus deberes como esposa, sólo entonces los dioses autorizan al marido para quitar la vida á la infiel. Cumanda hasta ahora no me ha dado este derecho.

Salazar no pudo contener una sonrisa de duda y de ironía que se dibujó en sus labios.

—Pobre amigo mío, siguió diciendo; en mi religión, pesares como los tuyos encuentran un lenitivo en la oración: el amor á Dios resume todos los amores de la tierra, y mientras más desgraciado se es en ella, tanto más consuelo se halla en pensar que pronto llegará el día —la vida es breve— de ir en pos de la felicidad que sólo existe en el cielo. Si te hicieras cristiano, desde ese mismo momento, desatados como quedarían, los lazos que te unen á Cumanda, seguirías la senda por donde la virtud guía á los hombres hacia el reino de la eterna justicia.

—¡Ah! ¿Tus dioses no me obligarían á vivir unido á Cumanda?

—No; porque siendo tú cristiano, no podrías estar unido á una infiel.

Gran rato hacía que Cumanda, inmóvil como estatua, había estado escuchando oculta la conversación de Salazar y Cuanícuti. Solamente sus ojos chispeaban de furor y de despecho. Cuando oyó que su esposo podría separarse de ella cambiando de religión, estuvo á punto de estallar en un grito de cólera; pero de repente brilló en su mirada un destello sombrío, como el fulgor de la venganza. Y cautelosa, como víbora, se deslizó sin hacer ruido, saliendo del aposento.

———

Salazar regresó á México. Después de algún tiempo supo Cuanícuti que el buen español, su amigo, había dejado de existir y que la encomienda de Taximaroa se había transferido en su hijo Don Juan Velázquez de Salazar, que residía en España, el cual, en consecuencia, tardaría en venir á tomar posesión de sus tierras.

El cacique de Zitácuaro, triste y abstraído en su pensamiento, vagaba por los espesos pinares de la montaña, en que estaba escondida la gruta que le servía de habitación. Cumanda no se apartaba de su lado, y el guerrero sufría el inaudito tormento de un hombre que, condenado á muerte, viese constantemente á su lado al verdugo, desde mucho tiempo antes de llegar el día de cumplirse la sentencia.

III

Extraña animación reina en Zitácuaro, en Taximaroa, en todo el valle de Quencio.

Zitácuaro es como un lugar de cita, en donde van reuniéndose millares de indios, vecinos de los pueblos inmediatos. Las calles están tapizadas de *huinumo;* [1] de cabaña á cabaña hay festones formados de flores; el ambiente está perfumado. De tiempo en tiempo se escucha la detonación de los cohetes que estallan en el aire ó se oye en el interior de algunas casas la música melancólica, pero armoniosa de los tarascos.

Empero, por más que los ojos indagan, en ninguna parte aparece Cuanícuti, ni se ve, en consecuencia, á su inseparable Cumanda.

¿No es ya el guerrero cacique de Zitácuaro? Cuerpo y sombra han desaparecido acaso de la tierra?

La verdad es que el guerrero triste huye de participar del regocijo público; él no es, como los demás indios, partidario de Hernán Cortés, él no lo mira como á protector de los naturales. Jamás podrá olvidar los combates que sostuvo contra el conquistador en las calles de México, en donde los cadáveres de los aztecas servían de trinchera á los ejércitos contrarios, ni menos perdona el horrible y bárbaro suplicio de Cuauhtemoc ni su injusta muerte cuando lo hicieron perecer en la

---

1 Nombre tarasco de las hojas del pino.

horca. La memoria del héroe nunca se borraba del alma de Cuanícuti.

———

La muchedumbre crecía más y más en Zitácuaro: á pequeños intervalos llegaban correos anunciando que el marqués (Hernán Cortés) había salido de Taximaroa; que había ascendido al cerro del Gallo, en donde los antiguos tarascos tenían una fortaleza; que ya estaba á cuatro leguas distante de la población; que ya iba á llegar......

Un inmenso rumor de voces llenaba el ambiente; todos hablaban, la alegría los hacía reír y palmotear á cada noticia.

De improviso reinó el silencio y se oyó lejano todavía, pero distinto, el sonido del clarín, cuyo eco metálico se repercutía en los vecinos montes.

Por fin apareció el conquistador, ginete en un corcel alazán que al andar iba braceando con gallardía: la muchedumbre se apretaba, y cada uno de los indios quería ser el primero en ir á besar la mano de aquel hombre, uno de los más afortunados capitanes que han existido en el mundo. Por todas partes se le aclamaba, todos le llamaban padre, todos lo bendecían.

En efecto, Hernan Cortés llegaba á la tierra de Michoacán. Después de haber regresado de su viaje á las Californias, supo en México que Nuño de Guzmán le había apresado, en el mar del Sur, uno de sus mejores navíos. Lleno de cólera emprendió un nuevo viaje para recobrar la nao, y esta vez hizo su camino por tierra. Pasó por Taximaroa y Zitácuaro, atravesó la tierra caliente, estuvo en Carácuaro, cruzó el río grande y llegó á Zacatula, en donde tomó el mando de los tres navíos que había hecho construir en Tehuantepec. En seguida recorrió la costa de Colima, la de Jalisco y el Guayabal, y recobró en Chiametla el bajel que Nuño de Guzmán le había robado. [1] ¿Quién había de decir á Cortés que iba pisando la tierra en que tres-

1 Beaumont. Crónica de Michoacán, tomo III, págs. 551 á la 555.

cientos años más tarde Morelos, Rayón, López y tantos otros héroes le habían de disputar su conquista?

Cuando llegó á Taximaroa fué recibido por los indios principales D. Buenaventura y su hijo Juan, D. Gonzalo Cuini, D. Martín Huitzu, D. Mateo Chapatuato, D. Francisco Puruata y D. Andrés Chisuni, caciques de aquellos pueblos, quienes hicieron su acatamiento al marqués en *Acámbaro tepacua* (llano de los magueyes), y le presentaron gran cantidad de gallinas de la tierra. Venían en compañía de D. Hernando muchos españoles y dos religiosos franciscanos, Fr. Angel de Jesús y Fr. Alonso de Palo, y estos padres empezaron á bautizar y catequizar á todos los de aquel territorio.[1]

Muchos días permaneció la comitiva en aquellos lugares, divirtiéndose Cortés y sus compañeros en frecuentes y dilatadas cacerías.

———

Entre los oficiales que acompañaban al marqués estaba D. Alonso de Peñaranda y Bracamonte, que había venido en la expedición de Pánfilo de Narvaez. Tenía fama de ser un hombre inteligente, astuto y traicionero. Nunca atacaba de frente á su enemigo; la sorpresa y la infamia eran las solas armas que contra él esgrimía. En cambio, se ostentaba sanguinario y feroz contra los indios inermes y desmoralizados por su ominosa situación. Era singularmente blanco, de cuyo color participaban el pelo, las pestañas y la barba. Tenía aguzado el semblante, como el tipo de ciertos individuos de la raza negra. Los españoles le llamaban el *Pelón* á causa del escaso pelo que cubría su cabeza, y los tarascos le dieron el nombre *Cuinurápeti* (pájaro blanco), por la configuración de su cara y, por su color enteramente albino.

———

Un día que los españoles habían ido á la caza del venado en

1 Beaumont. Crónica de Michoacán. l. c.

Zacapendo, Peñaranda se empeñó en perseguir á una de las piezas que huyó hacia el Oriente. Pronto se extravió entre los espesos pinares del cerro del cacique. En vano buscaba una salida; el bosque era cada vez más profundo; le pareció sombrío y horriblemente solitario. No se arriesgaba á gritar pidiendo socorro, temeroso de que algún indio vagabundo lo tomase por blanco de sus flechas.

Era ya la última hora de la tarde: los ojos de Peñaranda comenzaban á distinguir con más claridad los objetos que lo rodeaban, pues es sabido que los albinos ven mejor de noche que de día. Sin embargo, la maleza era tan tupida, que su vista sólo abarcaba un pequeño espacio.

De repente oyó una voz, en que se echaba de ver que adrede había dulzura. Peñaranda se estremeció, le pareció que aquel acento era el silbido de una víbora.

—No temas—repitió la voz—Ya sé que tú eres Cuinurápeti. Acércate.

Entonces Peñaranda distinguió al pie de una encina la figura de una mujer, cuyos ojos chispeaban intermitentemente, como el fulgor de las luciérnagas.

El crepúsculo se extinguía y aquella mujer parecía la primera sombra de la noche.

Peñaranda vió que estaba sola, y esto y la extraña hermosura de Cumandá lo atrajeron hacia ella, como el pájaro fascinado por la mirada irresistible de la serpiente.

—Te conozco, repitió la voz de la infame. Te llamas Peñaranda y nosotros te decimos Cuinurápeti, porque eres blanco como los pájaros que nuestros dioses maldicen, cuando se roban el maíz de las sementeras sagradas. [1]

Peñaranda tuvo miedo de aquella mujer que lo insultaba, y guardó silencio.

—He procurado muchas veces hablar contigo, pero parece que temes estar solo. Siempre te ví rodeado de tus hermanos y no me atreví á acercarme.

1 Los pájaros que sufren el albinismo.

—¿Y qué quieres de mí? murmuró Peñaranda. ¿Quién eres tú?

—Soy la esposa del cacique de esta tierra, á quien aborrezco, y quiero de tí tu alianza.

—Ah! sí, del cacique rebelde, de ese indómito Cuanícuti, el único de los régulos de este país que no se ha presentado á rendir homenaje al marqués.

—Del mismo, del que guarda tesoros en la gruta misteriosa en que habitamos en esta montaña.

Cuando Peñaranda oyó hablar de tesoros, como por encanto quedó libre del miedo.

—Entonces eres tú esa mujer bella que se llama Cumanda? Me han hablado de tí y he deseado conocerte. No sé qué simpatía me lleva hacia tu amor.

La obscuridad no permitió á Peñaranda ver una sonrisa de burla en los labios de Cumanda.

—Yo también—dijo ésta—yo también he sentido por tí una impresión profunda. He querido verte rico y honrado en esta tierra. Por eso te he buscado, para ofrecerte los tesoros, inútiles para el hombre que aborrezco y que en nuestras manos, en tus manos, serán instrumento de grandeza......

—¿Y dices tú que me amas? preguntó el español á Cumanda con voz que fingió apasionada.

—Como sola yo soy capaz de amar. Aquella mañana en que, cubierto de tu armadura y haciendo brillar la hoja de tu espada á los reflejos del sol, entraste en las calles de Zitácuaro, sentí en mi pecho que había llegado el momento en que por primera vez latía mi corazón por un hombre.

—Eso no puede ser. Estas casada con un valiente joven, ¿Acaso no fué el objeto de tu primer amor?

—Te equivocas, castellano; en nuestro país, cuando un guerrero se distingue por su valor en los campos de batalla, el rey lo premia dándole por esposa á una doncella digna de él por su hermosura. Cuando Cuanícuti volvió de la campaña contra el rey Axáyacatl de México, nuestro rey, que me creía hermo-

sa, sin que yo lo fuese, me hizo tomar una guirnalda de flores
y colocarla en las sienes del valiente mancebo. Labró el rey
nuestra desgracia, porque desde ese día mi esposo y yo nos
odiamos profundamente. ¿Qué me importan sus riquezas, si lo
único que yo deseo en el mundo es hallar un hombre á quien
amar con un amor sin límites?

Peñaranda, al escuchar de nuevo la palabra *riquezas*, sonrió
á la joven y la miró con ojos de fuego.

—Sí; yo hubiera querido volar como una ave, recorrer el
mundo y buscar, buscar en todas partes al hombre que deseo.

—Cumanda!

—Viniste tú; te ví domando tu brioso caballo negro que relinchaba de placer. Me pareciste un sueño, el sueño de mi
vida......

—El sueño que se realiza. Jamás te había visto, Cumanda;
pero á mis oídos había llegado la fama de tu hermosura. Te
amo......

—No me digas todavía esas dulces palabras; llévame contigo, que sea yo la Malintzin de mi blanco español!

Peñaranda se sobresaltó ante esta idea de Cumanda; unirla
á su suerte como esposa ó como manceba......... no iba hasta
allá la complacencia del castellano. Negarse redondamente,
era perder la esperanza de hacerse rico. Reflexionó, en tanto
que la infame mujer lo envolvía con sus miradas de lujuria.

—Cumanda, te adoro, y si tu amor á mí es tan grande como dices, házte cristiana; nosotros los españoles no podemos
traer á nuestro lado á una mujer que no ha sido bautizada.

—Renegar de mis dioses? Tú no puedes amarme, Cuinurápeti, cuando me propones una cosa imposible.

Esto pronunciaban los labios de Cumanda, mientras sus ojos
brillaban de alegria.

Peñaranda guardó silencio. Cumanda sollozaba, y de improviso, como si un arranque de amor sublime brotara de su pecho,

—Lo pensaré, exclamó con acento lleno de ternura, lo pensaré; ¿qué sacrificio no haré yo por conseguir tu amor?

Largo rato hacía que la joven guiaba á Peñaranda por entre el obscuro bosque, y media hora después indicaba á Peñaranda el camino ancho que conduce á Zitácuaro.

El caballo del español relinchó al ver los campos iluminado por la luna. Se oyó el chasquido de un beso y los dos amantes se separaron: él pensando en la fortuna de los españoles, á quienes adoraban las indias; ella en que había llegado la hora de la venganza. Al ver allá á lo lejos la silueta de Peñaranda exclamó con acento irónico:

¡Imbécil!

IV

Mientras que los soldados de Cortés se entregaban á los placeres en las fértiles campiñas de Zitácuaro, Fr. Angel de Jesús y Fr. Alonso de Palo se consagraron sin descanso á la predicación del Evangelio.

Era Fr. Angel tan devoto de San Francisco de Asis, que todo su deseo se cifraba en imitar al insigne fundador de su Orden: no tenía más que amor para todas las criaturas del mundo, y á sus ojos, tan hijo de Dios era el hombre, como la culebra que se arrastra en el breñal; su pobreza era tal, que desde que profesó, hasta su muerte, y todavía en la tumba, no usó más que un solo hábito de tosco sayal; infatigable en el trabajo, las pocas horas que no consagraba á la oración, las dedicaba al cultivo de la huerta en su convento, y nadie como él sabía hacer un ingerto, ni podar los árboles, ni abonar la tierra: en sus viajes jamás usó calzado, y chorreando sangre de sus pies se le veía trepar alegre y sereno por pedregales abruptos y empinados montes; pero lo que más llamaba la atención en Fr. Angel, era su vida contemplativa: se le veía arrobado durante los oficios divinos, de rodillas y en cruz en su celda, y

¡cuántas veces, los demás frailes le hallaban elevado más de media vara sobre el suelo, en alas de frecuentes éxtasis! [1]

No así Fr. Alonso de Palo, que no era más que lego, pero que, como lo dice el cronista Beaumont, ayudaba al sacerdote en su santo ministerio. Era avaro y codicioso, y remiso para el trabajo, pues siempre que podía, daba muestras de completa inactividad. Frisando ya en los cincuenta años, le gustaba la vida alegre y aún ardía la sangre en sus venas, cuando sus ojos se encontraban con los de alguna india que le pareciese hermosa. Contábase que, cuando salía del convento en busca de distracciones, se arrancaba una cana de la cabeza, la echaba á volar al aire y seguía la dirección que le señalara aquel guía, más ligero que una pluma.

Fr. Alonso no se paraba en mientes para satisfacer sus pasiones, y sin escrúpulo ni temor de Dios, se sentaba en el confesonario y sorprendía más de un secreto, que explotaba después en beneficio de sus miras.

¡Qué contraste entre los dos religiosos! No solamente eran una antítesis en lo moral, sino que también en el físico; pues mientras Fr. Angel estaba pálido, demacrado, y su mirada era apacible y tímida, el hermano Alonso tenía mejillas rubicundas, ostentaba una obesidad asombrosa, respiraba recio, sudaba á chorros y sus ojos eran vivos y penetrantes. Fr. Angel era el tipo de los austeros monjes de los siglos pasados; el hermano Alonso el retrato vivo de los frailes que vivieron después.

Hacía varios días que un hombre, aprovechando la obscuridad de la noche, penetraba en las calles de Zitácuaro y se dirigía á la celda de Fr. Angel de Jesús, permanecía allí en larga conferencia, y luego desandaba el camino, internándose en el bosque.

1 Todos los cronistas refieren los frecuentes éxtasis de los misioneros y su elevación sobre el suelo.
Es digna de disculpa esta piadosa credulidad.

Noche á noche seguía á aquel hombre, como si fuese su sombra, una mujer que penetraba también en el alojamiento, pero que no se dirigía á la morada del santo misionero, sino que al ver desaparecer en ella al misterioso personaje, encaminaba sus pasos hacia el aposento del hermano Alonso.

En la celda de Fr. Angel se oía el suave murmullo de voces que oraban. En el aposento del padre Palo se escuchaban palabras de alegría y risas que estallaban á menudo.

—Hijo mío, decía Fr. Angel, tu conciencia errónea ha sido hasta hoy invencible, puesto que jamás había penetrado en estas tierras la luz del Evangelio: tu error era completo; pero hoy que has escuchado ya la palabra divina, que dudas de tu mismo error, es preciso que alumbres tu conciencia con los destellos de la fe.

—Sí, padre mío, lo deseo; pero vos mismo me habéis dicho que la fe tiene una venda en los ojos; ¿cómo puede ser que el fuego de su mirada se comunique en los míos? Dudo, no puedo vencer mi duda. ¿Soy acaso culpable?

—Cuando la ignorancia es invencible, es también inculpable. Pide á Dios desde el fondo de tu corazón que aleje de tí la duda. Impetra el auxilio de la virgen María para que Dios haga descender en tu corazón un rayo de su luz.

—Camino á ciegas, padre; sólo me conduce á tus plantas mi deseo de conocer la verdad. Ilumina mis ojos.

—Mucho has adelantado, Cuanícuti; lo mejor de todo es caminar á ciegas, pero confiado en la divina Providencia.

———

—¿Qué culpa tienes tú, Cumanda, de no conocer la ley de Dios? Sólo hay pecado cuando se infringe esa ley.

—Mi ley reprueba también los actos que te he referido.

—Sí, vida mía, pero ha sido el demonio quien ha dictado esa ley, y lo prueba que tu religión es falsa.

—No puedo comprender cómo siendo el adulterio un hecho reprobado por tu Dios, y siéndolo también para el demonio, sea pecado en tu religión y no lo sea en la mía.

Fr. Alonso no pudo responder. Le parecía raro, en efecto, ·que Dios y el diablo se hubiesen puesto de acuerdo para prohibir una misma cosa. Y no hallando respuesta, Fr. Alonso se puso á reir estrepitosamente.

—Como quiera que sea, lo cierto es, hermosa Cumanda, que Dios sólo puede ser ofendido *effective*, y que el pecado para ser imputable debe ser cometido con pleno consentimiento.

—Precisamente es el caso. Lo que demandas de mí es el pleno consentimiento.

El lego tornó á reir con estrépito, y en esta vez lo acompañó Cumanda con una carcajada sonora.

———

En éstas ó semejantes pláticas pasaron varios días.

El cacique iba sintiendo cada vez más tranquilo su corazón; nuevos horizontes se abrían en su vida, y de entre ellos surgía el sol de la esperanza.

—¿Lo ves, hijo mío? La felicidad no se encierra en esta vida; no la dan los placeres, porque ellos son efímeros; no la ambición de mando, porque es amarga como la retama de tus campos; ni tampoco la riqueza, que es la red de que se sirve el demonio para aprisionar las almas.

—Aún dudo, padre, temo no ser digno de que se me comunique la fe.

—Santo temor que va á hacer de tí un hombre distinto.

—Y ¿cuándo, padre? Ansío que llegue ese feliz momento.

—Muy pronto, Cuanícuti; se acerca el día señalado para el bautismo de los neófitos.

—¿Podré quedar libre entonces de los lazos que me encadenan á esa mujer?

—Sí; con tal de que Cumanda no se haga cristiana también.

Cuanícuti se tranquilizó, y casi con acento alegre dijo:

—Cumanda no es capaz de ser cristiana.

—Así lo creo, replicó Fr. Angel. Mas Dios envía su gracia, en algunas ocasiones, hasta á las almas más empedernidas.

—Entonces acataré su voluntad.

Fr. Angel elevó sus ojos al cielo, dándole gracias por haberle proporcionado la conquista de un corazón tan puro.

———

—Que te pague Dios tus ofrendas, Cumanda, y que te aumente la devoción, decía Fr. Alonso, al recibir, como otras varias veces, presentes de collares y brazaletes de oro que le llevaba la esposa de Cuanícuti.

—Me has dicho que tu Dios está lleno de ira contra los indios, porque adoramos al demonio. Quiero apagar su cólera con el oro que tanto aprecian los cristianos.

—Haces bien, haces bien; ese oro se invertirá por nosotros en cosas santas.

—Una vez que Dios esté contento, ¿cómo contentaré también á mi esposo? ¿Le descubriré mi delito?

—La Iglesia es prudente: no te impone esa obligación, le basta que acuses el pecado y el confesor te absolverá.

—Si la codicia es también un delito y no puedo restituir á mi marido cuanto le he robado, ¿qué haré?

—Aunque pudieras restituirlo, la Iglesia no te obliga á ello. Además, tú tienes derecho á la mitad de los bienes de tu esposo.

—Me lo has dicho, padre; pero sabes que he dispuesto de las dos mitades.

—La Iglesia te reconoce la primera y te absuelve de la segunda.

—Me lo has explicado, padre. Dios es el único dueño verdadero de todas las cosas; con restituirle algunas, perdona las demás.

—Veo que estás ya muy instruída en todas las cosas de nuestra santa religión. Ya puedes recibir la gracia del bautismo.

—Entonces, padre, podré ya separarme de Cuanícuti.

—No, porque él también será cristiano.

—¿Y si dice que nuestro matrimonio es nulo por haberse verificado antes de nuestra conversión?

—La ley lo obligará; es tan grande la gracia de ese sacramento, que la reciben aun los mismos infieles.

—¡Qué dichosa voy á ser, padre! exclamó irónicamente la infame Cumanda.

—*Ego te absolvo*, contestó Fr. Alonso.

El confesor y la penitente cambiaron una mirada, en medio de la cual se alzaba una llama como si fuese una lengua de fuego brotada del infierno.

———

Ocho días después las calles de Zitácuaro estaban henchidas de gente: había millares de indios todos vestidos de blanco, todos llevando en las manos preciosos ramilletes de flores, y las jóvenes, además, coronadas las sienes de rosas silvestres.

Una grande enramada se alzaba en la extensa plaza, en donde cien braserillos de incienso dejaban escapar espirales de humo perfumado.

Iba á verificarse el bautismo de los neófitos, y todo era alegria y animación en el pueblo.

De repente cesó el rumor de la muchedumbre. Fr. Angel, revestido con el traje del sacerdote, apareció en el fondo de la enramada. A su lado se hallaba el hermano Alonso, oprimido en la sobrepelliz y teniendo en la mano el hisopo.

Los neófitos se colocaron en frente, hincando las rodillas. Eran más de mil, y cualquiera hubiera creído que el acto duraría por lo menos un mes. No fué así; Fr. Angel se adelantó, y tomando el hisopo lleno de agua bendita, roció con él á la muchedumbre, procurando, empero, que el rocío cayese sobre la cabeza de cada uno de los neófitos. [1]

1 Por más que Beaumont y algunos otros cronistas dicen no ser cierto que los misioneros venidos á raíz de la conquista bautizaran á los indios en masa, la verdad es que otros historiadores refieren así el hecho, agregando que sólo se

¡La muchedumbre estaba bautizada!

De antemano el padre Alonso había inscrito en un registro los nombres de los nuevos cristianos, entre cuyos nombres el que más abundaba era el de Francisco, en memoria del após- tol de Asís.

El altar, el suelo en que se alzaba la enramada, las calles contiguas, todo quedó tapizado de flores que exhalaban aro- mas exquisitos; los cohetes ensordecían el aire y se oían por todas partes aclamaciones de alegría.

———

Mas la ceremonia no había concluído. A una señal de Fray Angel, el hermano lego condujo al altar á Cuanícuti que se ha- llaba en el fondo de la enramada, y á Cumanda que en aque- llos momentos apareció saliendo de una casa vecina.

El cacique se puso intensamente pálido, la mujer le lanzó una mirada llena de ironía y se colocó á su lado. El bautismo se verificó con todas las reglas que prescribe la Iglesia, y en seguida Fr. Angel unió las manos de los neófitos y les leyó la epístola de San Pablo.

El sacerdote se acercó á Cuanícuti y en voz baja le dijo:

—El cielo te envía esta prueba dolorosa. Pon tu esperanza en Dios.

El cacique lanzó un suspiro profundo, y dos lágrimas se de- rramaron por sus mejillas.

hacía individualmente el bautismo, cuando se trataba de los indios principa- les. El padre Laguna, para traducir la palabra *bautismo* al tarasco, forma una compuesta de muchos vocablos que significan "*echarles agua en la cabeza á mu- chos.*" En un catecismo tarasco escrito por el presbítero S. O. R. hallamos, para significar el bautismo, otra inmensa palabra que traducida dice: "Acto de echar el agua para dar la creencia." Por último, Maturino Gilberti en su diccionario tarasco dice que *bautismo* es *Itziatahtzicuhper acua*, que literalmen- te quiere decir: *echar agua en la cabeza á todos.*

Los frailes hacían una sola palabra de otras muchísimas para poder expli- car una idea abstracta, y sin embargo les resultaba muy material y muy con- creta.

Cumanda se irguió como un fantasma aterrador.

———

Cuanícuti marchó con paso vacilante y se perdió en el interior del bosque, en tanto que Cumanda, con paso presuroso, se dirigió al alojamiento de Alonso de Peñaranda y Bracamonte.

—Cuinurápeti—le dijo—ya soy cristiana. ¿Cesarán ahora tus escrúpulos?

El castellano, temeroso de que hubiese oídos indiscretos, llevó á Cumanda á un sitio reservado y ambos estuvieron hablando mucho tiempo en voz baja.

———

Hernán Cortés, con su brillante comitiva, siguió, al día siguiente de la ceremonia, su viaje rumbo al Sur.

Antes de partir quitó á Salazar parte de su encomienda y cedió las tierras de Zitácuaro al alférez Don Alonso de Bracamonte y Peñaranda. Los indios aborrecían á este su nuevo señor, porque los trataba con altanería y con crueldad. Comenzaron á manifestar su descontento, reuniéndose en grupos hostiles y murmurando contra la tiranía que se les quería imponer.

El encomendero, á quien no acompañaban sino dos ó tres españoles, no hallándose seguro en el pequeño pueblo de Zitácuaro dominado en todas direcciones por alturas, fué, por consejos de Cumanda, á hacerse fuerte en la enhiesta montaña que se alza hacia el Oriente.

Así quedaron cara á cara y fronterizos *El Cacique* y *El Pelón.*

V

En cuanto al cacique y Cumanda, seguían la horrible vida que era como el anhelo, como la ambición de aquella mujer para hacer sufrir á su esposo los tormentos del infierno. Desde el día del bautismo, el indio se había vuelto tétrico, se le veía vagar sin término por en medio de los bosques, con la mirada incierta, con el rostro sombrío, con el paso vacilante. De noche fijaba sus ojos en el abismo insondable de la bóveda celeste, y sus ojos brillaban como las estrellas del firmamento. Jamás se dibujaba una sonrisa en sus labios, jamás un suspiro de consuelo salía de su pecho sofocado.

Algunas veces, los hijos de aquellos valientes flecheros que pelearon con Cuanícuti en el sitio de México, se le acercaban para hablarle de la tiranía de que eran víctimas, y le rogaban ardorosamente que los capitaneara para sacudir la esclavitud. El cacique fijaba sus ojos en ellos, los miraba largo rato y les decía con sordo acento:

—¡No es tiempo!

El indio sólo hallaba consuelo cuando se prosternaba ante la imagen de la Virgen y cuando desde lo íntimo de su corazón le pedía que lo libertase de Cumanda. Y no porque la patria le fuera indiferente. ¡Cuántas veces soñaba en verla libre de sus opresores! Pero comprendía que en el estado de desmoralización en que por entonces se hallaban los indios sería inútil todo esfuerzo en favor de la independencia. Acaso más tarde, cuando los españoles no pensasen ya más que en los placeres que da la riqueza, llegaría la hora de sacudir el yugo. Este orden de ideas agobiaba más el espíritu de Cuanícuti y aumentaba su profunda tristeza.

Por su parte la india revelaba contento y animación. En sus ojos brillaba la alegría siniestra del crimen. Más que nunca, sus labios vomitaban insultos contra su marido, y no había calumnia que no inventase para procurar deshonrarlo.

De cuando en cuando se apartaba de Cuanícuti y corría á ver á Peñaranda, con el que tenía largas conferencias en el cerro en que el español moraba, cerro que las gentes comenzaron á llamar *El Pelón*.

¿De qué trataban el codicioso español y aquella mujer infame?

En medio del delito que los unía, algo grave tramaban contra el cacique.

Un día que caminaban juntos hacia Zitácuaro, hablando animadamente, Peñaranda exclamó de improviso:

—¡Lo mataremos!

—¡Jamás! respondió Cumanda; la muerte le ahorraría los sufrimientos. Lo que yo quiero es que ese hombre apure gota á gota el cáliz de la amargura; que me vea feliz en cuanto que él sea más y más desgraciado; que mientras nosotros nademos en la abundancia con la posesión de los tesoros, él mendigue su pan de puerta en puerta.

—Pero tú misma dices que en tanto que él viva no se dejará usurpar sus riquezas.

—Se las arrebataremos.

—¿Cuando?

—Aun no es tiempo.

———

Cumanda, como todas las indias, conocía las propiedades de las plantas medicinales que abundan en Michoacán, sabía aplicarlas en determinados casos, preparadas en filtros, para curar á un enfermo; distinguía las que sirven para dar alegría al ánimo, las que producen en él honda tristeza y las que hacen languidecer el cuerpo ó abismar en tinieblas la razón. [1]

Desde. hacía tiempo que Cuanícuti gustaba de algunos de esos

1 El Sr. Dr. D. Nicolás León, en un folleto que titula: "Apuntes para la historia de la Medicina en Michoacán," nos dice (pág. 15) que había en aquel país más de trescientas plantas con nombres tarascos dotadas de particulares propiedades medicinales.

Nos habla también del famoso *Doctor Indio* de Capácuaro (distrito de Uruapan), que confundió y humilló el orgullo del Proto-medicato de México, cuando lo examinó para castigarle como empírico, charlatán y curandero. Él suplicó á sus sinodales que oliesen una yerba, la cual les produjo una fuerte hemorragia; entonces les dijo que se la contuvieran, pero no pudiendo hacerlo en lo pronto, les ministró polvos de otra yerba, con los que al punto restañó la sangre.

Bien cabe en un libro de leyendas la anécdota del *Doctor Indio*.

filtros. Para verlo padecer, Cumanda le había preparado los bulbos de ciertos lirios que envenenan el sistema nervioso y cuyo síntoma principal es la melancolía. A veces la india emprendía largas correrías, en busca de una orquídea llamada *cundirucua*, que produciendo una reacción despierta la alegría, la confianza y la locuacidad, y tomadas las hojas en mayor cantidad producen la locura durante varios días, y más tarde debilitan el entendimiento, avivando, sin embargo, en él, la conciencia de la desgracia.

Cumanda había amenazado á Cuanícuti con revelar á sus enemigos la existencia de la rica mina que tantos tesoros producía; pero lo cierto era que ignoraba el lugar preciso de su situación. De aquí es que no sólo por mortificar á su esposo lo acompañaba á todas partes, sino que también la llevaba el propósito de sorprender el secreto. Causábale desesperación ver que Cuanícuti parecía haber olvidado para siempre su tesoro y que jamás encaminaba sus pasos hacia Chapatuato, lugar en que sabía ella que se ocultaban vetas de oro y plata, tan numerosas y abundantes como ríos hay en las entrañas de la tierra.

Cierto día en que Cuanícuti había apurado una dosis mayor de *cundirucua*, sus ojos se animaron, sintió correr por sus miembros un efluvio de alegría, y sin comprender que su cerebro se extraviaba, se imaginó hablar con el encomendero Salazar, su amigo.

—Vamos,—decía—voy á llevarte á Chapatuato.

Cumanda se enderezó como movida por un resorte.

—Tú eres el único á quien revelaré mi secreto. Vamos.

Cumanda se incorporó y caminó en pos del cacique.

—Sígueme, repetía el indio, ya verás cómo es imposible que el ojo humano pueda descubrir la entrada de la gruta. Apenas se penetra en ella se abren dos galerías: la más amplia es la que da principio al extenso subterráneo que conduce á la cueva de Chapultepec en México. La he recorrido muchas veces;

en una de ellas me acompañaron Cumanda y mis cuatrocientos guerreros. En cuanto á la más estrecha, apenas si el cuerpo humano, arrastrándose, puede deslizarse por su pendiente, casi inaccesible y cubierta de tinieblas.

De tiempo en tiempo interrumpía Cuanícuti su relación y miraba á Cumanda, creyendo siempre ver en ella á Gonzalo de Salazar.

—Durante el sitio de Tenoxtitlán hice varias veces el viaje del subterráneo. Volvía cargado de oro que el Emperador Cuauhtemoc entregaba á sus espías para que pudiesen penetrar al campo español.

Cumanda escuchaba sin abrir sus labios, temerosa de que acabase la ilusión del cacique. Los dos caminaban á gran prisa, y la india tenía cuidado de ofrecer á su esposo el blanco licor del maguey cada vez que lo hallaban en alguna choza, vertiendo en él unas cuantas gotas de su filtro.

—Después de mi regreso de México, Cumanda no se apartaba de mi lado; Cumanda, ya la conoces, esa mujer abortada del infierno para mi mal. Era mi sombra, era el espectro que me seguía por donde quiera que fuese. Quería robarme mi tesoro......

El indio se reía, pero sus ojos despedían chispas de odio.

—Ya lo sé; se ha aliado con Cuinurápeti. Quieren ser ricos, muy ricos. Por eso, antes de que logren su intento, te traigo, D. Juan, para que tú seas el único dueño de esos raudales de oro y plata.

Al decir esto, Cuanícuti se ponía taciturno, respiraba fatigosamente y se hundían sus ojos en las órbitas huesosas.

Divisaron por fin á lo lejos una aglomeración de montañas y de bosques enmarañados. Las continuadas barrancas les interrumpían á cada paso el camino. La vegetación era espléndida, y enlazaban allí sus ramas los árboles de la tierra caliente con los de la templada y la fría, y era curioso ver al lado de los pinos, *pochotes* gigantescos cuajados de capullos de algodón.

Distinguíase en la cordillera, por su extraña figura y su color obscuro, casi negro, el cerro de *Chapatuato*. [1]

—¡Allí está el tesoro! exclamó lleno de entusiasmo el cacique, al contemplar aquella conglomerada colina.

Apresuró el paso. Apenas podía seguirlo Cumanda, cuyos pies chorreaban sangre.

—Por aquí, por aquí, decía el indio: hé aquí la entrada de la gruta. Levantó sin mucho esfuerzo una peña y apareció un estrecho agujero por donde penetró seguido de Cumanda. Se arrastraron por el subterráneo por espacio de cien varas. Allí se bifurcaba el camino: el cacique sin vacilar siguió el de la derecha, y á poco la gruta tomó las proporciones de un inmenso salón; parecía un templo encantado, en el que las estalactitas y las estalágmitas semejaban columnas de brillantes y zafiros. Algunos rayos del sol atravesaban trémulos por las hendeduras de la bóveda y quebraban su luz en aquellos magníficos muros.

En el suelo se veían regadas millares de piedras que ostentaban en sus rugosidades cuajados hilos de oro y plata.

Dibujábanse claramente en las rocas las vetas de los dos preciosos metales. Mas ¿para qué fijarse en ellas, si las manos podían recogerlos nativos en el espacioso pavimento?

De pie, extático, orgulloso, contemplaba Cuanícuti tanta suntuosidad: sus ojos fueron perdiendo luego, poco á poco, el brillo de la mirada; sintió que le flaqueaban las piernas y que le acometía un vértigo. El cacique se desplomó, en tanto que Cumanda, como una sombra fatídica, atravesó el inmenso salón y se arrastró como una serpiente por la estrecha galería. Cuando salió de la caverna aspiró todo el aire que cupo en sus pulmones y exhaló un suspiro de satisfacción.

Era ya de noche; las pupilas de aquella mujer fosforescían como chispas del infierno.

----

1 Cerro de la *Chapata*. Chapata es una especie de tamal (bollo) hecho con chía negra.

Al día siguiente Don Alonso de Peñaranda marchó á México y denunció y obtuvo para sí la mina de Chapatuato. Muchos castellanos, dice el padre Beaumont, [1] dejaban á México y se iban á Michoacán, á causa de la riqueza de la mina, que denominaron del *Morcillo*.

Con el apoyo de los recién llegados trató de trasladarse Peñaranda al pueblo de Zitácuaro; pero los indios, que cada día lo aborrecían más, no permitieron que se avecindase allí. Entonces el español fundó otro pueblo que llamó *San Juan*, tan cercano á aquél, que solamente los dividía el ancho de una calle. Más tarde, en 1617, tomó San Juan el nombre de *villa de Peñaranda y Bracamonte*, nombre que no pudo subsistir, pues prevaleció para ambos pueblos, que al fin quedaron unidos, el de ZITÁCUARO, tan glorioso en los fastos de nuestra historia.

VI

En el arreglo de su pueblo de San Juan se entretenía Don Alonso, cuando vino de España Juan Velázquez de Salazar á hacerse cargo de la encomienda de Taximaroa que había heredado de su padre D. Alonso. Trajo consigo una imagen de la Virgen de los Remedios para tenerla en su casa. Y refiere la crónica que al pasar la mula que conducía la preciosa carga por frente de la iglesia de Zitácuaro, se salió de entre las otras mulas y se dirigió á la puerta del templo, en donde se echó, sin que bastase esfuerzo alguno para hacerla levantar. Juntóse mucha gente con la novedad, y viendo que no era posible reducir al animal, conoció el encomendero Don Juan ser voluntad de la Santísima Virgen quedarse en aquella casa. Descargaron la mula, y cuando la divina imagen penetró en el templo, la bestia se dejó caer de rodillas como si se hubiese puesto en adoración.

Este raro prodigio atrajo hacia la sagrada efigie general de-

1 Crónica de Michoacán, tomo III, cap. XIX.

voción, y el Santuario de Zitácuaro llegó á ser el término de innumerables romerías. Largo sería citar la lista de milagros de que desde aquel día fué tan pródiga la divina Señora: el que está referido sobra para demostrar el gran cariño que ella tuvo por sus hijos de Zitácuaro. [1]

———

Entre los más devotos de la Virgen se distinguía el cacique Cuanícuti, quien al sonar el alba y al tañido del *angelus* iba á depositar en el altar ramilletes de flores silvestres, pues era la época en que estaban cuajados de ellas los campos de las inmediaciones.

El indio, siempre triste, clavaba sus ojos en el rostro de la imagen bendita, pareciéndole que ella lo miraba con la luz de sus pupilas garzas y apacibles. ¿Qué decía á la Madre de Dios el desgraciado Cuanícuti, cuando movía sus labios trémulos, cuando no salían de su pecho más que suspiros de angustia y de dolor? ¿Qué plegaria elevaba su pensamiento hasta las plantas de la Virgen soberana que huella la luna y está rodeada de estrellas?

El indio buscaba en el santuario el consuelo que no hallaba en los campos. Las calientes lágrimas que resbalaban por sus mejillas brotaban de las profundidades de su alma, como un alivio de sus males, porque después de orar y de gemir en silencio, no sé qué resplandor de esperanza se comunicaba como lengua de fuego, de las sienes divinas de la imagen al corazón frío y marchito del cacique.

—Si es preciso morir, moriré, Virgen santa, decía en ese sublime idioma de ideas que no necesita de las palabras.

El olor del incienso, el aroma de las flores, ese suave pero penetrante perfume que se desprende de la cera que arde en los altares, excitaban los nervios del cacique y debilitaban su espíritu. El templo sombrío que hacía más melancólico el cre-

1 Véanse los capítulos IX y X, libro 2 de la Crónica de La Rea.

púsculo, el silencio que reinaba en las naves, el chirrido de algún pájaro nocturno que frotaba sus alas contra las paredes, todo impresionaba tan profundamente á Cuanícuti, que sentía arder su cerebro como un hogar en que iba á consumirse su razón.

—Moriré — repetía — si tal es tu voluntad, madre mía. ¿No me dicen tus ministros que no es la tierra el país de las almas?

El semblante trigueño y suavemente rosado de la Virgen de los Remedios parecía sonreir al indio, como aprobando su pensamiento.

VII

Cierta noche Cuanícuti salió del templo, recorrió una á una las casas de los purépecha de Zitácuaro. Las viudas de los guerreros que lo acompañaron á México salían al encuentro del cacique, hablaban con él en voz baja, y cada una se dirigía á sus hijos para decirles "ya es tiempo." Los ojos de los mancebos relampagueaban de placer, descolgaban el arco arrinconado en el interior de la cabaña, y contaban las flechas del carcax.

En el cerro del Pelón, Don Alonso presidía una junta de españoles; distribuía entre ellos instrumentos de zapa, y les decía que antes de ocho días serían dueños de la más rica mina del mundo.

—Hé aquí estos toneles llenos de pólvora. Ya veréis cómo nos servirán para desgajar las rocas y recoger á montones oro y plata hasta saciar nuestra codicia.

Los españoles respondían con vivas de entusiasmo.

—No olvidéis que hemos de dividir el tesoro en tres partes: una para esta mujer, y señalaba á Cumanda, que me ha revelado el secreto de la mina; otra parte para mí que he tenido la bondad de participaros del hallazgo, y la tercera para vosotros como retribución de vuestro trabajo.

En esta vez los españoles, que veían lo leonino del reparto, no prorrumpieron en vivas; antes de entre ellos salió una voz que decía:

—Olvidáis los quintos á la Real Corona.

—La mina toda es del Rey, y á la conciencia de cada uno de nosotros queda aplicarle el quinto.

—No os desaniméis, añadió Cumanda, que observaba cómo se ponía torvo el semblante de los españoles. La mina es tan abundante que hay para el quinto de todos los reyes del universo.

Al escucharla, volvieron á resonar vivas estruendosos, esta vez dirigidos á Cumanda.

—Ya lo sabéis, volvió decir Peñaranda. Atendedme ahora: hoy es lunes; el domingo próximo deberéis hallaros reunidos en Chapatuato para comenzar los trabajos al día siguiente. Entretanto, yo haré trasladar á aquel punto los toneles de pólvora para dar los barrenos. Será la primera salva que se escuche en Michoacán, ¡para solemnizar nuestra riqueza!

—¡Viva! contestaron los aventureros.

———

Cuanícuti se puso á la cabeza de veinte guerreros, jóvenes apenas salidos de la adolescencia. Se dirigió con ellos hacia la obscura selva de Chapatuato, y una vez allí, les encargó que recogiesen los capullos de los numerosos *pochotes* que se extendían al Sur del pueblo. En seguida les mandó que extrajesen el algodón blanquísimo y sutil de que estaban llenos los capullos, y que con él hiciesen una espesa línea desde cierto lugar, fuera de la gruta, hasta el fondo del espacioso salón de las columnas de brillantes y zafiros.

Concluído el trabajo, el cacique sonrió de satisfación. Era la primera vez, tras muchísimos años, que una sonrisa dulce se dibujaba en los labios del indio, siempre triste.

—¡Hé aquí, exclamó, hé aquí el camino que te conducirá al templo de la riqueza, amigo Salazar! Al decir esto, su sonrisa se convirtió en carcajada sarcástica y de nuevo cayó en profunda tristeza.

—En cuanto á mí, ¿para qué quiero plata ni oro? ¿No es la muerte el camino de la felicidad?

Los mancebos no hallaban qué explicación dar á lo que habían hecho de orden del cacique.

—El cacique lo sabrá, se decían; nosotros no tenemos más que obedecer.

———

Peñaranda había hecho transportar los toneles á Chapatuato y había regresado á su pueblo de San Juan, á fin de completar los preparativos para la explotación de la mina.

Cumanda estaba inquieta, porque había observado la reunión de los jóvenes de Zitácuaro; los había visto salir armados, y tomar cada uno distinta dirección. Aunque entonces no quería apartarse de Peñaranda, corrió precipitadamente al cerro del cacique, penetró en la gruta y la halló vacía. Buscó á Cuanícuti en todos los sitios por él frecuentados. En ninguna parte pudo encontrarlo. Tornóse á gran prisa al cerro del Pelón, y supo que Peñaranda había marchado á Chapatuato, pero que regresaría esa misma tarde. Cumanda tuvo que armarse de paciencia para soportar tantas contrariedades. Estaba fatigada, ansiosa y llena de temor y de duda. Por primera vez tenía miedo, miedo de ver frustrada su venganza.

Anochecía, cuando el encomendero llegó á su habitación.

—¡Los indios se han sublevado! le gritó la india, sombría. ¡Cuanícuti los encabeza!

El español palideció.

—¡Nos roban nuestro tesoro!

Peñaranda se puso lívido.

—¡Nos quieren asesinar!

El encomendero sintió que la tierra se abría á sus pies.

—¿Qué hacer......? articuló apenas.

—Reune á tus parciales, ármalos, no te domine la cobardía. Voy al cerro del cacique. Averiguaré los proyectos del enemigo. Cuando regrese debo hallarte dispuesto á la pelea.

Sin aguardar respuesta, Cumanda emprendió de nuevo el camino, penetró impaciente en la gruta y miró á Cuanícuti durmiendo tranquilamente. Cumanda no quiso despertarlo; pero se propuso no separarse de su lado hasta no llevar una noticia cierta á Peñaranda.

VIII

Cuando Cuanícuti vió completo el surco de pochote, marchó con sus veinte guerreros á Chapatuato, en donde, sin que nadie se le opusiera, se apoderó de los toneles llenos de pólvora y los trasladó en hombros de sus soldados al espacioso salón de la caverna.

—Hijos míos,—dijo á los mancebos—que vuestras flechas y macanas sirvan para vencer en el primer encuentro á los españoles; nos apoderaremos de sus arcabuces, y después no los combatiremos sino con sus propias armas. Tenemos más pólvora que ellos!

Los guerreros lanzaron gritos de alegría y de entusiasmo.

—Ahora, poned atención á lo que voy á deciros. Los pueblos de Yurimahuato, Cóporo, Yungapeo, Timbineo y otros van á enviarme también sus guerreros. Voy á recibirlos y á situarlos en diversos puntos. El sábado próximo, en la noche, á una señal caeremos todos sobre los castellanos que dormirán tranquilos. Vosotros daréis la señal al aparecer la luna; una señal rápida, imperceptible para ojos que no sean los nuestros....... El cacique bajó la voz y no pudieron oirse, sino por los guerreros, sus últimas palabras en que les revelaba cuál sería la señal. En seguida Cuanícuti marchó á paso apresurado al cerro del cacique, y ya en la gruta, lleno de fatiga, cayó en profundo sueño.

Fué cuando Cumanda no quiso despertarlo.

El indio, siempre triste, más triste que nunca, salió de la gruta y recorrió meditabundo y á pasos lentos algunos de los sitios en que solía vagar.

Cumanda lo seguía como si fuese su sombra.

El indio, sumido en profunda distracción, se alejaba más y más del cerro del Cacique y se internaba en los bosques que se dilatan hacia el Oeste.

Cumanda no se apartaba de su lado.

El indio seguía su camino: á veces parecía vacilar, y Cumanda creía que intentaba regresar.

Era ya el día sábado y estaba á punto de caer la tarde. El cacique miró el sol y apresuró el paso.

Cumanda reconoció la selva de Chapatuato y le asaltó el temor de que estuviesen emboscados allí los guerreros del cacique. Este pensamiento no hizo más que afirmarla en su propósito de espiar uno á uno los pasos de Cuanícuti.

El semblante del indio se cubrió de melancolía, y cuando iban llegando á la entrada del subterráneo, Cumanda observó que aquel semblante se tornaba alegre y animado.

El indio penetró en la obscura galería, acompañado de la inseparable Cumanda.

IX

Algunos minutos después, la luna alzaba en el horizonte su gran disco teñido de rojo, como si estuviese empapado en sangre. Al verla, uno de los veinte guerreros de Cuanícuti aplicó una antorcha al montón de pochote que daba principio al surco. Levantóse una llama fulgurante.[1] ¿Era la señal convenida para declarar la guerra?

---

1 El *pochote* es un árbol corpulento de la tierra caliente. El algodón que produce es sumamente inflamable. Suele emplearse para llenar colchones, y cuando éstos se endurecen, basta ponerlos al sol para que vuelvan á quedar mullidos.

El cacique estaba tranquilo, casi risueño. Cumanda, presa de la inquietud y profundamente excitada, de pie en el fondo del salón, vió repentinamente que una inmensa culebra de fuego avanzaba con vertiginosa rapidez á lo largo del subterráneo, que llegaba á los toneles......... que de improviso se desprendió de éstos una llamarada siniestra........... Y sintió que una obscuridad más densa que las tinieblas invadía su alma y que la sumergía en un abismo sin fin..............................
....

Los veinte guerreros escucharon un estruendo aterrador y cayeron desplomados.

———

"Fué cosa maravillosa—dice el padre Beaumont—que desde aquel día se desapareció la mina de los ojos de todos y nunca más se supo de ella," y el cronista La Rea afirma que "era tan rica y próspera, que los españoles se la quitaron á su dueño y se la adjudicaron para sí, y fué cosa maravillosa que desde ese mismo día desapareció hasta hoy día; y según opiniones vulgares dicen que se cayó una sierra sobre las catas ó boca de la mina, con que la quitó Dios de las manos de la ambición y suspendió muchas discordias que amenazaba el rumor de ella."

———

HUITZIMÉNGARI.

———

Los historiadores y los cronistas que se ocupan de los sucesos de Michoacán, apenas hacen mención de Huitziméngari,[1]
hijo del último de los reyes tarascos, no obstante que la vida
de aquel príncipe parece haber estado llena de aventuras y que
su muerte fué, hasta cierto punto, misteriosa. La tradición
misma, ese eco lejano pero poético de la historia, sólo ha conservado uno que otro episodio relativo al descendiente del infortunado Tzimtzicha.

Estaba aquél en la adolescencia cuando los españoles se
apoderaron de Michoacán, y acaso por este motivo no hay memoria de que hubiese figurado en el ejército real de los purépecha. Empero se refiere todavía entre los indígenas ilustra-
dos, que después del asesinato de Tzimtzicha, Huitziméngari
vagaba por los bosques huyendo de los verdugos de su padre
y sufriendo la miseria espantosa en que se hallaban todos los
habitantes del país.

Aún creían los españoles residentes en Tzintzuntzan en la
existencia de grandes tesoros de los monarcas tarascos, y juzgaban que el heredero del trono debía ser sabedor de los sitios en que estuvieran ocultos. De aquí la persecuicón que habían declarado á Huitziméngari. En cambio los indios michoa-

—————

1 Véase la explicación de este nombre al final del presente artículo.

eanos cuidaban de él, lo socorrían en su pobreza y lo amaban y lo respetaban, considerándolo como su rey.

Los purépecha estaban alzados en los montes á consecuencia de la tiranía de los conquistadores; poco á poco iban declarándose en abierta rebeldía, y desgraciado el español que encontraban en el camino ó descuidado en su hacienda, porque sin piedad alguna era víctima de la venganza de los indios. Con esto la insurrección cobraba bríos, y ya no fueron solamente amenazados los individuos, sino que la alarma se difundió en las poblaciones enteras en que residían los europeos.

Huitziméngari, entonces en la flor de su juventud, estaba ansioso de castigar á los asesinos de su padre, capitaneaba á los guerreros y su nombre comenzaba á adquirir fama.

Cuentan que una noche entró á sangre y fuego en la aldea de Teremendo y que sentó allí sus reales, habitando en la famosa gruta que hay cerca del pueblo; que desde allí salía á expedicionar por el Oriente hasta los remotos confines de Taximaroa, ó por el Oeste hasta las márgenes del lago de Chapala.

En vano la Audiencia de México enviaba tropas á Michoacán. Si los españoles eran pocos, no se atrevían á batir á los rebeldes; si numerosos, en ninguna parte los hallaban.

Los indios tarascos, que tan dóciles se habían sometido á Hernán Cortés y que al escuchar las palabras de Fr. Martín de Jesús habían abrazado humildes el cristianismo, se levantaron bravos y amenazadores, abandonaron la fe católica y volvieron á su antigua religión. "Llegó á tal extremo la mudanza, que los religiosos los dejaron viéndolos incorregibles."[1] Entonces la Audiencia se vió obligada á adoptar una política diversa.

Había entre sus miembros un letrado distinguido por su prudencia, por su sabiduría y por su carácter enérgico. Era D. Vasco de Quiroga, á quien los demás oidores enviaron á Mi-

1 Vida del Illmo. Sr. D. Vasco de Quiroga. Por el Lic. D. Juan Josef Moreno. Pág. 31.

choacán para que con la suavidad y dulzura con que acostumbraba tratar á los indios, redujese á los de aquél reino á la vida civil.

Aceptó el Sr. Quiroga la misión, y acompañado de escribano, alguacil é intérprete, llegó á Tzintzuntzan é hizo comparecer á su presencia á Cuinienángari,[1] que era gobernador, y á los principales y pueblo de dicha ciudad. Tuvo tal tino al tratar á los indios, fué tanta la bondad de sus palabras, que todos los que allí estaban se convirtieron en agentes de su obra de paz y caridad; y en poco tiempo los sublevados comenzaron á dejar los montes y venían á escuchar al Sr. Quiroga, le entregaban voluntariamente los objetos de su culto y luego marchaban á reunirse en poblaciones, convertidos de nuevo á la religión de Jesucristo. Y agrega Moreno, de quien son estos datos, que "se señaló en sus fervores una india, concubina del gobernador, la cual vino á dar cuenta al Sr. Quiroga cómo contra lo que había enseñado tenía aquél cuatro mujeres con ella. A esto, valiéndose de la dulzura que tenía en insinuarse y de la confianza que se había ganado con el gobernador, le hizo patente su desacierto y con suavidad lo redujo al fin deseado. Lo casó solemnemente con aquella que lo denunció, é hizo que dejase el torpe comercio con las otras." Así, adunando la energía á la dulzura, el visitador se hizo querer tanto de los indios, que éstos le llamaron *Tatá Don Vasco*, y así le nombran todavía en muchos pueblos de Michoacán en que después de más de tres siglos dura aún su memoria.

No daba, sin embargo, el oidor por vencida la insurrección, puesto que aún expedicionaba en son de guerra con un puñado de valientes el príncipe Huitziméngari, rehacio á las instancias que se le hacían para que fuese á presentarse á Tzintzuntzan. Por fin, ya porque se viese abandonado de los suyos, ya porque se persuadiera de la misión de paz del Sr. Quiroga, ó que le halagase el nombramiento de gobernador que se le ofre-

1 Significa *el que tiene cara de pájaro.*

ció, lo cierto es que un día llegó á la ciudad, y tras larga conferencia con el Visitador, depuso las armas y fué á vivir en su palacio, retirado del trato de las gentes.

Pacificado de esta manera el reino de Michoacán, no tardó en regresar á México el Sr. Quiroga, dejando instalados de nuevo en sus conventos á los humildes franciscanos, predicadores del Evangelio, pues todos ellos habían abandonado sus casas, con excepción de Fr. Juan de San Miguel que daba á Uruápan envidiable prosperidad.

En vista del éxito completo que alcanzara el licenciado Quiroga en Michoacán, el emperador Cárlos V obtuvo del Papa que fuese preconizado como obispo de aquella diócesis recién establecida, no obstante que no pertenecía al estado eclesiástico. En consecuencia fué consagrado, habiéndosele promovido en el mismo día desde la tonsura hasta la plenitud del sacerdocio.

Por de pronto fijó el obispo su residencia en la antigua metrópoli de los purépecha, en la sombría Tzintzuntzan; mas luego trasladó la sede episcopal á la alegre y bien situada ciudad de Pátzcuaro, bañada por el sol y abundante en cristalinos manantiales.[1] Entre las diversas obras que allí emprendió, fué una de las más notables la fundación, en 1540, del colegio de San Nicolás para que en él se educasen jóvenes *españoles* y *limpios*, destinados al sacerdocio, agregándose al plantel algunos indios á fin de que aprendiesen á leer y escribir, y pudiesen enseñar á los colegiales y aun á sus mismos maestros la lengua tarasca. El obispo atrajo al establecimiento á Huitziméngari en calidad de alumno fundador, según lo expresaba la inscripción al pie de un retrato del príncipe que existía en el comedor del colegio y que desapareció en la época de la intervención francesa. El retrato representaba á Huitziméngari con sus atavíos de guerrero tarasco y su diadema impe-

1 Basalenque. Historia de la Provincia de Agustinos de San Nicolás de Tolentino de Michoacán.

rial. ¡Extraña coincidencia la de que en el mismo colegio se hubiesen educado Huitziméngari, que vió morir la independencia de la patria, é Hidalgo y Morelos que con su sangre le dieron nueva vida!

En el tiempo en que Huitziméngari permaneció de alumno en el colegio de San Nicolás, no había abrazado aún el cristianismo, aserción fundada en que los historiadores refieren que fué ahijado de bautismo del virrey Mendoza, recibiendo el sacramento cuando este personaje estuvo en Michoacán de paso para Jalisco, en 1541. Dió el virrey su propio nombre al neófito, así es que en adelante se llamó "D. Antonio de Mendoza Huitziméngari," y no falta quien agregue "Caltzontzin."

Por recomendación de su ilustre padrino ingresó á la Universidad de Tiripitío que acababan de fundar los frailes agustinos, y en donde por aquel tiempo enseñaba Artes y Teología el célebre Fr. Alonso de la Veracruz, de quien Huitziméngari fué discípulo predilecto. Hablando de ello, dice el padre Basalenque[1] "que es circunstancia que ennoblece este estudio, ver por oyente á un hijo de un rey, el cual salió muy hábil. Puso casa en Tiripitío y era en nuestra lengua muy ladino, por lo cual pudo muy bien ayudar mucho á su maestro en la lengua tarasca que había de aprender." En efecto, fué tal la satisfacción que los agustinos tuvieron de contar entre sus colegiales al hijo del Caltzontzin, que lo mandaron retratar, y el retrato existe todavía en la iglesia de San Agustín, de Morelia: allí se halla en un grupo de alumnos, vestido á la europea y con un libro en la mano, en actitud de escuchar la lección del maestro Fr. Alonso de la Veracruz.

Es posible que en la época en que Huitziméngari estudiaba la literatura haya escrito los "Anales del reino tarasco," manuscrito de que hablan ciertos autores, si bien algun otro atribuye la obra á D. Constantino Huitziméngari, hermano bastardo de Don Antonio.[2]

1 Obra citada.
2 Don Manuel Payno, en el "Ensayo de una historia de Michoacán," dice

· Refiere también la tradición que despúes de que el principe hubo adquirido su educación literaria, se hacía presente en diversas poblaciones del reino con el ánimo de adquirir ó afirmar su popularidad. "Vestía con elegancia, montaba muy buenos caballos de Rua"[1] y cortejaba con éxito á las doncellas más hermosas. En todas partes se le recibía con entusiasmo, y mozos y ancianos lo festejaban á porfía.

Tal conducta llegó á inspirar serios temores al Gobierno virreinal, el cual mandó practicar una averiguación secreta, siendo encargado de esta comisión el padre Fr. Francisco de Mena, quien en su informe respectivo se produjo así:[2] "En este reyno de Michoacan ay un indio, llamado Don Antonio, que pluguiera á Dios que nunca hubiera estudiado; dícese ser hijo de Cazosí, que era como rey de aquella tierra en tiempo de su infidelidad; anda muy acompañado de españoles perdidos, que cuando no los veen ni oyen, le llaman Rey: hace éste grandes tiranías, echando derramas, sin medida alguna, costoso en sus comidas, trajes y caballos, de los cuales hace mercedes muchas veces. Perjudicial en extremo á la honestidad de las indias, sin tasa suya ni de los que con él andan: servir seria á Dios y al Rey nuestro Señor, mucho, en que se le ponga una tasacion en lo que ha de llevar, y que de allí so graves penas no excedan, ó *le manden venir á España*, porque es gran peligro estar aquel allá."[3]

· Es probable que la Corte de España haya seguido este último consejo, y que al efecto haya procedido con toda reserva, bien haciendo salir del país al peligroso aspirante al trono de

haber tenido á la vista el manuscrito y lo supone obra de Don Antonio Huitziméngari.

1 A esta época debe referirse el padre Cavo, cuando dice: "seguían en tanto las hostilidades de los pueblos rebeldes de Guadalajara, y corría la voz de que los tarascos confederados con los tlaxcaltecas se querían unir á aquellos y hacer causa común para acabar con los españoles." "Los tres siglos de México." Libro III.

2 Beaumont. Crónica de Michoacán, tom. III, cap. XXI.

3 Documentos inéditos de Indias. Tomo XI, pág. 191.

Michoacán, bien suprimiéndolo aquí mismo, por medio de una muerte secreta; lo cierto es que la historia no vuelve ya á ocuparse del infortunado Huitziméngari.

Mas ¿cuándo y dónde fué su muerte?—El Sr. Dr. Nicolás León nos dice,[1] en los "Anales del Museo Michoacano," que el fallecimiento se verificó en 1562, y el lugar *quizá* la ciudad de Pátzcuaro; pero el mismo Sr. León asienta en su obra "Hombres ilustres y escritores michoacanos," al escribir la diminuta biografía de Huitziméngari, las siguientes palabras:——"Cuándo fué su muerte y en dónde, *imposible nos fué averiguarlo.*"

El Sr. D. Ramón Sánchez, en su "Bosquejo estadístico é histórico del Distrito de Jiquilpan de Juárez (Michoacán)," refiriéndose á unos títulos de tierras de la hacienda de la Magdalena, dice lo siguiente: "Don Antonio Huitziméngari, hijo legítimo del rey Caltzontzin, al hacer su testamento en Pátzcuaro, de donde era gobernador, el 13 de Septiembre de 1572, dejó de universal heredero de sus bienes muebles y raíces á su hijo Don Pablo Huitziméngari, é igualmente le dejó todos los derechos y acciones que el rey de España *debía concederle* por -los grandes servicios que había prestado en la pacificación y conversión de los indios chichimecas, lo mismo que por los muchos gastos que había erogado en la fundación de la Villa de San Felipe."

Mas de lo que hemos visto, es de creerse que D. Antonio fué Gobernador de Pátzcuaro por los años de 1545, en cumplimiento de la promesa que le había hecho el obispo D. Vasco de Quiroga: de documentos públicos consta que D. Pablo, hijo de Huitziméngari, gobernaba en Pátzcuaro precisamente en el año de 1572, cuando se supone hecho el testamento referido. Bueno es advertir que ya en aquel tiempo los gobernadores de indios no ejercían mando político, teniendo tan sólo que ver en lo económico de los intereses y cargos religiosos de sus

1 Año I, pág. 178.

pueblos. Por último, no está fuera de propósito advertir que D. Pablo dejó á su vez un hijo llamado D. Pedro Huitziméngari, que fué uno de los primeros novicios que tomaron la sotana de la Compañía de Jesus en Pátzcuaro, á que lo decidió haber visto la acendrada caridad de los padres hacia los indios en la terrible peste de 1576, y contagiado él mismo, falleció á los pocos meses de haber profesado.[1] Lo expuesto hace creer que el testamento de que habla el Sr. Sánchez era apócrifo y que se hizo para amparar el dominio de una buena hacienda. ¿No andaría la mano de los jesuitas en la facción del testamento, en la profesión de D. Pedro y en el contagio de este nieto y último descendiente de Huitziméngari?

Después de tantas dudas sólo puede afirmarse que no se sabe cuándo ni en dónde falleció D. Antonio de Mendoza y Huitziméngari.

Cuando era yo joven conocí en Higuatzio, pueblo de la laguna de Pátzcuaro, á un indio muy anciano que se apellidaba Morales. Sabía éste muchas tradiciones del país y por esto me agradaba platicar con él. Me decía que cuando Huitziméngari estaba á punto de proclamarse rey, de acuerdo con varios pueblos de Michoacán, una mujer española, con quien mantenía relaciones, denunció al virrey todos los planes de los conspiradores que entonces vinieron secretamente de México algunos soldados, y que, de la noche á la mañana, desaparecieron los dos amantes, sin que jamás haya vuelto á saberse su paradero.

Desde aquel día, agregaba el indio Morales, todo el reino de los purépecha quedó á obscuras.

---

1 Romero. Estadística del Obispado de Michoacán. Pág. 74.
Alegre. Historia de la Compañía de Jesús. T. I, pág. 110.

El nombre de Huitziméngari.

No habiendo querido atenerme á mi propio juicio consulté con varias personas el significado de este nombre. Citaré solamente la opinión de algunas de ellas, muy versadas en el idioma tarasco. Mi escribiente D. Ramón Molina dice que significa *el que tiene el semblante varonil* (recalcando esta última palabra); el Sr. Lic. Carlos Equihua traduce *el del semblante austero ó adusto*, y el señor mi padre D. Toribio Ruíz decía *"el del aspecto grave, que causa respeto y veneración."*

Del otro lado, el Sr. Dr. Nicolás León, en la página 173 del tomo I de los "Anales del Museo Michoacano" se expresa en los siguientes términos:—"Vitziméngari; correcta y propiamente escrito, significa *el que tiene una pulga en la cara;* de *vitziri,* pulga, *men* ó *ma,* uno, y *gari,* partícula con que se indica el rostro ó cara. Quizá aludirá este nombre á algún lunar que haya tenido en la cara D. Antonio, y con la apariencia de pulga."

Sería imperdonable dejar pasar inadvertida esta serie de dislates, y por lo tanto los examinaré uno á uno.

Ya he dicho en otra vez que los escritores antiguos, para expresar el sonido de la *U* vocal escribían *V* consonante, y al contrario; así para escribir Uruapan ponían *Vruapan,* y para decir ave estampaban *aue.*

Pues bien, si el Sr. León pone "correctamente" Vitziméngari, como este apreciable anticuario escribe en idioma moderno, la palabra debería pronunciarse con la pronunciación actual de la *v* consonante, *Vitziméngari,* y ningún indio tarasco la entendería; mas no es así, puesto que el mismo señor en su librito citado "Hombres ilustres y escritores michoacanos," escribe *Huitziméngari* con *H,* lo que indica que debe hacerse una ligera aspiración al principio del nombre.

Veamos ahora cómo tal nombre de ninguna manera puede

significar *el que tiene una pulga en la cara*. Desde luego no hallamos en la palabra nada que signifique el verbo *haber* ó *tener*. No es cierto que á la pulga se le llame en tarasco *vitziri*, sino *tziri*, y el Sr. León puede preguntarlo á cualquier indio de los que hablan hoy dicho idioma. Tampoco es cierto que el número *uno* se traduzca *men;* su nombre es *ma: men* es adverbial y significa *una vez, una ocasión.* La partícula con que se designa *el rostro* ó *la cara* no es *gari*, sino *ngari*, que al entrar en composición con una palabra, expresa que existe alguna circunstancia ó modificación *en el semblante.* El rostro sé dice en tarasco *cángaricua,* y algunos, muy pocos, lo pronuncian *acángáricua.* Mas suponiendo que de esas voces se quisiera formar el nombre en cuestión debería entonces ser así: *Vitzir men gari*, que resultaría un disparate, ó *Vitzir me ngari* que daría el mismo resultado.

Con lo expuesto queda destruída la idea de que ese nombre "quizá aludiría á *algún lunar* que haya tenido en la cara Don Antonio, y con apariencia de *pulga."* Esto último no es más que una hipótesis ó conjetura de D. Nicolás León, sin estar basada en el más insignificante fundamento.

El Sr. León sigue diciendo en el pasaje de los *Anales* á que me refiero:—"A los que creen que (Huitziméngari) significa *cara de perro*, de *Vichu,* perro (canis), y *gari,* cara, les recordaremos que los tarascos no conocieron este animal, sino hasta la época de la Conquista, y malamente tendría el hijo primogénito del rey tal nombre, recibido antes que se conociera el objeto á que se le daba, tanto más cuanto que *Vichu* es palabra onomatopeya que bien pronunciada remeda el ladrido del perro."

Cuando leí por primera vez las líneas anteriores, confieso que me quedé estupefacto. No hay historiador de la conquista que no nos diga que tanto en las islas (las Antillas) como en la Nueva España había unos perros que *eran mudos* (subrayo estas palabras por lo que hace á la *onomatopeya*), y que servían de alimento á los indios, "los cuales perros se agotaron cuando los aborígenes sufrieron el hambre por la miseria á que los redujeron los españoles."

Hay más: cualquiera que haya pasado los ojos por las páginas de la "Historia antigua de México," escrita por Clavigero, ha de haber visto en el tomo II, disertación IV, que en el país había antes de la conquista cuatro especies de *perros*, que enumera con sus respectivos nombres, y en el tomo I, libro I, nos ofrece una lámina del *perro* llamado en idioma mexicano *ixcuinte potzotli;* hablando de él dice: "Tenía la piel manchada de blanco, leonado y negro: la cabeza era pequeña con respecto al cuerpo, y parecía *íntimamente unida á éste; tenía la mirada suave,* las orejas bajas, la nariz con una prominencia considerable enmedio.......... *El país en que más abundaba era en el reino de Michoacán.*"

Por último, como quiera que el Sr. León pronuncie *Vichu,* esta palabra no puede ser onomatopéyica del ladrido del perro. Si este animal se llamara en tarasco el *guau guau,* como le dicen los niños, sería cosa distinta.

Ahora bien: debo aclarar las palabras del Sr. Dr. León que dicen: "A los que creen que significa *cara de perro* etc." Se refieren dichas palabras al Sr. Gral. Vicente Riva Palacio, quien en la nota que va al calce de la página 29 del tomo II de "México á través de los siglos," da esa etimología al nombre de Huitziméngari.

Yo, que tuve la honra de tratar al Sr. Riva Palacio y algunas veces de verlo trabajar en la obra citada, recuerdo que decía que el nombre en cuestión debía descomponerse de la siguiente manera:

"*Huitzu,* (verdadero nombre del perro en tarasco) cambia la *U* final en *I* según la índole del idioma, lo que también sucede en castellano con algunas palabras compuestas, como *maniroto.*

"*Me* partícula que en tarasco sirve para designar además de la idea de *agua,* algo que está *hundido, adherido, junto,* y

"*Gnari, rostro, cara,* y mejor dicho, *semblante.*"

Esta ingeniosa explicación forma exactamente el nombre *Huitzi-me-ngari*, y significa *el del semblante de perro.* ¿Qué especie de perro? La que, según Clavigero, abundaba en Michoacán en los días de la Conquista.

Basta lo dicho para el propósito de esta nota. Si andando el tiempo llegare á ser preciso ampliarla, lo haré más extensamente, ocupándome además de algunos otros puntos y de los relativos á las gramáticas que se han escrito del idioma tarasco, idioma que está próximo á desaparecer, sin haber alcanzado los caracteres de una lengua perfecta, más bien dicho, de una lengua digna ya de gramática. Para esa ocasión tendré á la vista cierto libro escrito en francés sobre esta curiosa materia, y demostraré entonces que si se leen algunas de sus páginas al indio tarasco más rudo, acaso podrá entender de ellas las que están escritas en el idioma de Francia, pero las que lo están en tarasco le serán del todo desconocidas.

EL APÓSTOL DE TIERRA CALIENTE.

Hace mucho tiempo desempeñaba las funciones de sacristán en la iglesia de San Agustín, de Morelia, un lego que se hallaba en la senectud, afirmando él mismo que tenía más de noventa años. Era yo muy niño y me agradaba ir á platicarle, porque me contaba las tradiciones del convento y muchas anécdotas de los padres, á los que no profesaba grande estimación.

Difuso sería relatar todo lo que el padre Don Trinidad (así se llamaba el lego) me refería, lleno de entusiasmo y de infantil candor. Una de las veces que hablé con él fué un día en que contemplaba yo en el presbiterio el retrato de Fray Juan Bautista, leyendo la inscripción que cubre el nicho en que descansan sus restos.

El anciano, á quien no había visto, se hallaba detrás de mí y de improviso me dijo: "Lee eso en alta voz y yo te explicaré después su contenido." Las palabras inesperadas del lego, interrumpiendo el silencio de la iglesia, me hicieron estremecer; pero reponiéndome deletreé:

"*Qui nomen, moresque tuos Præcursor Jesu, Dum vixit; retulit; conditur hoc tumulo.*" [1]

"Aquí se guardan las reliquias del venerable siervo de Dios, el padre Juan B. Moya, llamado el apóstol de tierra caliente, por haber convertido á la Fe Católica, por medio de la predi-

---

1 "Oh Precursor de Jesus! el que, mientras vivió, te imitó en el nombre y en las virtudes, yace en este túmulo."

cación, á los habitantes de casi todo el Sur de Michoacán. Nació en la villa de Jaen en España, y fué uno de los primeros religiosos agustinos que vinieron de allá. Fué admirable por su penitencia y esclarecido en milagros, de los cuales, el que ha llamado más la atención, es el de haber pasado el río de las Balsas por dos veces, parado sobre un caimán y predicando, con un crucifijo en las manos, á la multitud de indígenas que lo miraban atónitos. Murió en este convento de Morelia (entonces Guayángareo) año de 1567."

Cuando acabé de leer, el padre Trinidad exhaló un profundo suspiro y murmuró; ¡"Qué tiempos aquellos que producían santos! A fe que ahora"!

—Verdad, padre, le dije; pero yo quisiera saber todos los milagros de Fr. Juan Bautista, y sobre todo, el de los caimanes.

—Pues á complacerte voy. Mas te advierto que nos faltaría tiempo si te refiiera todos los que hizo. Por otra parte, ignoro algunos que sólo son conocidos por tradición en los pueblos de la tierra caliente. Hé aquí los principales de los que tengo noticia. Después te contaré dos leyendas que se relacionan con nuestro santo.

LOS MILAGROS.

Poco tiempo hacía que acababa de fundarse nuestro convento de Tacámbaro, cuando pasó por aquel vergel de frutas y de flores el venerable padre Fr. Juan Bautista que marchaba á la conquista espiritual de la tierra caliente.

Si el pueblo de Tacámbaro parecía un paraíso de verdura, porque no hay casa que no tenga su huerta, regada por cristalinas aguas, en cambio en el gran atrio de la iglesia no había un solo árbol á cuya sombra pudieran descansar de sus fatigas los misioneros. En vano buscó allí el apóstol un sitio en que pudiera guarecerse de los rayos del sol, cuando, por no caber en el templo la muchedumbre, salía á predicarle al aire libre. Entonces, adrede ó por distracción (que hartas padecía entregado á sus meditaciones), dejó olvidado su báculo que había clavado en el suelo, mientra decía su sermón.

Fr. Juan Bautista marchó hacia la tierra caliente y no habían pasado ocho días, cuando con gran sorpresa observaron los frailes y los habitantes de Tacámbaro que el báculo comenzaba á crecer y á echar ramas abundantes por todos lados. Antes de un mes estaba convertido en una colosal *parota* que extendía su sombra en un grande espacio. Por más de doscientos años duró el árbol, pereciendo al mismo tiempo que el convento se convertía en escombros, á causa de los temblores acaecidos en el siglo pasado.

———

De distinto género eran otros milagros de que daba testimonio la ardiente fe del padre Juan Bautista. Me refiero á sus repetidos éxtasis, pues varias veces se le vió suspendido en el aire, entregado á la oración. Una de ellas fué que, "caminando de Tacámbaro á Pungarabato, en compañía del corregidor de aquella tierra, Don Diego Hurtado; el padre iba á pie y el alcalde á caballo y más aprisa andaba el padre, porque lo llevaban los ángeles por mandato de Dios. A la hora de la siesta pidió permiso á su compañero para retirarse á sús oraciones. Viendo Don Diego que el padre se dilataba envió á un negro esclavo suyo á que lo llamase. El negro le buscó y le halló levantado en el aire y admirado vino á su amo diciendo, Señor, este fraile es hechicero, allá está subido en el aire; fué el corregidor y vióло, y respetólo como debía, advirtiéndole al negro (que era algo simple), que aquello era porque el padre estaba con Dios."[1]

En otra ocasión caminaba el misionero por la cuesta de Acatén y como llevase los ojos y el pensamiento en el cielo, des-

[1] Basalenque. "Historia de la Provincia de San Nicolás de Tolentino de Michoacán." El cronista agrega que él alcanzó á conocer al negro y á la esposa del Corregidor Hurtado y que ambos le refirieron el milagro.— Por lo visto Basalenque participaba algo de la simplicidad del negro.

vió un poco el pie de la angosta senda y cayó en profundo precipicio. Los indios que lo acompañaban bajaron llorosos á buscar el cadáver, mas vieron que ya venía el apóstol subiendo la ladera y sacudiendo el polvo de su hábito. "Al caer, los ángeles del cielo lo habían recibido en las palmas de las manos."

——

Pero los prodigios que más se conservan en la memoria de los frailes de este convento son los siguientes:

Después de muchos años empleados en la predicación del Evangelio vino á vivir en este convento, en donde desempeñó el encargo de refitolero. Con tal empleo halló nueva ocasión de servir á Dios; pues en medio de la abundancia de platillos que repartía á los frailes, él se complacía en ayunar diariamente.

Una mañana, á principios del año, lo rodearon los novicios y entre risas y súplicas le pidieron que en la tarde de aquel mismo día les diese una merienda de *elotes*.

—¿Cómo quieren que les dé elotes frescos, si apenas estamos en el mes de Marzo?

—Pues elotes queremos padre, y elotes nos ha de dar su Reverencia.

El padre se puso triste, se dirigió al templo, extendió los brazos en cruz y se puso á orar, único consuelo que hallaba en todas sus aflicciones.

En la tarde estaban muy quitados de la pena los novicios, sin acordarse ya de su impertinencia, cuando de repente oyeron la voz de Fr. Juan Bautista que los llamaba. Acudieron todos y juntos se encaminaron á la extensa huerta del convento. ¿Cuál no sería su sorpresa al ver una milpa cuajada de elotes, ostentando sus cabellitos morados? La merienda fué opípara.

Alentados los novicios pidieron otro día que el padre les diese limas. Otra vez fué complaciente con ellos y sembró una semilla de lima, creciendo eñ ocho días el limar que se conserva todavía y cuyos frutos se recogen como reliquias.

Ni sólo durante su vida hizo Fr. Juan Bautista semejantes prodigios. Cuando fué al seno de Dios, en su entierro se halló toda la ciudad, aclamando su muerte. Desgarráronle la vestidura y cada uno de los presentes se llevó un fragmento del hábito para que le sirviese de amuleto ó panacea. El sombrero y la capa los guardaron los religiosos agustinos y se conservan en el depósito del convento. "Pídenlo (el sombrero, dice Baslenque), con grande devoción los enfermos y, sobre todo, las paridas en riesgo y se han obrado grandes maravillas." Entre multitud de casos, puede citarse el de la Sra. Doña Josefa de Arámburo, perteneciente á una de las más distinguidas familias de Valladolid (hoy Morelia). Cuatro días hacía que aquella Señora estaba sufriendo los dolores del parto y ya todos desesperaban de su vida, cuando por consejo de varias personas imploró la intercesión del padre Fr. Juan Bautista; solicitó la enferma el sombrero del santo y entonces dió á luz con toda felicidad á un niño, á quien por gratitud al convento se le puso el nombre de Agustín. [1] Esto pasaba el 27 de Septiembre de 1783 y el niño aquél era D. Agustín de Iturbide.

---

1 D. Lucas Alamán en su "Historia de México," tomo V, pág. 52, refiere este suceso en los términos siguientes: "Un incidente particular y que en su casa (la de Iturbide) se consideraba como milagroso, señaló su nacimiento que se verificó el 27 de Septiembre de 1783, día que en el curso de los sucesos había de ser tan glorioso para él. Habiendo sido muy laborioso el parto, al cuarto día, cuando ya se esperaba poco de la vida de la madre, y se daba por perdida la del feto, la Señora por consejo de personas piadosas imploró la intercesión del P. Fr. Diego Basalenque, uno de los fundadores de la provincia de agustinos de Michoacán, venerado por santo y cuyo cadáver incorrupto se conserva en un nicho en el presbiterio de la iglesia de San Agustín de Valladolid; trájosele además la capa que el padre usaba que se guarda como reliquia en el mismo convento y entonces dió á luz con felicidad un niño, al que por estas circunstancias se le puso por nombre Agustín."

Alamán padece varias equivocaciones: ni el P. Basalenque fué uno de los fundadores de la provincia de agustinos de Michoacán, sino su historiador, ni es venerado como santo. Alamán lo confunde con Fr. Juan Bautista, y la tradición constante en Morelia atribuye los milagros á la capa y al sombrero del apóstol de tierra caliente y á éste es á quien se achaca el prodigioso nacimiento de Iturbide.

LEYENDA PRIMERA.

PHÁNSPERATA.

I

Hacia el Sur de Tacámbaro y más allá del fertilísimo pueblo de Turicato, hay unos vallecicos rodeados de enmarañadas y ásperas montañas. La vegetación es lujuriosa y los tupidos bosques están formados de frondosas y gigantescas *zirandas*, de nudosos *brasiles*, de *cahuáricas*, cuyo tronco es más verde que las hojas, de elegantes *curindaris* veteados de filamentos, como escarcha de plata, y de parotas que esconden en las nubes sus copas, generatrices de la sombra.

Aquel sitio es *Guapácuaro*, oculto en una de las ramificaciones de la cordillera andina. Allí se habían refugiado los últimos restos de los guerreros purépecha que habían defendido contra los españoles la independencia de Michoacán, los últimos, pero los más fieles soldados del ejército que había acaudillado el rey Tacamba.

Era jefe de aquellos patriotas el gallardo *Pámpzpeti*, [1] cacique de Guapácuaro, el cual había jurado no doblar la rodilla ante el invasor y defender hasta la muerte las tierras que le pertenecían. Su terrible mirada infundía respeto en sus súbditos y miedo en el corazón de sus enemigos.

II

Muy pronto debía sonar la hora de la lucha, pues que el capitán D. Cristóbal de Oñate había obtenido en encomienda

1 Significa, *el amante, el amoroso.*

los pueblos de Tacámbaro y Turicato y sus respectivas perte-
nencias, entre las cuales se hallaba el cacicazgo de Pámpzpeti.

El encomendero tanto tenía de soldado como de político;
unas veces por el rigor é insinuándose otras dulcemente, iba
sometiendo á gran prisa á sus súbditos. Comprendiendo las
ventajas que podría sacar de su alianza con los frailes, á quienes amaban los indios, tomó positivo empeño en que los padres agustinos, que acababan de establecerse en Tiripitío, pasasen á fundar un convento en Tacámbaro. Logrado su objeto,
los misioneros llegaron á dicha población, en donde fueron recibidos con grandes demostraciones de alegría y desde luego
comenzaron la predicación del Evangelio, siendo abundante la
mies que cosecharon.

"Y así quedó Tacámbaro—dice Basalenque—convertido en
un paraíso espiritual, como lo era en lo material por sus huertas." Para el capitán Oñate aquel teatro de la guerra tornába-
se en quieta y pacífica encomienda.

III

No lejos de Tacámbaro y también hacia el Sur, hay una alberca [1] encajada en un monte que, en la época á que nos re-
rimos, estaba cubierto de espesísimo bosque. Desde aquel pintoresco sitio se domina un panorama espléndido. En aquel
tiempo la colina en que se asienta el pequeño lago era un
magnífico jardín, en donde crecían el árbol de las cinco hojas,
encendidas como carmín ardiendo, los *turás* de pistilos en forma de abundante cabellera y el *cundá itzitzqui* (zacalazochitl en
idioma azteca), que impregna el ambiente de suaves emanaciones perfumadas. El suelo se cubría de la inmensa variedad
de lirios que se producen en aquellas selvas. Y los árboles estaban convertidos ellos mismos en otros tantos vergeles, os-

1 Es un gran depósito de agua, llamado alberca de *Chupio* (lugar de conchas), de donde brota el río que riega la hacienda del mismo nombre.

tentando en las bifurcaciones de sus troncos millares de orquídeas, gala y asombro de la flora tropical.

En la clara linfa de la alberca se reflejaba inversa la imagen de una hermosa cabaña, mansión de delicias y de dulce tranquilidad.

Vivía en aquella poética morada la hermana del rey Tacamba, la bellísima *Ireri*, [1] joven de veinte años, esbelta como los pinos del inmediato monte; sus ojos de un café obscuro fulguraban una mirada límpida y apacible, como el brillo de una estrella en noche de invierno; andaba tan gallardamente como una paloma de la selva. Sobre la crencha de sus cabellos usaba Ireri una flexible pluma de faisán. Cualquiera, al ver á la doncella, habría creído mirar á la ondina de la poética alberca.

————

Desde que el príncipe Tacamba había desaparecido entre los jardines de Uruapan, en donde las aves y las fuentes cantaban su himeneo con Inchátiro, los indios de Tacámbaro reconocían á Ireri como reina, reina sin trono, pero reina en el corazón de sus súbditos. El amor de estos era la única, si bien dulce fuerza, con que se hacía respetar.

Sin embargo, el cacique de Guapácuaro acababa de jurarla vasallaje, ofreciendo un pequeño ejército decidido á defenderla. El valiente Pámpzpeti iba con frecuencia á Chupio á recibir órdenes de su soberana. Las gentes, empero, decían que el mancebo se hubiera contentado con una mirada de Ireri, en señal de soberanía.

El jefe volvía á su desierto albergue, ahogando los suspiros de su pecho y despidiendo rayos de sus ojos torvos y sañudos...

....

Phánsperata, [2] dios de fecundidad que recorre el mundo,

1 Ireri, *la reina*.

2 *El amor*, en tarasco, según el dialecto de algunos pueblos; en otros, principalmente en la sierra, se llama *pámpzcua*.

encendiendo los corazones con fuego inextinguible, había dejado el de Ireri frío como la nieve de las más altas montañas.

IV

Fundado el convento de Tacámbaro, nombróse guardián al reverendo padre Fr. Francisco de Villafuerte, quien no descansaba en su ministerio, bautizando á los innumerables indios que se le presentaban; y sabedor de que en las inmediaciones vivía la joven hermana de Tacamba, repetidas veces envió emisarios á llamarla para tener la satisfacción de catequizar á la reina de aquel valle; pero Ireri había rehusado siempre abandonar el paraíso que habitaba y, quién sabe si en el fondo de su pecho se negara á abrazar la nueva religión que ella consideraba como la cadena de esclavitud para los indios. El padre Villafuerte, indignado contra la joven, se valió del encomendero para que la obligase á presentarse en el convento.

Partió Don Cristóbal á Chupio cubierto de brillante armadura; y con los ginetes que lo acompañaban subió la florida colina, haciendo caracolear su brioso caballo. que relinchaba de placer y que salpicaba su pecho con blanca espuma desprendida del freno.

Llegó la comitiva á la real cabaña, y cuando el encomendero fijó sus ojos en la joven, experimentó una fuerte conmoción, como si el rayo de las nubes hubiese electrizado todo su cuerpo. Buscó la mirada de Ireri que se detuvo en él, límpida y apacible, pero serena y fría, como la onda de un lago en una noche tranquila.

Don Cristóbal de Oñate, que era tan apuesto como orgulloso caballero, sintió herido su corazón con el desdén de aquella mirada que no hacía otra cosa que avivar la llama de su amor repentino. Mas disimuló por de pronto lo que pasaba en el interior de su pecho y cumplió su misión, invitando á la joven á que se hiciese cristiana y fuese á habitar en la ciudad. A todas sus palabras respondía Ireri con una persistente negativa. Entonces el capitán le recordó que él era 'el encomendero de aquella tierra y que la joven, como todos los indígenas del país, estaba á su cuidado y debería obedecerlo. Le previno, en consecuencia, que en el término de tres días habría de presentarse en Tacámbaro, en la casa de la encomienda, y agregó que si pasado ese tiempo no era cumplida su orden, volvería á Chupio para conducirla él mismo, como contumaz y rebelde.

Los ojos de la doncella se llenaron de lágrimas, pero sus labios permanecieron cerrados.

———

Oculto en el bosque, Pámpzpeti había sido testigo de la escena que acabamos de referir. Sus ojos torvos y sañudos despedían rayos de odio y de venganza sobre el español. No hizo ademán de arrojarse sobre éste, no pronunció una sola palabra, no se presentó siquiera ante su soberana: huyó, huyó por enmedio del bosque, como si se viese perseguido por una manada de tigres.

V

Pasaron los tres días con la rapidez de un torrente que se despeña. Ireri no había cesado de llorar. Nunca, como en aquellas horas tristes había sentido tanto su orfandad y aislamiento. ¿Quién habría de venir á libertarla de sus opresores, á ella, pobre víctima amenazada por el desenfreno y el capricho?

———

Don Cristóbal de Oñate y los ginetes que lo acompañaban subían la florida colina haciendo caracolear sus caballos cubiertos de espuma y que relinchaban de placer.

El sol había desaparecido detrás de las montañas y la imagen de la luna, movible y argentina, se retrataba en el fondo del lago, sobre cuya superficie rielaban ondas trémulas y delgadas.

En el interior de la cabaña se oía un sollozo no interrumpido,
que hubiera ablandado á las mismas rocas, mas no al corazón
del encomendero que creía ya segura su presa.

———

Llega el castellano á la mansión de duelo, fija su mirada ardiente en la severa y fría de Ireri y manda á ésta que lo siga.
La joven inclina la frente y nuevas lágrimas, como gotas de
fuego, se empapan en el suelo; permanece sin moverse, como
la estatua de la resignación, en medio de un grupo de verdugos.

Furioso Oñate, extiende ya sus brazes para asir á la doncella y colocarla en su caballo...... En aquel momento se escucha un terrible alarido, y cien guerreros purépecha, blandien-
do la lanza en la mano, aparecen en vertiginosa carrera. Se
oye el choque de los aceros españoles con el cobre de las es-
padas de los indios, saltan chispas de las armas y de los ojos,
y se escucha el ¡ay! de los moribundos.

Herido por una flecha cae de su corcel Don Cristóbal de
Oñate; sus compañeros lo recogen y huyen á escape, bajando
como negros fantasmas la florida colina: aún resuenan á lo lejos las herraduras de los caballos que resuellan jadeantes.

———

A poco no se oye más que el canto triste y monótono del
guaco, oculto en la espesura de la selva.

VI

Profunda impresión causó en Tacámbaro la noticia de estos
sucesos. Entre los indios, el nombre de Pámpzpeti se pronun-
ciaba en voz baja, como el de un héroe. En todas partes se
hablaba del próximo enlace del guerrero con la hermosa Ireri, y todos decían que no estaría ya desierto y sin reyes el dilatado imperio de Coyucan.

Pámpzpeti no dirigió una sola palabra á la doncella, cuando la libertó de su enemigo. Contentóse con mirarla profundamente, no viendo en sus ojos más que los destellos de la gratitud, nunca el fuego sagrado de la antorcha que conduce *Pámpzperata* en sus manos al recorrer el mundo.

Reunió á sus guerreros y se alejó triste y silencioso, perdiéndose en el bosque sin senderos.

VII

El capitán Oñate se curaba de sus heridas. Eran tan pocos los españoles que residían en Tacámbaro que no pensaron siquiera en salir sobre el enemigo en venganza de su jefe, ni menos cuando observaban síntomas de insurrección entre los indios que habitaban la ciudad. No se daban cuenta de cómo tan intempestivamente se había presentado en Chupio aquel grupo de guerreros, al que imaginaban oculto y errante en los intrincados bosques de Guapácuaro. Siguiendo su acostumbrada política, los castellanos ocultaban cuidadosamente la existencia del enemigo y en voz alta decían que aquel accidente no tenía otro carácter que el de una riña particular entre el encomendero y el amante de una de sus esclavas.

El padre Villafuerte comprendía, en efecto, que en lo acaecido no había nada de política; pero temeroso de que el demonio de la idolatría tuviese en ello gran parte, se apresuró á marchar á la casa matriz de Tiripitío, en donde informó al provincial de los agustinos que en ninguna parte había más hechiceros que en aquella tierra ni que tuviesen más pactos expresos con el demonio, que por medio de ellos tenía tiranizados para que lo adorasen, á millares de indios que vivían entre los peñascos y en las oquedades de los picachos fragosos de la sierra[1] en que se hacían fuertes en su adoración á los ídolos. Espantado el padre San Román, prior de los agustinos, envió

1 Basalenque. Obra citada, tomo 1º, caps. 3º y 7º

á Tacámbaro al venerable Fr. Juan Bautista que acababa de llegar de México y que era tenido por santo entre cuantos lo conocían. Sin más armas que su breviario y su báculo marchó el misionero á emprender en la tierra caliente su formidable campaña contra la idolatría y los hechiceros y á ser el verdadero fundador de Tacámbaro.

Ya en aquel pueblo, se informó Fr. Juan Bautista de los sucesos recientes, y lo que más afligió su alma fué la obstinación de Ireri en no recibir la aguas bautismales.

En cuanto á Oñate, estaba impaciente de que la joven se hiciese cristiana, por conviccción ó por la fuerza, á fin de contarla en el número de sus esclavas, pues sabido es que los españoles, como buenos católicos, no querían tocar á una idólatra. Esto hubiera sido un pecado abominable.

El padre fraguaba ya en el interior de su alma los medios de conquistar á Ireri para el cielo y de libertarla al mismo tiempo del criminal intento del capitán español. Prometíase también el misionero que haría cristiano al feroz y valiente Pámpzpeti, lo que equivaldría para él á una victoria completa sobre el demonio.

VIII

Una tarde se hallaba Ireri en la playa de la cristalina alberca de Chupio. Gorgeaban los pájaros en los árboles, pero la joven no escuchaba sus trinos. La brisa tibia y perfumada acariciaba la frente de la doncella; pero aquella frente no sentía el halago, encendida, como estaba, por el fuego de un pensamiento que se fijaba en otra parte. Ni siquiera se extasiaba Ireri, como otras veces, en contemplar su imagen reflejada en las aguas tranquilas del pequeño lago; tanta hermosura la dejaba indiferente.

¿Y por qué estaba Ireri tan meditabunda? Desde el día en que el capitán Oñate había visto burlados sus intentos, la joven sentía llegar á su alma, como venido de muy lejos y aproximándose de repente, el recuerdo de Pámpzpeti. No de otro modo se mira un abismo obscuro en donde de improviso se hace la luz, dejando ver en el fondo un ameno paisaje. Y así miraba ella, en lo íntimo de su corazón, rodeado de suave claridad, el semblante del guerrero.

Repentinamente se estremeció la joven. Su mirada se había fijado en la extraña figura de un hombre de intensa palidez, de semblante demacrado, de ojos hundidos, en el fondo de los cuales había una luz misteriosa.

Subía aquel hombre paso á paso la colina; le parecía á la joven que las flores se apartaban para abrirle una senda, que al contacto de su vestidura soltaban sus perfumes y que encendían más y más los colores de sus pétalos como sobrecogidas de pudor.

El misionero clavó su mirada en la de Ireri. La envolvió con la llama misteriosa que despedían sus pupilas y algo, como una voluptuosidad divina, circuló por las venas de la doncella.

Ireri se irguió: inefable sonrisa se dibujaba en sus labios, y en su alma, como lluvia de felicidad, se derramaba el contento.

—"Vamos, padre, —exclamó— te seguiré á donde quiera que me lleves!"

Los pájaros gorjearon en el fondo de las selvas; las flores abrieron camino soltando sus perfumes, y el cielo azul se reflejó en las aguas cristalinas de la alberca.

IX

Repicaban alegremente las campanas de Tacámbaro, anunciando que al día siguiente iba á verificarse una gran fiesta. En efecto, Ireri, la reina de la tierra iba á recibir, con el bautismo, el velo de las *guanánchecha*, de las vírgenes consagradas al culto de la Madre de Dios.

El encomendero Oñate se reía de los candores de Fr. Juan Bautista y no esperaba más, sino que estuviera bautizada la doncella para reclamarla como cosa que le pertenecía.

Ireri pasaba en vela la noche y esperaba tranquila y dichosa el momento de recibir la gracia y de fundir su amor en el seno de Dios.

Reinaban profunda obscuridad y silencio en la ciudad de Tacámbaro. De repente se oyó á lo lejos un ruido ligero, que parecía el andar de muchos hombres caminando cautelosamente.

Un grupo de guerreros purépecha aparece en la plaza, se dirige á la guatáppera, el jefe penetra en el interior de un aposento. Al verlo, cae desmayada Ireri. Pámpzpeti toma la preciosa carga en sus brazos y sale del sagrado recinto.

Se oyó alejarse de la ciudad y perderse en la llanura el paso cauteloso de muchos hombres.

Reinaban profunda obscuridad y silencio en las desiertas calles de Tacámbaro.

X

Amaneció el esperado día. Ya no repican alegremente las campanas. Al saber Fr. Juan Bautista la desaparición de Ireri creyó más y más en la existencia de poderosos hechiceros en las inmediaciones de Tacámbaro y andaba como avergonzado de haberse dejado derrotar por el demonio en la primer batalla que entre ambos se libraba.

Don Cristóbal de Oñate despedía rayos de odio por sus ojos, prorrumpía en execrables blasfemias y se mesaba los cabellos. Sin estar aún restablecido de sus heridas, convocó á los españoles residentes en la ciudad, hizo alarde de su fuerza y al son de trompetas y clarines salió á batir al enemigo. Recorrió los cerros y los bosques de las cercanías y en seguida se dirigió á Guapácuaro. Ni un solo sér humano apareció en la intrincada selva. No hubo barranca ni gruta que no registrase con el mayor empeño.

Los pájaros huían asorados ante la presencia de los españoles. Sólo el *guaco* permanecía curioso, oculto entre los árboles, silvando irónicamente.

———

No se volvió á tener noticia de Ireri.

Pámpxperata que recorre el mundo, encendiendo los corazones, abrazó con su llama el de los fugitivos y los llevó á regiones ignotas.

XI

Muchos años pasaron: el venerable padre Fr. Juan Bautista penetró en la tierra caliente y plantó los estandartes de la fe en Pungarabato, á cuya provincia pertenecían, en lo eclesiástico, Coyucan, Cutzamala, Huetamo, Zirándaro y otros pueblos. Su fama de misionero volaba por todas partes y esto fué motivo para que el provincial del convento de México lo llamase á la metrópoli, pues que se deseaba conferirle los más altos puestos en la religión agustiniana. Obedeció el apóstol; mas viéndose tan lejos de sus amados indios se entristeció de tal modo, que llegó á enfermar. Entonces, por consejo del médico, se le permitió volver á la tierra caliente, "paraíso de su alma y martirio de su cuerpo." Allí sanó por de pronto y, lleno de alegría, prosiguió la predicación del Evangelio. En esta vez fijó su residencia en Huetamo, como punto céntrico de la provincia. Con este motivo acudían al pueblo numerosas peregrinaciones de los habitantes de ambas márgenes del río de las Balsas. El caserío aumentó, el comercio ensanchaba sus operaciones, la fértil tierra producía pingües cosechas de maíz y de ajonjolí, las praderas se veían cubiertas de ganado de todas clases, los españoles inmigraban á explotar los ricos minerales de que están cuajadas las montañas. Huetamo llegó á ser la capital de aquella comarca tan extensa, tan próspera y tan abundante en elementos de riqueza.

Fué entonces cuando Fr. Juan Bautista, á quien se debió en todos sentidos la metamórfosis de aquel país, fué llamado "El Apóstol de tierra caliente."

XII

Cierto día, cuando espiraba la tarde entre·los esplendores del crepúsculo, llegó corriendo un indio al convento de Huetamo á pedir confesión para un enfermo que estaba muriéndose en Zirándaro. El apóstol tomó su báculo y se preparó á marchar; empero muchos de los vecinos del pueblo que se hallaban presentes trataron de impedirle el viaje, por lo avanzado de la hora; porque siendo la estación de las aguas, era probable que el río estuviese crecido, y porque, de seguro, no encontraría barcas que lo pasasen. "El caritativo ministro estuvo suspenso pidiendo á Nuestro Señor le inspirase lo que convenía; de allí á un poco se resolvió á ir á la confesión; siguiéronle algunos, bien ciertos de que la ida avia de ser envalde, y llegando al Rio y echándose vno al agua, por donde suele ser vado, halló que estaba muy hondo y assí se lo dijo al Padre, el qual mirando házia otro lado vió una como puente y dando gracias á N. Señor, llamó á sus compañeros diziendo: aquí hay puente; ellos, entendidos ser engaño con la obscuridad de la noche, llegaron y les pareció ser puente, probaron á pasar, y luego el Ministro, y aviendo pasado, al punto con gran ruydo se hundió la puente, y convinieron todos ser un Caiman, porque aquel Rio y los demás de tierra caliente estan llenos de estos peces." [1]

XIII

Era ya media noche; la luna llena, á la mitad del firmamento, iluminaba el paisaje; aquellos bosques insondables que pa-

1 Historia de la Provincia de San Nicolás de Tolentino de Michoacán. Tomo I, cap. III.

recen un océano de verdura, aquel río como serpiente de plata
que se desliza silencioso en medio de floridos vergeles, aquel
cielo purísimo en que palidecen las estrellas, titilando suavemente.

El apóstol entró en el pueblo, esparcido en aquella floresta
que entonces estaba cubierta de zirandas, de esos árboles gigantescos y frondosos en que cada ejemplar parece él solo una
selva. Están tan tupidas sus pulposas hojas, que apenas si algunos rayos del sol, al medio día, logran filtrarse entre ellas,
tejiendo en el suelo figuras caprichosas. Por la noche, los trémulos efluvios de la luna se resbalan como perlas líquidas en
las ramas superiores.—Así son las zirandas; las respetan los
siglos y los huracanes, las tempestades las iluminan con sus
relámpagos y la lluvia jamás atraviesa su fronda.

El indio guió al misionero por debajo de aquella bóveda sombría, hasta llegar á una gran cabaña rodeada de cactus. Dentro
y sobre un *canciri* (cama) de caoba, yacía moribundo un hombre de mirada torva y zañuda. En la cabecera del lecho, una
mujer, jóven aún, no apartaba sus ojos del enfermo. Apenas
podía contener los sollozos y se apretaba una con otra sus con-
vulsas manos.

Fr. Juan Bautista clavó profunda mirada en ambos personajes, y lanzando un grito de alegría, se hincó de hinojos en el
suelo y elevó una oración de gracias al Padre Universal: Había
reconocido á Pámpzpeti y á Ireri.

Una nube de vacilación pasó por el alma del apóstol, pero
luego se dirigió resueltamente hacia el lecho y vertió sobre la
frente de Pámpzpeti y de Ireri el rocío del bautismo. En seguida, ante la numerosa concurrencia, los unió *in extremis* con
los lazos del matrimonio.

Después quedaron solos en la alcoba el santo misionero y el
moribundo que esperaba su absolución.

———

En tanto Ireri estaba de rodillas al pie de una ziranda, absorta, con los ojos fijos en el cielo. De repente le pareció que el árbol abría sus ramas y dejaba penetrar el esplendor de la luna, que las notas de una música divina llegaban á su oído y que en medio de las cuatro estrellas de la constelación del Sur, aparecía la imagen de Pámpzperata, iluminando al mundo con su antorcha inextingible y abriendo para ella y para Pámpzpeti las puertas del Empireo.

XIV

El apóstol salió de la cabaña; desde lo íntimo de su corazón alzaba al cielo un himno de victoria.

Emprendió su regreso: ya no había sobre el río la puente negra que le había franqueado el tránsito. Marchó por la playa hasta llegar á un paraje llamado Úspero.[1] ·Allí encontró una gran balsa, negra también, que se movía sobre las olas. Entró en ella, llevando el crucifijo en la mano, y al surcar la ancha cinta de plata que serpeaba entre las campiñas, contempló el espléndido panorama iluminado por los primeros rayos del sol.

Cuando arribó á la opuesta orilla se deslizó la balsa y los caimanes que la formaban desaparecieron en el fondo del río.

---

1 *Úspero*. Lugar de caimanes.—De *uspi* que es el nombre tarasco del anfibio.

LEYENDA SEGUNDA.

AMBÉTZECUA.

I

Zapinda era una niña de doce años, pero ya toda una mujer, porque en la tierra caliente las jóvenes alcanzan muy pronto su pleno desarrollo. Así, nada extraño parecerá que la doncella india fuese una esbelta muchacha, de formas mórbidas que, como explica esta palabra el diccionario de la lengua, aparecían blandas y suaves. Y si hemos de creer á la tradición, Zapinda era la mayor hermosura que había en el entonces reino de Coyucan, capital de los Huetama, una de las cuatro tribus aliadas del imperio de Michoacán.

Empero la niña era muy desgraciada, porque vivía bajo la férula de Peuáhpensti, su madrastra. Lo menos que hacía esta infame mujer con Zapinda, era obligarla á ir hasta Cutzio, distante más de media legua de Huetamo, á sacar agua del río, pretestando que era insalubre la de los pozos del pueblo. Nada importaba que el sol lanzase sus rayos de fuego ó que la tierra se envolviese en tinieblas; la niña, llorando, emprendía su camino, ora espuesta de día, á los rigores de la insolación, ora temiendo, de noche, la voracidad de los tigres.

II

Mientras Zapinda no había salido de la infancia eran aquellos los solos peligros que la amenazaban; mas llegó para ella la época misteriosa en que las jóvenes, sobrecogidas de estupor, sienten como la crisálida cuando se convierte en mariposa. Entonces comenzó á tener también miedo á los hombres y entre ellos principalmente á uno llamado *Kaquitze*, de quien huían amedrentadas las mujeres. Aquel hombre feroz habitaba en una espantosa gruta en el fondo de la florida barranca de *Curú-guarimio*, de donde salía para caer como milano sobre inocentes víctimas que sacrificaba á su lujuria en las profundidades de aquel antro.

. Una vez Zapinda pudo desprenderse de los brazos del monstruo y huir como ligera codorniz.

¿Pero podría escapar siempre? A quién iría á contar sus temores? De quién pediría consejo?

Acordóse de que por aquellos días había llegado á Cutzio un anciano venerable, á quien todos miraban como á un sér sobrenatural. Decían que. era hechicero entre los cristianos, los que por aquel entonces invadían la tierra de los purépecha.

La niña ignoraba que el hombre extraordinario era Fr. Juan Bautista, el apóstol de la tierra caliente.

Emprender el camino de Cutzio en aquellos momentos para ponerse bajo la protección del santo, era desafiar la lubricidad de Kaquitze y exponerse á perder su inocencia en los obscuros subterráneos de Curú-guarimio. Ya que no era posible, pues, ver al hechicero cristiano, contaría sus penas á *Sicuame*, la hechicera india que tenía su choza bajo las zirandas del barrio de Urapa.

III

Trémula y con lágrimas en los ojos se dirigió á aquel sitio Era ya de noche. Densa obscuridad ennegrecia la tierra: en cambio en el cielo titilaban las estrellas, llenando de esplendores espacios invisibles para nosotros.

En el interior de la cabaña, iluminada con hachas de *cueramu*, se divertía Sicuame haciendo caricias á un gigantesco caimán, cogido en las. aguas del Río Grande y que tenía su guarida en una de las pozas del arroyo de Urapa; detrás de la hechicera estaba enroscada una de esas serpientes colosales llamadas *alamacoas*, la cual, de tiempo en tiempo, abría sus fau-ces y se tragaba algún alacrán que pasaba descuidado; corrían por el suelo bandadas de esas horribles lagartijas, sedientas de sangre, y escuálidas como esqueletos, que se llaman *nopiches*, y por último, innumerables murciélagos, de la especie de los vampiros, invadían la choza, se acurrucaban en los hombros de Sicuame y de nuevo se dejaban llevar por el zig zag de sus alas implumes, perdiéndose en las tinieblas de la noche.

Al ruido que hizo Zapinda, al entrar, alzó los ojos la hechicera y le dijo:

—Adivino á qué vienes. Te espanta el encuentro de Kaquitze: yo te libertaré de él. Mira; en el oriente de este pueblo hay un bosque de *cuirindales;* allí forman maleza esas púdicas plantas que se llaman vergonzosas,[1] y que son el emblema de la virginidad. Cuando tu madrasta te envíe á Cutzio, ve primero á aquel sitio y toca con tus dedos las ramas de esas hierbas; verás que pliegan sus hojitas como llenas de pudor, tiéntalas repetidas veces y podrás caminar sin que el monstruo de Curúguarimio logre sus infames deseos, por más que lo acompañe la infame diosa *Ambétzecua*,[2] enemiga mortal de las doncellas.

Zapinda se inclinó, besó la mano de la hechicera y salió de la cabaña confortada y alegre.

IV

Serían las dos de la tarde del día siguiente, cuando Peuáhpensti dijo á Zapinda: "anda á traer agua á Cutzio."

La doncella partió, pero antes de emprender el camino acostumbrado, se dirigió al bosque de cuirindales y restregó con sus manos las ramas de las sensitivas, cuyas hojas se plegaron temblando, como los nervios delicados de una virgen, al sentir los primeros efluvios del amor.

1 La sensitiva.
2 Significa *lujuria.*

Entonces prosiguió su camino. Había llegado á un bosque de parotas, cuando se vió presa entre dos nervudos brazos y sintió en sus mejillas la aspereza de un rostro feroz y la respiración candente de una boca próxima á estallar en ósculo inmundo. Zapinda lanzó un suspiro de infinita angustia, sus ojos se nublaron, y apenas latía su corazón.

En aquel instante se oyó el silbido de una flecha. La saeta atravesó de sien á sien la cabeza de Kaquitze. El infame sátiro aflojó los brazos, se cubrió de una palidez mortal y se desplomó exánime.

Zapinda, velados de lágrimas los ojos, elevaba su alma á los cielos, cuando entre los gruesos troncos de las parotas vió aparecer un arrogante y gentil mancebo, cuya frente ceñía diadema de oro de la que se destacaban tres plumas de águila. Era Tumbí el *iré* (cacique) de Cutzio, que amaba en silencio, pero con el ardor del clima de aquel suelo, á la más hermosa doncella del reino de Coyucan.

Al ver á su libertador sintió Zapinda que lo más delicado de su sér se estremecía como las hojas de la sensitiva.

V

Desde aquel día, siempre que la niña iba por agua, Tumbí salía á su encuentro y la acompañaba hasta las primeras calles de Huetamo, regresando solo y meditabundo á su pueblo de Cutzio.

Mas ¿por qué Zapinda palidece á la vista del mancebo? ¿por qué hay ahora en su corazón más miedo que cuando la espantaban los tigres, ó la aterraba el hombre de mirada lúbrica, el monstruo de la gruta de Curú-guarimio?

Y no había día que no tocase con sus dedos las hojas de la sensitiva, y cuanto más se veía protegida por el valeroso Tumbí más sentía que se plegaban misteriosamente las fibras de su sér. A veces sus mejillas se encendían instantaneamente, pero en seguida era más profunda la palidez de su rostro. Y tenía miedo de sí misma.

VI

En una de aquellas tardes en que había llegado á Cutzio, vió en la puerta del templo al anciano venerable que predicaba la nueva religión. El hechicero cristiano con acento de inefable dulzura le dijo:

—Entra Zapinda; eleva tu alma á Dios.

Penetró la jóven en el santuario, y sobre el altar que se destacaba en el fondo, vió la imagen de una mujer, coronada de estrellas y á sus pies el blanco creciente de la luna. Angeles y querubines la elevaban al cielo y al ascender, rompían la tenue gasa de las nubes. Los ojos de la imaginación podían ver que el cielo abría sus puertas de diamante para recibir á la más bella de todas las criaturas.[1]

Hincada de rodillas pidió Zapinda á la reina de los ángeles que la librase del peligro de su propio corazón; lloró, y sus lágrimas, como una lluvia, templaron los ardores de su pecho.

El sol se hundía entre los celajes de colores, cuando Zapinda entró en las calles de Huetamo, bajo un cielo de bendición y de esperanza.

VII

Otra vez volvió Peuáhpensti á enviar á la niña por agua del río. Zapinda se encaminó primero al bosque de cuirindales, y llena de asombro miró levantarse en medio de los árboles un elevado cocotero, sobre cuyo flexible tronco se mecían las *palapas* á impulso de la brisa. Aquella esbelta planta le parecía la imagen de Tumbí, el gallardo guerrero de alta estatura, ceñida la sien con el penacho de flexibles plumas que ondulaban al viento.

Absorta caminaba, tocando con sus manos las tiernas sensi-

1 La virgen de la Asunción es la patrona del pueblo de Cutzio.

tivas y al par de ellas sentía extremecerse en su seno las fibras más delicadas de su sér.

Pensó en el anciano sacerdote, y elevó sus ojos al cielo, El cielo se cubría en aquel instante de nubes macizas que ya parecían inmensos copos de nieve, ya montañas de oro incandescente ó girones espléndidos de púrpura.

Hubo un momento en que las nubes, iluminadas con los colores del iris, tomaron ante los ojos de Zapinda la forma de una mujer, la más bella de todas las mujeres: la coronaban las estrellas y se extendía á sus pies el arco creciente de la luna. Y en aquella apoteosis que se verificaba en los cielos, el sol derramó sus últimos rayos, como torrentes de luces misteriosas.

Mas luego las nubes se deshicieron como tenue gasa, y en el espacio azul sólo flotaba ya el manto de color indeciso de la tarde.

VIII

Cuando la jóven volvió sus miradas hacia el suelo, vió salir de entre las sensitivas una paloma silvestre que cantaba alegremente, que batía sus alas y que sacudía de sus plumas una menuda lluvia de gotas de agua cristalina. Zapinda prorrumpió en un grito de júbilo al comtemplar un pequeño manantial que aparecía entre las sensitivas, al pie del elevado cocotero.[1]

Así fué como Fr. Juan Bautista hizo el milagro de que ni Zapinda ni las demás doncellas de Huetamo tuviesen que ir por agua hasta Cutzio, expuestas á los peligros del camino.

IX

No paró en esto el milagro. Pocos días ·después, Zapinda

1 El manantial se conoce en Huetamo con el nombre de "Ojo de agua del coco."

y Jumbí recibieron el agua bautismal de manos del Apóstol de Tierra caliente, y con los nombres de María de la Asunción y de Juan Bautista se unieron con eternos lazos, siendo éste el primer matrimonio cristiano celebrado en el antiguo reino de los *huetama*.

EL HECHICERO.

Hubo en aquel tiempo un indio tenido en el vulgo por hechicero que hizo grandes estragos en los de su nación. Arrebatado de un entusiasmo diabólico ponía con fiereza increíble los ojos en un pobre indio, y le decía en su lengua: *ni uari* [anda muérete]; con esto se dejaban aquellos miserables poseer de un terror pánico y profunda melancolía que les quitaba la vida. Constó ser esto la causa fatal, pues el Sr. Obispo, conociendo judicialmente del caso, halló no haber causa alguna física de que aquel hombre se valiese para quitar la vida.

Moreno, Vida del Illmo. Sr. Don Vasco de Quiroga, pág. 71.

I

Hacia el noroeste de Ziracuaretiro se desencadenaba sobre la sierra una tempestad profunda y tenebrosa. El trueno se sucedía sin interrupción, y el cárdeno fulgor de los relámpagos parecía abrasar con siniestras llamas las elevadas copas de los pinos.

Por entre la selva huía un hombre, un anciano, cuyo aspecto, tanto podía inspirar lástima como temor. Su cuerpo parecía un esqueleto ambulante, y había en sus ojos no sé qué ígneo relampagueo, como si en aquellas órbitas se encerrase el germen del rayo. Su cabellera blanca é hirsuta flotaba á discreción del viento.

Aquel anciano caminaba rápidamente hacia Ziracuaretiro.

Ziracuaretiro, según la bella expresión de un artista poeta,[1] es el prólogo del hermoso poema que se llama Uruapan.
Sus calles están obscurecidas por la sombra de los zapoteros,
de los árboles de mamey, de los naranjos cubiertos de frutas
de oro, de los mangos de exquisito sabor, de los plátanos de
lucientes hojas. Allí cuaja el café sus corales de néctar y las
ananas el almíbar de sus piñas codiciadas.

———

Los habitantes de la hermosa aldea presenciaban en aquellos momentos un sublime espectáculo, imponente y terrible
de un lado y del otro encantador y apacible: en la selva que
se extiende hacia el norte, la tormenta ennegrecía más los obscuros pinares y la montaña retumbaba al fragor de los truenos de la tempestad; en tanto que hacia el Sur los rayos del
sol se derramaban sobre la superficie aterciopelada de los campos y en una nube lejana el iris deshacía sus brillantes colores.

———

De súbito las mujeres y los niños exhalaron gritos de angustia y de terror al divisar que salía de la selva el anciano del
siniestro semblante. Apareció como si fuese el engendro de la
tempestad, brotando de en medio de las tinieblas.

Por todas partes se oía el grito: "el hechicero! el hechicero!"
y las gentes huían á ocultarse en el interior de sus chozas.

———

Cuando aquel hombre misterioso atravesó por la aldea, las
calles estaban ya desiertas.

Tenía hambre, y no hubo una mano piadosa que le ofrecie-
se una tortilla.

Lo devoraba la sed, y las puertas se cerraban cuando pedía
un jarro de agua.   ·

1 Manuel Ocaranza.

En vano recorrió toda la población: en ninguna parte logró
encontrar un sér humano. Los perros, al verlo pasar, se en-
grifaban y prorrumpían en lastimeros aullidos.

———

Comenzó á anochecer. Entonces aquel hombre reeorrió de
nuevo la población; se detenía en cada esquina y con acento
lúgubre gritaba:

—"*Ni uarí!*"—Las gentes encerradas en sus aposentos temblaban al escucharlo; las madres estrechaban en sus brazos á
sus hijos que sollozaban espantados, como si un viento de
muerte llevase el eco de aquellas fatídicas palabras......

II

La escena que se acaba de referir pasaba en el año de 1540,
casi á raíz de la conquista de Michoacán, en donde reinaban el
pánico y la miseria. De semejante situación supieron aprove-
charse los misioneros católicos para hacer una copiosa cose-
cha de almas. A millares acudían los indios á recibir el santo
bautismo, ora porque creyesen que el cambio de religión los
libertaría de las crueldades de los conquistadores, ora porque
los sedujeron las virtudes de los religiosos y el amor que ellos
les manifestaron. Hería la ardiente imaginación de los neófitos lo aparatoso del nuevo culto y la dulzura y benignidad de
sus ceremonias. Pero si todo esto los halagaba, en cambio
veían con horror y tristeza algunos sacrificios que se les impo-
nían. Acaso el principal era el que exigía de los maridos que
no conservasen más que una sola mujer de las varias que les
permitía su antigua religión; y ni siquiera se les dejaba elegir,
sino que se les obligaba á mantener en su compañía á la primera que había ocupado el tálamo de esposa. "Y en esto había mucho que averiguar —dice el cronista Basalenque— porque ó ellos no sabían declarar cual había sido muger ó manceba, ni qual de las mugeres había sido propiamente muger, ó la

primera; y dado caso que supiesen qual era la primera y qual la segunda, sucedía amar á la segunda y aborrecer á la primera."

El Ilmo. D. Vasco de Quiroga, primer obispo de Michoacán, confirmó esta decisión de los misioneros, "porque—decía— tiene tanta fuerza el sacramento del matrimonio, que aun entre los infieles derrama su gracia, siendo claro que la primera unión es la única que obtiene el sello divinò."

Los indios tuvieron por fuerza que someterse al canon, y de esta manera imperó soberana en el hogar tarasco la más antigua de las esposas. Nada importaba que los matrimonios fuesen infecundos, si se salvaba la pureza de la fe.

———

Un año antes, *Tarepe* (*el anciano*, en tarasco), cacique de Surumucapio, se había prendado de una hermosa joven de su pueblo, y como de su voluntad dependía, pronto la sin par *Güeranda* fué á habitar en el palacio de su rey, siendo la décimatercera de sus esposas legítimas.

La joven creyó que se le cerraban para toda la vida los días de felicidad. Siempre retraída de sus compañeras, no hacía más que llorar, llorar continuamente, confirmando así la verdad de su nombre, *Güeranda*, que significa *lágrima*.

———

Mas un día del mes de Abril de aquel año, Güeranda, con una dulce sonrisa en los labios, se encaminaba al manantial del cristalino río de Surumucapio. Las gentes que la veían pasar se admiraban de que fuese tan contenta y risueña.

¿Qué había originado esta insólita alegría? Tarepe no podía inspirar á Güeranda ese sentimiento ardiente é inefable que se llama amor. Cuando la hacía ir á su lado, la joven no podía ocultar su tristeza ni su despecho; y mientras más ardiente era la pasión de su esposo, más grande le parecía á ella el sacrificio de su juventud y de su hermosura. Entonces se desataban los raudales de sus lágrimas, y á veces, el anciano, presa de los celos, la arrojaba de sus brazos, poseído del odio más profundo.

Nada extraño era, pues, que los vecinos de Surumucapio se quedaran pasmados aquella tarde que la vieron ir tan alegre al *ojo de agua* del río. No sabían que Güeranda tenía ya á quien amar, con el amor más grande y más puro que existe sobre la tierra.

—Soy madre,—decía en el fondo de su alma—ya mi corazón no estará solitario.

Y al mismo tiempo sentía nacer un vago afecto por el hombre que la había privado de su libertad. ¿No era él quien la colmaba de una dicha inesperada?

————

Llegó al paraje delicioso en donde brota el río. Los últimos rayos del sol caían sobre las gotas que saltaban de la linfa y las teñían de múltiples colores. La joven se despojó del blanco guanúmuti y se envolvió en la espuma de la fuente que murmuraba: murmurios de ternezas, acompañados del rumor suave y misterioso de los pinos.

Güeranda sentía latir su seno de una manera desconocida, pero tan santa, que se creía transportada á la mansión de las almas para escoger entre ellas la que había de animar á su hijo.

Cuando volvió en sí de su éxtasis palidecía la luz del sol, y la luna asomaba por el oriente, derramando sus rayos apacibles y castos, como los pensamientos de aquella madre feliz.

La joven tornó á su hogar, y al entrar á la regia cabaña, su mirada se encontró con la de Tarepe. Por primera vez sus labios sonrieron al anciano, quien sintió derretirse en su corazón el hielo de los años.

III

Por aquellos días llegó á Surumucapio uno de los familiares del Ilmo. obispo Don Vasco de Quiroga. Tarepe, los miembros de su familia y los habitantes del país habían recibido ya con anticipación las aguas del bautismo; por lo tanto, el sacerdote fué acogido con todo respeto y con los homenajes de la más franca hospitalidad, tanto más, cuanto que su misión era la de anunciar á aquellos pueblos que Su Señoría Ilustrísima los honraría muy en breve con su visita pastoral. Entretanto, el clérigo iba facultado para investigar si habían sido ejecutadas en todo las órdenes del prelado, teniendo, además, autorización para castigar á los desobedientes.

¡Cuál no sería la profunda indignación que le causó saber que Tarepe conservaba íntegro su serrallo! En vano el ministro de paz—lleno de santa ira—amenazó al cacique con los anatemas de la Iglesia; el anciano, acaso por no comprender lo terrible de esos castigos morales, no manifestó espanto alguno y siguió empedernido en su pecado.

Cuando el familiar regresó á Pátzcuaro, dió cuenta al prelado de la heregía en que estaba incurriendo el cacique de Surumucapio y pidió el castigo para escarmiento del culpable y para evitar el contagio del mal ejemplo.

El obispo Quiroga, si dulce y apacible en sus maneras; si amoroso y caritativo con los indios, era enérgico y firme en sus resoluciones y decía que sobre el amor y la caridad estaba la salvación de las almas. Así es que al saber la horrible conducta de Tarepe requirió el auxilio del brazo secular para que el reo fuese destituído del mando político, para que se le confiscasen sus bienes y para que fueran expulsadas de su lado todas las mujeres de su hárem, con excepción de la primera que hubiese compartido con él el lecho nupcial.

El familiar regresó á Surumucapio, acompañado de un alférez real y de una fuerte escolta de soldados. El clérigo, personalmente, penetró en la *guatáppera* y arrojó de aquel recinto de Satanás á las concubinas del cacique, obligándolo á conservar como su única y legítima esposa á aquella con quien se había casado en la juventud, y que actualmente vivía retirada en un rincón del pueblo. La escogida fué *Cutzi* (*la vieja*), anciana de setenta años, cuyos ojos, largo tiempo amortiguados por la soledad, hallaron aquel día una chispa de amor, al dirigir una mirada á su real consorte.

El cacicazgo de Surumucapio quedó convertido en encomienda, y en cuanto á los bienes raíces de Tarepe fueron confiscados todos los que poseía en la sierra y le dejaron tan sólo los que se extendían al Sur de Ziracuaretiro, en aquella región de la tierra caliente, en donde el sol impera como dueño absoluto: verdad es que multitud de ríos cruzaban el tortuoso valle, pero ni se apreciaban entonces las ventajas de la irrigación, ni parecía posible elevar las corrientes de las aguas que iban encajonadas en barrancas profundas. La superficie de aquel terreno estaba cubierta de pedregales y apenas uno que otro espacio podía servir para el cultivo del maíz. Por eso nadie codició entonces la dilatada extensión.

———

El alférez del rey y el familiar del obispo ejecutaron todos estos actos en presencia del pueblo, reunido en la plaza pública; y si algunas almas se compadecieron de la angustiada situación del cacique, reducido de un momento á otro á una terrible miseria, la generalidad de los habitantes vió con indiferencia semejante cambio y no faltaron quienes hiciesen manifestaciones de burla, cuando vieron que el familiar con gran solemnidad presentaba la mano de Cutzi á su infortunado consorte y cuando observaron que la anciana no manifestaba aquel recato ni aquel pudor con que la joven doncella se acerca á su esposo en el día de las bodas.

Las manifestaciones de burla tornáronse en silbidos y en desenfrenada gritería, cuando la muchedumbre vió á Tarepe empujar con desprecio á la enamorada Cutzí y huir de ella, lleno de desesperación y de despecho. Y sin embargo, la muchedumbre tuvo en seguida un arranque de respeto ante el infortunio, y silenciosa y recogida, abrió paso al cacique para que pudiese caminar sin obstáculo.

————

Abatido trasponía ya las últimas casas del pueblo, cuando oyó tras de sí pasos de álguien que le seguía. Volvió el rostro y sus ojos contemplaron atónitos á Güeranda.

—Sí, soy yo, dijo la joven. ¿No eres tú el padre de mi hijo? ¿No te amo como si fuese tu hija? Te acompañaré en tu pobreza, seré el báculo de tu vejez y, cuando mueras, yo cerraré tus ojos, yo llevaré á tu sepultura el pan de los difuntos. [1]

Tarepe no respondió á la joven: sintió que le oprimían la garganta, le pareció que una nube pasaba por sus ojos, y que la tierra se hundía bajo sus pies.

Apretó convulsivamente la mano de Güeranda y lanzó sobre ella una mirada fría y siniestra: en seguida prorrumpió en estridente carcajada.

Güeranda tuvo miedo; mas poco á poco el anciano se calmó y sin soltar la mano de la joven echó á andar rumbo á Ziracuaretiro.

IV

Algunos años antes del comienzo de esta historia habían llegado á México los religiosos de la orden de San Agustín con objeto "de predicar el santo Evangelio y de desterrar al demonio que, como rey tirano de las almas, había muchos siglos que las tenía tiranizadas; y después de muchas visibles contiendas que con los demonios habían tenido en varias partes, pensaron emprender nuevas conversiones donde nunca hu-

1 Aún dura entre los indios la costumbre de llevar esa ofrenda á los sepulcros de sus deudos.

biese llegado el sonido de la voz evangélica ni los rayos del Sol de Justicia uviessen alumbrado, y hallaron que la tierra caliente estava olvidada, porque esa tierra es la peor que tenía la Nueva España, por ser doblada, muy caliente, llena de mosquitos y malas sabandijas, donde no se hallava mal el demonio." [1]

Entre los lugares que escogieron para hacer la conquista estaba la provincia de Michoacán y sentaron su cuartel general en Tiripitío, que nada tiene de cálido, sino antes bien, es un clima suave y benigno; mas es entrada de la rica y feraz tierra caliente y desde allí podían mandar sus cohortes á la tremenda campaña que venían á emprender. Cedióles aquel sitio el encomendero Don Juan de Alvarado, pariente del famoso Don Pedro, compañero de Hernán Cortés. Favoreció también su empresa el Ilmo. Don Vasco de Quiroga que no veía con ojos serenos el exclusivo predominio que sobre los indios tarascos alcanzaban los hermanos de la orden de San Francisco de Asís. No desconocía el señor obispo el desprendimiento, la abnegación y demás virtudes de los franciscanos; pero por razones que no expresa el cronista Beaumont, el prelado se empeñó en llevar á su diócesis á los frailes agustinos y en favorecerlos con decidida preferencia sobre los franciscanos, á pesar de que éstos habían llevado la palabra divina hasta los rincones más ocultos de Michoacán.

Sea de ello lo que fuere, los agustinos sentaron sus reales en Tiripitío, no porque allí hubiese oro, como parece indicarlo su nombre, "pues aunque el cerro, á cuyas haldas está fundado el pueblo, tiene muchas catas y socabones no hay noticia de que los padres hayan encontrado oro, ni lo buscavan los pobres de Cristo, sino por adquirir otras perlas y joyas que son las almas, de las cuales había muchas en esta tierra." [2]

Doble como era la misión de estos nuevos apóstoles, pues

1 Basalenque. Historia de la Provincia de San Nicolás Tolentino, de Michoacán.
2 Basalenque. L. c.

que "tenían que luchar contra el demonio, enseñoreado de las almas y *de las tierras*," se dividieron en dos jerarquías, una para conquistar las almas y otra para hacer que el demonio soltase de sus manos las tierras. Entre los primeros—que fueron pocos—puede citarse á Fr. Juan Bautista; y entre los segundos ninguno dejó de ser un héroe, y muy en breve, cristianizadas las tierras, se convirtieron en las más ricas haciendas de Michoacán. Y no sólo arrebataron al enemigo malo las de tierra caliente, sino también las de tierra fría, no quedando rincón de aquella provincia, con tal de que fuese fértil, que no libertasen de las garras de Satanás. En Tiripitío alcanzaron la primera victoria, pues allí fundaron la soberbia hacienda de Coapan. [1]

Estrecho les pareció el dilatado campo que se extiende desde Tiripitío hasta las márgenes del río grande, y buscando más amplios horizontes penetraron á la región del poniente y establecieron un priorato en Zirosto, desde donde podían dominar las feraces campiñas del Valle de Imbarácuaro (hoy Los Reyes) y las ubérrimas huertas de Apatzingan; y como *visita* principal, se establecieron en Tingambato, encuadrándose en la comarca en que los franciscanos ejercían su jurisdicción.

"Tingambato—dice Basalenque—ni es frío mucho ni muy caliente. Está en medio de la sierra, bajando á tierra caliente. Tiene limpias aguas, mucha frescura y lindas frutas." Nadie extrañó, en consecuencia, que los padres agustinos se apoderasen de aquel ameno sitio, desterrando de allí al demonio, y que al año siguiente, los campos que rodean al pueblo ostentasen en suaves ondulaciones las doradas espigas del trigo.

Comprendía la jurisdicción de Tingambato la aldea de Ziracuaretiro. A corta distancia de este pueblo se erguía sobre una yácata un antiguo templo de la gentilidad, en medio de un oá-

---

1 Muy sabido es que los agustinos y los jesuitas eran dueños de las mejores fincas de campo.

sis de fecunda verdura. ¿Qué mejor oportunidad ni más pro·
picio campo para combatir al demonio? El prior tomó aquel
sitio á título de conquista *espiritual*, y erigió allí una ermita
bajo la advocación de San Antonio de Padua, palabra esta úl·
tima que los tarascos convirtieron en *Patuan*. "Allí se dieron
los primeros plátanos de la Nueva España, que los trajo de
Santo Domingo el Señor Obispo Don Vasco de Quiroga y es·
cogió este puesto y no se engañó, porque se dan muy lindos;
y de cinco pies que puso se ha llenado la Nueva España." [1]

No fué tan pacífica la posesión que los agustinos tomaron
de Patuan, pues Tarepe alegó que aquel sitio estaba compren·
dido en el terreno que se le había dejado. Conociendo los frai·
les la tenacidad y energía con que los indios defienden un pal·
mo de sus tierras, no quisieron verse envueltos en un largo
litigio si ocurrían á los tribunales, y pensaron que sería mejor
apoderarse de todo, valiéndose de la astucia: á este efecto y
con instrucciones secretas enviaron de prior del convento de
Tingambato á un famoso fraile, criollo y nacido en Pátzcuaro,
que á la habilidad de su talento reunía un profundo conoci·
miento del idioma tarasco.

V

Entre la magnificencia de aquel campo conglomerado se le·
vantaba una humilde choza, oculta entre los flexibles tallos y
las hojas, como listones de esmeralda, de un boscaje de bam·
búes. [2] Llegaba hasta allí el perfume de los lejanos pinos de
la sierra y se oía el ruido de los torrentes, que al chocar con
las peñas se deshacen en espuma.

En aquella choza moraban Tarepe y Güeranda, esperando
el momento en que un nuevo sér viniese á traerles un destello
de felicidad en la noche de su vida desventurada.

---

1 Antes de la conquista ya se conocían en Michoacán los plátanos grandes
llamados *machos* y en tarasco *huemba*. Basalenque, en el pasaje copiado, se
refiere á otra clase de plátanos.

2 Otates.

Seis meses hacía que habían salido huyendo de Surumucapio, perseguidos por la maldición del sacerdote que los había
excomulgado por adúlteros.

Tarepe, siempre abatido y meditabundo, no tenía más ratos
de consuelo que aquellos en que se hallaba al lado de la joven.
Cuando salía á inspeccionar su *tarea* [1] estaba inquieto y sobre-
saltado y ansiaba por el momento de regresar, perseguido siempre por el temor de que en su ausencia viniesen ó la autoridad
civil ó la más inflexible todavía, la eclesiástica, á arrebatarle el
único bien que le restaba en el mundo.

El amor que Tarepe profesaba á Güeranda se había tornado
en inmensa ternura y en infinita gratitud. Cuando pensaba
más profundamente en la posesión de su esposa, un miedo terrible de perderla se despertaba en su alma: á veces este sentimiento se convertía en cólera, y entonces brillaban sus ojos
como ascua ardiendo, se crispaban sus nervios y del fondo de
su pecho salía un rugido que acababa en una convulsa carcajada. ¡Oh! Si al regresar á la cabaña, el anciano no hubiera
hallado á Güeranda, jamás la razón habría tornado á su cerebro. Las dulces, aunque respetuosas caricias de la joven lo
traían de nuevo á la vida tranquila. Tarepe no tenía el consuelo de su religión que había visto caer impotente á los pies
del conquistador. La que éste le había impuesto, sólo había
servido para arrebatarle su dominio, para sumirlo en la miseria y para privarlo de su familia.

Güeranda, en cambio, no se sentía desgraciada. Le bastaba
saber que era el ángel de consuelo de su esposo y la esperanza para el sér que sentía moverse en su seno. La fe cristiana
que la joven había abrazado con entusiasmo llenaba su espíritu de dulce confianza y derramaba en su cuerpo la esencia
del amor. Y sin embargo, ¿por qué la melancolía nublaba á
veces la frente de la joven de mirada dulce? ¿Por qué volvían

1 Nombre tarasco del maizal: indica la idea de campo de cultivo en un sentido más general.

á sus ojos los torrentes de lágrimas con que la vimos aparecer en esta historia? ¿Por qué, de cuándo en cuándo, se sentía inquieta y temerosa? En el profundo arcano de su pecho creía que no le bastaban para ser cristiana la redención del bautismo ni la práctica de las virtudes; le parecía que todo era inútil sin las ceremonias del culto. ¿Llegarían al cielo sus plegarias, cuando no partían del interior de un templo, sino de enmedio del campo, cubierto de flores y bañado por los rayos del sol? ¿Le bastaría la mística elevación de su alma al trono de Dios, sin la mediación del sacerdote?

Si alguna vez pensaba en aprovechar una ausencia de Tarepe para ir á orar en la ermita, en el acto desechaba la idea, persuadida de que el sacerdote católico habría de obligarla á separarse del anciano, del infeliz anciano que moriría al verse aislado ó que perdería para siempre la razón. Por esto aceptaba resignada su destierro. Jamás iba en sus paseos solitarios más allá de las rocas que rodeaban su choza. Le agradaban la frescura de la floresta salvaje y el estruendo de los torrentes.

———

Cierta vez encontró en aquellos sitios á una anciana que le pidió limosna; lo que no llamó la atención de la joven, porque en aquellos días las nueve décimas partes de los indios vagaban mendigando los desperdicios de los conquistadores y hasta los de los caballos y de los cerdos de los encomenderos. Güeranda no podía haber sospechado que muchas noches aquella mujer se acercaba cautelosamente á la cabaña para espiar á los esposos. Al retirarse sonreía siniestramente, y se habría podido distinguir en sus ojos una mirada terrible, como un relámpago de venganza.

La pordiosera se manifestó humilde á la presencia de la joven, pero ésta no pudo menos que sorprender en la fisonomía de la anciana algo que infundía terror, y cuando se alejó, Güeranda experimentó no sé qué especie de inquietud y de temor á lo desconocido.

En la noche, el cielo se cubrió de espesos nubarrones, la tempestad doblegaba los árboles seculares de la sierra y á la orilla del torrente gemían los sauces, sacudidos por el huracán.

En aquel momento Tarepe atravesaba por entre los peñascos del malpaís y á la luz del relámpago buscaba el sendero que lo condujese á su choza. Al fin llegó jadeante, mezclando sus gotas de sudor con las primeras de agua que se desprendían de las nubes. En la puerta de la choza lo esperaba impaciente Güeranda.

¿Por qué había tanta angustia en la mirada de la joven? El anciano vió que estaba profundamente pálida y notó el temblor de su cuerpo. Clavó sus ojos en las pupilas negras de su esposa, ¿qué miró allí, como una luz desprendida del cielo? ¿Por qué había una sonrisa de inefable dulzura en los labios de Güeranda? Tarepe extendió los brazos, oprimió el talle de su esposa y las lágrimas de ambos se mezclaron en un ósculo de felicidad.

———

Penetraron en el interior de la choza. Y como si la tempestad hubiese querido respetar el misterio que iba á verificarse, sacudió las alas y dejó bañadas de rocío las hojas de los árboles; el bosque exhaló no sé qué acentos melodiosos, en armonía con el canto de los pájaros; se desgarró el negro cortinaje de nubes y apareció en el cielo el aperlado disco de la luna.

En aquel instante se oyó dentro de la choza el agudo llanto de un niño.

Y afuera el rechinido de dientes de la anciana limosnera que se alejó, chispeando sus ojos rayos de venganza.

VI

Tres meses más habían pasado, cuando una mañana Tarepe y Güeranda tomaron el camino de Tingambato. El anciano no se había atrevido á rehusar á la joven que llevase á bautizar á su hijo.

Llegaron á la población, cuyas casas se ocultaban entre los tupidos chirimoyos que en aquella época del año estaban en plena florescencia, saturando el ambiente de perfumes. ¿Quién no conoce la humilde flor del chirimoyo, cuya fragancia deleita los sentidos? Se parece á esas mujeres de alma pura y corazón sensible, á quienes la naturaleza ha negado la hermosura.

Güeranda llevaba en los brazos á su pequeño hijo que iba viendo el cielo, el bosque, las nacientes sementeras de maíz, con esa ojeada vaga é indecisa con que el niño comienza á mirar los objetos que lo rodean. Tarepe los seguía inquieto y desconfiado como un avaro que tuviese dos tesoros que guardar. Se aproximaron al vestíbulo del convento y encontraron allí al prior de la casa.

—Ya os esperaba, exclamó el religioso, hablándoles en tarasco; ya sé á qué venís.

Güeranda y Tarepe se miraron sorprendidos.

—¿Cómo ha de ser eso, padre? dijo el anciano, con nadie hablamos, á persona alguna hemos anunciado nuestra intención de venir al pueblo.

—Tú ignoras, Tarepe, que un ministro del Señor todo lo sabe.

—Así ha de ser, puesto que tú lo dices......

—Anoche sorprendiste á Güeranda que lloraba inconsolable.

—Es verdad.

—Le instaste á que te dijera la causa de su sufrimiento, y cuando te dijo que no podía ver indiferente que su hijo no estuviera bautizado, tú calmaste sus sollozos con la promesa de que hoy vendrían á hacer cristiano al niño.

El anciano no contestó; pero Güeranda miraba al prior con profunda admiración, creyendo que la gracia divina lo inspiraba.

—Habéis dejado pasar muchos días, y si el niño hubiera muerto lo habríais privado de la gloria.

Güeranda oía espantada las palabras del monje, y Tarepe permanecía indiferente.

—No digas eso, padre; aquí tienes al niño para que lo bautices, exclamó aquélla.

—Bien venidos seáis al fin, porque la autoridad va á separaros, á destruir esta familia impía.

Tarepe miró al sacerdote sin comprenderlo.

—Eres rebelde y estás pecando mortalmente, al vivir al lado de Tarepe.

Güeranda se sentía desfallecer, y los sollozos le impidieron contestar.

—En cuanto á tí, dijo el prior al anciano, hé aquí á tu esposa, la única esposa ante Dios y ante los hombres. Y mostró á Cutzí que sonreía dulcemente, apareciendo ante los interlocutores.

Güeranda reconoció en ella á la pordiosera, y Tarepe á la mujer aborrecible que el obispo y el alférez real querían imponerle como compañera de su vida.

El padre prior, en tanto, con los ojos entre cerrados, saboreaba en el fondo de su pecho el dulce néctar de la codicia satisfecha.

—Jamás;—gritó Tarepe—jamás uniré mi suerte á la de esta infame mujer, á quien quise repudiar por sus maldades, á esta mala hembra, de alma torcida como sus ojos.

—Silencio: es tu esposa; está unida á tí para siempre.

—¡Nunca! Huiré lejos de los hombres, y si la salvación de mi hijo depende de tan terrible sacrificio, que no sea cristiano, la religión de mis antepasados no tiene crueldades como ésta. Vamos, Güeranda, coje al niño y huyamos de estos lugares malditos.

—Te equivocas, Tarepe, dijo con aparente calma el religioso, tu hijo nos pertenece: hay aquí soldados que te impedirán llevarlo. Bautizaré á ese niño inocente y mi convento lo adoptará como hijo......

Lívida era ya la palidez de Güeranda; sus ojos se llenaban de lágrimas, y trémula y balbuciente imploraba la clemencia del prior.

—Mi hijo—exclamaba entre sollozos—mi hijo no tiene la culpa de haber nacido de madre tan desgraciada. No es verdad que yo viva en el pecado con Tarepe: lo quiero como si fuera mi padre, soy el único consuelo de su vejez. Apiádate de nosotros.

—Y lo niegas, cuando tú misma confiesas que ese niño es hijo de vosotros dos?

—¡Ah! padre, mi hijo estaba ya en el seno de mi sér, cuando llegaron á esta tierra los españoles: entonces era yo mujer legítima de Tarepe.

—Razón de más para quitarlo de tu lado.

—Separarme de mi hijo, sería arrebatarme la existencia. No lo consentiré jamás!

—Padre, interrumpió Cutzí, bautiza á la criatura, sepárala de sus impíos padres, yo cuidaré de su crianza.

Si Güeranda hubiese sido capaz de un ímpetu de ira, se habría arrojado en aquel momento sobre la implacable vieja, pero en su corazón de paloma no cabía otro sentimiento que el del terror, pareciéndole que iban á arrebatarle á su hijo.

—Está bien, exclamó el religioso, como cediendo á las instancias de Cutzí, bautizaré ese niño, lo pondré á tu cuidado como esposa legítima que eres de su padre; Güeranda no lo volverá á ver.

—¡Ah! Ten compasión de mí. Yo rogaré á Tarepe que viva al lado de Cutzí; yo seré la esclava de ambos y la nodriza de mi propio hijo.

Los ojos de Tarepe, ora se fijaban en el prior con humilde mirada como implorando clemencia, era chispeando de ira en el semblante de Cutzí, ora con infinita ternura contemplaban á Güeranda, como si tuviesen poder para enjugar sus lágrimas. Latía su corazón con tal estrépito que parecía que iba á saltar del pecho: se inflaban las venas de su cuello y resonaba en su garganta el ruido precursor de una carcajada.

—Padre mío—gemía Güeranda—ten piedad de mi hijo, compadécete de su anciano padre, sobre quien en estos instantes cierne la locura sus alas emponzoñadas...... haz de mí lo que quieras.

El prior pareció enternecerse ante aquesta escena de desolación.

—Sólo hay un remedio,—dijo—hablaré con el señor obispo; le diré que tú, Güeranda, eres una mujer llena de fe cristiana, que harás el sacrificio de tus bienes para obtener una dispensa, á fin de que quede consagrada tu unión con Tarepe.

—¡Santo cielo!—murmuró la joven.—¿Será posible tanta felicidad? Cualquiera que sea ese sacrificio lo acepto desde ahora.

—Y tú, ¿qué dices, Tarepe?

El anciano, que se había ido calmando al escuchar las palabras del religioso, pudo contestar:

—Yo haré lo que quiera Güeranda.

El prior, lleno de malicia, sonrió y dijo:

—Pues bien, en estos casos se necesita dar una limosna crecida á la Iglesia.

—Yo no tengo dinero, prorrumpió angustiado el anciano.

—No hay necesidad de dinero: aún eres dueño de los terrenos en que están tu choza y tu tareta.

Tarepe abrió desmesuradamente los ojos, y exclamó:

—¿Dejaré morir de hambre á los seres que me pertenecen? ¿No tendré ya un rincón de tierra para que reposen mis huesos?

—¿Y Güeranda? ¿Y tu hijo?

—¡No, nunca!

Dijo el anciano con tanta energía estas palabras, que el prior comenzó á dudar del éxito de su plan. Mas como era preciso arrebatar de manos del demonio aquellas magníficas tierras, se volvió hacia ese auxiliar inconsciente y ciego que tiene siempre el sacerdote en la mujer é interpeló á Güeranda.

—¿Consentirás en que tu hijo no sea cristiano, y en que tú

y Tarepe estéis condenados al infierno por la vida impura que lleváis?

Un destello de indignación pasó por el alma de Güeranda, y dijo:

—Si tú no quieres bautizar á mi hijo lo llevaré á Uruapan, lo pondré en manos de Fr. Juan de San Miguel; Tarepe habitará en el hospital que aquel santo varón ha edificado en aquella ciudad, y yo me consagraré al culto de la Virgen, de la santa Madre de Dios que ruega por nosotros los pecadores.

El prior palideció; tuvo celos de que los bienes de Tarepe pasasen á poder de los franciscanos, y con voz llena de dulzura dijo á Güeranda:

—Podría suceder lo que dices, hija mía; pero jamás volveriais á veros, porque los franciscanos y especialmente Fr. Juan de San Miguel, son más escrupulosos que nosotros. Mas no llegará ese caso: hoy mismo quedaréis separados por orden de la autoridad. Olvidarás las facciones de tu hijo; ¡Tarepe no volverá á ver á su Güeranda!

La joven inclinó la frente, llena de una palidez tan intensa, como si la muerte la hubiese tocado con su mano.

Al oir Tarepe las palabras del religioso y al contemplar el semblante de la joven, gritó:

—Yo no quiero separarme de mi esposa. Dispón de mis bienes.

—No soy exigente, respondió el fraile; bastará que hagas en favor de la Provincia de Agustinos una donación que comprenda tan sólo el terreno que pueda medirse por sus cuatro lados con lo largo de una piel de buey. [1]

—Acepto, exclamó Tarepe, reconocido á la generosidad del prior.

Güeraña que observó la extraña alegría que iluminaba los ojos del monje, tuvo miedo, el miedo del peligro desconocido;

---

1 Aunque esta tradición no sea original, así es como se refiere que los agustinos de Michoacán se hicieron de la inmensa hacienda de Taretan.

pero sus labios permanecieron mudos. En cambio Cutzí gritó con toda la fuerza de sus pulmones:

—¡Imposible! Yo me opondré á la dispensa. ¡Yo soy la esposa legítima de Tarepe!

El padre prior sonrió, con una sonrisa tan inocente, como si en el fondo de su pensamiento estuviese diciendo á la anciana: "tú no tienes tierra que medir con la piel de un buey."

———

Seis días después regresaron los nuevos esposos á su cabaña. Tarepe se sentía rejuvenecido. Estrechaba en sus brazos á Güeranda, como una encina secular ciñe con sus ramas á un tierno arbusto. Sus ojos, antes amortiguados, brillaban ahora como dos estrellas que rasgan las nubes y titilan deslumbradoras.

En cambio, Güeranda no participaba de la alegría del anciano. ¿Por. qué ruedan por sus mejillas lágrimas silenciosas? ¿Por qué tiembla como la hoja al primer soplo del huracán? No podía olvidar aquella escena en el vestíbulo del convento, la feroz y extraña alegría del padre prior y la mirada vengativa que sobre el tierno niño había lanzado Cutzí. Ni se fijó siquiera en que en aquel momento se alzaba la luna como una lámpara nupcial en el cielo del amor.

VII

No pasó un mes sin que el Corregidor de Pátzcuaro librase cita á Tarepe para que se presentara en determinado sitio, á efecto de dar posesión á los agustinos del terreno donado. El anciano se despidió de su esposa y se encaminó hacia el Norte, pensando que la medida no podría extenderse á más de lo que comprendía el paraje llamado *Corú*. Güeranda lo vió partir, sin poder darse cuenta de la zozobra que oprimía su corazón.

Cuando Tarepe llegó al punto designado ya estaban allí el

prior de Tingambato, el juez que iba á practicar la diligencia y varias comunidades de indígenas convocados como colindantes. Habiendo preguntado por la piel de buey le mostraron un pequeño montón compuesto de una sola correa extremadamente delgada. Casi podría decirse que aquella cuerda era impalpable.

Se comenzó á practicar la medida. Tarepe tomó un extremo de la correa, y acompañado del juez siguió la dirección del Sur, en tanto que el prior permaneció en el sitio, teniendo el otro cabo de la cuerda. Ésta comenzó á desarrollarse, y á media legua de andar observó Tarepe, desde una eminencia, que el ovillo no disminuía, al menos sensiblemente. Entonces sintió su frente bañada de un sudor frío.

—¡Me han engañado! gritó.

—¡Marcha! le dijo el Juez.

Siguió Tarepe caminando, y mientras más andaba, aquella cuerda parecía interminable.

—Esto no puede ser la piel de un solo buey.

—El juzgado da fe de que ni le falta ni le sobra. ¡Avanza!

Siguió Tarepe caminando: le flaqueaban las piernas, no de cansancio, sino acometido de un presentimiento terrible.

—No te detengas, ordenó el juez.

Siguió caminando Tarepe, torturada su alma y nublados sus ojos ante la espantosa realidad.

Por fin llegó al lindero opuesto de su terreno: el juez mandó hacer alto, y con robusta voz otorgó, por aquel lado, á la **Provincia de Agustinos de San Nicolás Tolentino de Michoacán**, la posesión que le correspondía.

Al escuchar Tarepe estas palabras, hundidos los ojos en lo más profundo de sus órbitas, prorrumpió en una lastimera carcajada.

Se dirigió con paso vacilante á su choza, inmediata á aquel lugar, y se quedó inmóvil ante la puerta.

A efecto de continuar la medición, el señor juez lo llamaba á grandes voces; pero Tarepe no lo escuchó ya.

—¡Tarepe......! ¡Tarepe.....! repetía el juez; pero repetía en vano.

Entonces el actuario, creyendo que el sitio tenía tal nombre, escribió que aquel lindero se llamaba "El Tarepe." [1]

Largo rato permaneció el anciano frente á su choza; después prorrumpió en un grito agudo y prolongado, y huyó, tomando de nuevo la dirección del Norte. ¿Iba á recorrer por última vez su *tareta?*

Y el escribano, que le oyó pronunciar este nombre, escribió en el acta: "Y el terreno de que se da la posesión se llama *Taretan*, según lo confiesa el donante."

El señor juez continuó practicando en rebeldía la diligencia' y cuando tornó á Corú, el padre prior, lanzando un suspiro de satisfacción, dió las gracias al digno funcionario, y le dijo:

—Ya ve su señoría cómo los padres agustinos hilamos muy delgado.

———

Güeranda no se había apercibido de la presencia de aquella gente en las inmediaciones de la choza. En la tarde, inquieta por la tardanza de Tarepe, salió para ir á su encuentro. Llevaba á su hijo dormido en los brazos, y al pasar por debajo de una ziranda, á la margen del río, suspendió de las ramas de aquel árbol una pequeña hamaca, y depositó en ella al niño para que disfrutara de la sombra y lo arrullase el ruido del torrente.

En seguida se dirigió á una eminencia, y poniendo una de sus manos sobre los ojos fijó su mirada en el Norte, inquiriendo si Tarepe vendría ya de regreso.

Un grito agudo del niño la hizo retroceder precipitadamente, y al llegar á la ziranda vió á Cutzí inclinada sobre la hamaca con la vista fija en la criatura, cuyos ojos se dilataban brillantes, como si su alma contemplara la inmensidad del cielo.

1 Ese nombre se ha conservado, y es el de un rancho que hoy pertenece á la hacienda de Tomendán limítrofe de la de Taretan.

—¡Cutzí........! exclamó Güeranda, y arrebatando á su hijo huyó con toda velocidad hacia el interior de la cabaña.

Cutzí la dejó partir y luego tomó el camino del Norte: al encumbrar la pequeña eminencia se encontró con Tarepe.

—¡Estoy vengada! le dijo y estalló en risa de cruel ironía; Tarepe respondió con otra, siniestra y prolongada.

Había obscurecido: las estrellas titilaban en la negrura como abismo de un cielo sin nubes; en la tierra, en medio de la tupida vegetación, se multiplicaba la intermitente fosforescencia de las luciérnagas; el aire estaba saturado del perfume de las ilamas y de los arrayanes. En lo alto de la colina se destacaban todavía las siluetas de Tarepe y de Cutzí, como dos fantasmas que se dan cita en medio de las tinieblas, y que se miran con ojos de fuego.

———

Cuando Tarepe llegó á su choza oyó que Güeranda sollozaba y que su hijo exhalaba gemidos lastimeros. Penetró: el niño era víctima en aquel momento de agudas convulsiones; se contraían sus tiernos músculos; las pupilas de sus ojos revelaban el hondo sufrimiento del cerebro. Respiraba lentamente con estertor angustioso; imperceptible era su pulso; las extremidades de su cuerpo estaban frías, y la boca se llenaba de espuma.

Güeranda no pudo contener el llanto al ver entrar á Tarepe.

—Hé aquí la venganza de Cutzí—le dijo—¡lo ha envenenado con sus ojos! ¡Mi hijo se muere!

———

Güeranda había oído decir á los ministros del Evangelio que los niños que mueren son ángeles que vuelven al cielo, almas privilegiadas, á quienes Dios aparta del pecado y las llama á su gloria.

Ante este pensamiento, Güeranda sintió que se helaba la

sangre de sus venas. En aquel instante vió que los ojos del niño adquirían un grandor extraordinario; había en su mirada una limpidez tan intensa que parecía reflejarse en ella la pureza del cielo. Le parecía que aquel cuerpecito se tornaba diáfano y aéreo. Lo vió plegar sus labios con una sonrisa indefinible, y oyó que de lo íntimo del pecho salía un sollozo débil, pero de un timbre argentino, como si fuesen dulces palabras con que el niño saludara á los ángeles, rodeados ya de su cuna, para recibir su alma y remontarse con ella al azul de la bóveda estrellada.

———

Güeranda se arroja á la cuna, coge en brazos á su hijo,

—¡No se lo han de llevar! exclama; es el fruto de mis entrañas; ¡no quiero que se vaya á la gloria! Aquí lo tengo pendiente de mis pechos. Le daré la sangre de mis venas para alimentarlo. Viviré sonriendo siempre para que esté contento...... ¡Ah! pero me lo arrebatan....... lo llevan coronado de flores; mis manos son impotentes para detenerlo...... ¡Y él va alegre sin acordarse de su madre........! Ya traspasa la región de las estrellas; ya penetra en la morada celeste......

—¡Dios mío! ¡Se han cerrado las puertas del cielo para mí!

VIII

Después de aquella noche terrible, los vecinos de Ziracuaretiro veían á la joven madre arrodillada ante un pequeño túmulo que se levantaba en el cementerio del pueblo. Sobre aquella sepultura había constantemente ramilletes de flores, frutas y pan, y un vaso de arcilla roja que contenía agua cristalina.

La tumba estaba siempre húmeda de las lágrimas de Güeranda.

———

Desde aquel funesto día en que el alma del niño voló al cielo, Tarepe había abandonado también su choza. Vagaba por las selvas y por los breñales de lo que había sido su tareta. De cuando en cuando prorrumpía en estridente carcajada.

———

Un mes después algunos vecinos piadosos de Ziracuaretiro enterraban el cadáver de Güeranda al lado del sepulcro de su hijo. Desde entonces se vió aparecer á Tarepe: se le veía acercarse á las casas en donde había un enfermo, y se le oía exclamar:

—*Ni; uarí!*—¡Anda; muere!

Por eso, al verlo llegar, las gentes se encerraban en sus chozas, temblando de miedo, y se decían en voz baja: "hé aquí que viene la muerte en pos del hechicero!"

IX

La historia no nos habla del fin de Tarepe; pero el misterioso acento de la tradición lo refiere en los siguientes términos:

"En el proceso que el señor obispo mandó formar al infeliz anciano probóse hasta la evidencia que era hechicero, y que con la sola mirada de sus ojos, mirada de una fiereza increíble, causaba la muerte de los indios, acometidos de extraña melancolía.

"Por tan inaudito crimen se le condenó á morir quemado.

"Levantóse la hoguera en la plaza de Tingambato, en una bella mañana del mes de Abril. Un fraile Agustino encendió el fuego.

"Alzáronse las llamas á impulso de la brisa perfumada que corría entre los frondosos chirimoyos.

"Se oía el chirrido de las carnes de Tarepe, sin que pudiesen apagarlo los gorjeos de los pájaros que cantaban alegres en la enramada......

"La multitud que presenciaba la ejecución prorrumpía sin cesar: ¡Ni; uart!"

———

El anciano no exhaló un quejido. Sólo se le vió poner con fiereza los ojos en una horrible vieja que contemplaba el suplicio, y á quien se dirigió en los momentos de morir para decirle:

—¡Ni; uart!

———

EL SANTO ENTIERRO DE PARACHO.

I

Cuando Nuño de Guzmán hizo la conquista de Jalisco, entre los indios que defendieron su independencia, ningunos mostraron más valor ni más heroicidad, al quedar vencidos, que los *téquecha*, que habitaban ambas márgenes del río Lerma, en su desembocadura en el lago de Chapala.

Los tecos ó teques vivían en aldeas esparcidas en las fértiles playas del Zula. Eran sobrios, valientes, activos y aptos para el aprendizaje de las artes y oficios.

La saña del conquistador se cebó en aquellas infelices tribus: centenares de guerreros fueron muertos en los campos de batalla y por miles se contaban los prisioneros; las mujeres eran convertidas en esclavas de los vencedores. Los caseríos quedaron desiertos, pues las familias huyeron á remotas tierras, espantadas de las crueldades de los soldados de la conquista.

II

Uno de los grupos emigrantes fué el de la pequeña aldea llamada Paracho, inmediata á la extensa población de Pajacuarán. Caminaban de noche, temerosos de que el sol los hiciese visibles á los ojos de sus implacables enemigos; de día se ocultaban en lo más tupido de los bosques.

Así anduvieron por espacio de algunos meses. De pueblo en pueblo iban pidiendo hospitalidad que se les negaba por temor á los españoles. Sufrieron á cielo raso las intemperies. Dejaron en el camino á muchos de sus hermanos muertos de hambre ó consumidos por las enfermedades, y no pocas veces tuvieron que sostener combates contra los indios aliados de los conquistadores.

III

Al fin hallaron asiento en un abrupto cerro que se levanta cerca del pueblo de Pumucuarán, entonces de la jurisdicción de Pátzcuaro. Por lástima se les dejó establecerse en medio de un pinar espeso y obscuro, en donde reinaban de día y de noche las tinieblas. Allí se mantenían de raíces y de la exigua caza que podía contener el bosque.

Algunas veces el leñador perdido escuchaba salir de la selva acentos de una música tierna y sonora, que parecía al mismo tiempo un arranque de alegría, como el trino del jilguero, ó un gemido melancólico, como arrullo de huilota. De noche reinaba el silencio, interrumpido de hora en hora por el canto del *corcoví*.

Sesenta años duraba ya esta vida monótona; los hombres ejercían el oficio de *viandantes*, las mujeres se habían hecho notables en el tejido de lienzos y en el bordado con hilos de colores. Unos y otras adquirían robustez y lozanía; ellos por lo duro de las caminatas, ellas porque tenían que ir á largas distancias á sacar el agua que conducían á lo alto del monte, llevando airosamente el cántaro en la cabeza.

Los misioneros franciscanos habían descubierto el asilo de los teques, y hallando en ellos aptitud para la civilización, sembraron en tan buen terreno la semilla del cristianismo. Para herir en este sentido la imaginación de los indios, trasladaron aquellos monjes á la Nueva España las animadas ceremonias del culto externo que se acostumbraban en la madre patria:

los toritos en las carnestolendas; los actos del grandioso drama de la Pasión, en la Semana Santa; las lides entre moros y cristianos en la patriótica fiesta de la Cruz; la procesión de los gremios en la del día de Corpus; el baile de las vírgenes, compañeras de Santa Ursula, el 21 de Octubre, y las graciosas pastorelas en la noche de Navidad. En otras fiestas adoptaron las costumbres antiguas de los conquistadores, cristianizando sus *pindecuas*[1] que no podían éstos borrar de la memoria.

1 *Fiestas* en el idioma tarasco.

En ninguna parte como en Paracho, arraigaron tales prácticas; los purépecha de aquel pueblo se distinguieron por su ferviente culto á las imágenes. Desde aquella remota época compusieron los filarmónicos (que muchos y buenos los ha habido allí) música especial para cada una de las fiestas mencionadas; dulces sones que, ora rasgaban el aire con notas alegres y estrepitosas como los que se tocaban en los casamientos, en el Carnaval y en la *parandatzicua* y la *sirangua*; ora graves y solemnes, como en los bailes de las doncellas consagradas al culto de la Virgen. Ya eran una plegaria llena de emoción, como el cantar á la Cruz del Sur; ya el eco sencillo de las pastoras al llevar sus ofrendas al niño Dios que acaba de nacer en Belén.[1]

IV

Cuando el Conde de Monterrey gobernaba esta Nueva España, ordenó que los indios que vivían en lo alto de los cerros ó en las profundas espesuras de los bosques, trasladaran sus aduares al centro de los valles existentes dentro de sus propios terrenos; pero en sitios abiertos, donde pudiesen ser más fácilmente vigilados. Muchos desobedecieron el mandato. Entonces el gobierno empleó la fuerza, y se vió bajar de la mon-

1 D. Jesús Valerio Sosa, indígena de raza pura, actual director de la música de Paracho, ha coleccionado esos sones, intitulando su obra "Año musical de la Sierra."

taña á los moradores de los pueblos; los hombres con el ceño adusto, las mujeres deshechas en llanto, porque abandonaban las *yácatas*, dentro de las cuales dormían el sueño eterno sus antepasados.

Los habitantes de Paracho gemían en la mayor angustia; ellos no poseían un palmo de tierra al que llevar sus chozas. Se les amenazó con incendiarlas, si antes de un mes no emprendían la nueva peregrinación. El que tal decía, era un alférez español que había llegado á aquellos contornos, acompañado de veinte arcabuceros. Llamábase D. Agustín de Luque. Tenía los ojos bizcos y el alma despiadada, y los indios le dieron el nombre de *yeréngari*, á causa de su defecto físico.

Su furor contra los indios había llegado al colmo, y motivaban esto los desdenes de una joven de quien se había enamorado perdidamente. No era para menos, porque *Isimba* parecía una esbelta caña de maíz próxima á espigar. El señor de Luque perdió toda esperanza y juró hacer uso de la violencia en la primera oportunidad para saciar su amor.

La joven, á fin de librarse de él, había tomado el velo temporal de las *guananchas*. Mientras estuviese consagrada al culto de la Virgen, su pureza estaba fuera de riesgo. Esto decían los hermanos en Cristo, aquellos monjes franciscanos que parecían ángeles del cielo bajados á consolar y defender á los indios.

V

Por aquel tiempo, dos padres de la Compañía de Jesús recorrían la sierra, vendiendo imágenes de santos que aseguraban haber traído de Roma, bendecidas por el Sumo Pontífice. Nuestros teques compraron un Santo Entierro que los jesuitas afirmaban ser muy milagroso, y lo demostraba la mucha sangre que por todo el cuerpo chorreaba, las grandes espinas que atravesaban su frente, las horribles huellas de los clavos en manos y pies y la mortal lanzada en el costado.

VI

Al acercarse el plazo señalado por *Yeréngari* para incendiar el pueblo, los indios principales de Paracho se reunieron á deliberar. ¿A dónde irían? ¿Quién les daría hospitalidad en un valle ó en una llanura? El más anciano propuso que se comprase á los de Aranza, Quinceo y Ahuiran, un campo abierto, enteramente estéril, que disputaban entre sí. Pero, ¿con qué dinero,—replicaron los demás—si lo que teníamos en común y en lo privado lo hemos invertido en comprar el Santo Entierro? Todos se apretaban las manos llenos de desesperación: y la junta se disolvió sin haberse acordado nada.

Al encaminarse á sus casas vieron al *Yeréngari*, como siempre, en un caballo negro que se encabritaba á cada paso, que desprendía rayos de sus ojos, que vomitaba espuma sanguinolenta y que arrancaba chispas de los pedernales que pisaba. Si el animal era un monstruo, no le iba en zaga el ginete, con la mirada bizca y la aceitunada palidez del semblante.

Los arcabuceros preparaban las teas para incendiar las chozas. ¿Qué hacer?......

Isimba, inspirada por la fe, se dirigió á la modesta capilla, se arrodilló al pie de la urna del Santo Entierro y oró, derramando un torrente de lágrimas.

VII

Era en aquellos días prior del convento de franciscanos de Charapan el siervo de Dios Fr. Francisco de Castro, cuya santidad era admirada y reverenciada por los indios, que lo veían caminar á pie y descalzo, con el hábito á raíz de las carnes, con diversos y varios silicios y con una cruz de madera sobre el hombro y haciendo con esta carga seis ó siete leguas por jornada. "Se le aficionaron tanto los indios, que su amor por el santo discípulo del Seráfico creció como espuma."

Los pueblos que he mencionado estaban dentro de la feligresía de Charapan, y el hermano Castro los visitaba sin cesar, merced á lo cual llegaron á sus noticias, tanto las tribulaciones de los de Paracho, como la exaltación de ánimos que, á causa del litigio, reinaba entre los pueblos limítrofes. El misionero, impregnada de caridad el alma, dirigió sus pasos hacia aquellos sitios, convocó á las comunidades litigantes, celebró con ellas una reunión en el desierto arenal, objeto del pleito, y tanto les habló, y tanto despertó en ellos el espíritu de conciliación, y tanto predicó sobre el amor del prójimo, que hubo de conseguir que Ahuiran, Aranza y Quinceo hicieran donación del inútil llano en favor de los menesterosos habitantes de Paracho. Los linderos del terreno fueron lo que la vista abarca colocado el espectador en medio del valle; por el Oriente, el selvoso *Querhuata*; por el Sur, el gigantesco *Taré Suruán*; por el Poniente, el empinado *Cúmbuen*, y por el Norte la esbelta colina de *Guacuin*.

Los ancianos principales de Paracho tomaron posesión del terreno, y en señal de dominio plantaron en medio de la llanura un cedro joven, traído de la cúspide del Taré Suruán. [1] En seguida señalaron día para que se trasladara el pueblo.

VIII

Era el mes de Julio. Las lluvias habían lavado con sus gotas cristalinas el manto de esmeralda que cubría la tierra; comenzaban á abrirse los botones de las flores silvestres; el suelo despedía ese olor sabroso de la arcilla húmeda y las ráfagas

---

1 Este árbol, que alcanzó un crecimiento prodigioso, vivió más de tres siglos prestando su sombra al atrio de la Iglesia y á la plaza del pueblo, hasta 1864, en que una columna de franceses prendió fuego al añoso tronco que se derrumbó con gran contento de la soldadesca. Coincidió la desaparición del cedro con la época en que comenzaron á extinguirse las tiernas costumbres y las vagas y poéticas tradiciones de Paracho, como si los recuerdos de ellas hubiesen estado anidadas en las ramas del árbol.

del viento corrían impregnadas de resina desprendida de los pinares. El cielo estaba de un azul purísimo.

Los purépecha descendían del áspero cerro. La población era ya numerosa y desfilaba ocupando grandes trechos. A la cabeza de aquella columna aparecía la imagen de San Pedro, patrón del pueblo; en seguida la de la Virgen llamada la *Guanancha*, de semblante color de rosa, fresca y de esbelto talle, con la tupida cabellera blonda que flotaba á discreción del viento, la reina de las guanánchecha, la que recibía el culto diario de las doncellas de Paracho, y, por último, cerraba la marcha la suntuosa urna del Santo Entierro, con la cual iban los más ancianos de la tribu, y en medio de ellos, el venerable padre Fr. Francisco de Castro. Capitaneaba la procesión una hermosísima joven de gallardo andar, la *pendonpari*, la que llevaba el pendón azul, emblema de la pureza de María. ¡Era Isimba!

La música dejaba oir sus sones melodiosos, como suspiros de tierna melancolía.

Para que nada faltase á la belleza de aquella tarde, se veían en el cielo gruesas agrupaciones de cúmulus, nubes de figuras caprichosas, que en parte brillaban como plata fundida, en parte como oro incandescente, ó como escarmenados copos de algodón; mas de repente variaron de forma y corrían por el espacio negras y desgarradas, convirtiéndose en el ropaje sombrío de la tempestad. Comenzaron á caer grandes gotas de agua, rodó el trueno desprendido de la concavidad del firmamento, é instantes después, el aguacero descendió á la tierra como inmensa catarata.

Y refiere la tradición que el reverendo Fr. Francisco de Castro "en esta vez como en otras, caminaba á pie, enjuto como un Moisés por las aguas del mar, dejando seco el camino por donde iba con la cruz á cuestas, en tanto que el aguacero empapaba á todos sus compañeros."[1] Luego cesó como por en-

1 La Rea, crónica citada.

canto el fragor de las nubes; disipáronse éstas en velos de tenue transparencia, de un color crema que fué difundiéndose
hasta desaparecer en el manto de añil que oculta el cielo. El
sol volvió á brillar, llenando de esplendores la tierra que aparecía salpicada de diamantes.

La procesión entró en la choza que se había preparado para morada de los santos en el nuevo pueblo de Paracho.

IX

Estaba tan espléndida la tarde, que Isimba, llevada de su
ardor juvenil y de su piadosa devoción, corrió hacia la florida
loma del Guacuin para hacer ramilletes de aquellas bellísimas
rosas del campo que esmaltaban la ladera y colocarlas en el
altar de la divina Guanancha. Ya había llenado de flores el
bordado *guanúmuti* que, como un delantal, cubría su traje,
cuando observó, llena de pavor, que por el llano, en dirección
de *Chara–Charando*, avanzaba el *Yeréngari* en su negro corcel
de ojos chispeantes, que vomitaba espuma y que mascaba fierro.

Ningún auxilio podía esperar la doncella; el pueblo estaba
lejos; los purépecha entretenidos tributando culto á las santas
imágenes; la noche se venía encima con espantosa velocidad.

El *Yeréngari* se acercaba por momentos, y sus ojos despedían un fuego más siniestro que los de su caballo.

La joven, desolada, huyó á lo alto de la colina; trepaba con
tanta rapidez, como si fuese cierva herida, alentando, como
única esperanza, la idea de que el negro corcel no podría escalar tan rápida pendiente.

Pero el negro corcel subía como si le hubiesen nacido alas.
Ya escuchaba Isimba la respiración de la bestia y del ginete, y
le parecía oir rugidos de fieras.

Casi juntos llegaron á la cima la víctima y el verdugo. En
aquel terrible instante, Isimba elevó su alma á Dios y lanzó
este grito de suprema angustia: ¡Santo Entierro de Paracho!

Y sintió que la tierra se tambaleaba, vió que los árboles sacudían sus frondas y se descuajaban de raíz, que las peñas se hendían y que el cielo se cubría de nubes aborregadas. Observó entonces que sus pies desaparecían en arena; y como si se hubiera abierto un abismo, experimentó el vértigo de una caída, pero una caída de suave descenso, á través de una barranca, desde lo más alto del Guacuín hasta el pie de la colina.

Y la colina, antes boscosa, se veía ahora despojada hasta del más pequeño arbusto.........

Allá, arriba, quedó el alférez atónito de espanto, el corcel encabritado, sin atreverse á dar un paso en la barranca que, como un río de arena, acababa de abrir el terremoto.

X

Desde entonces, los niños de Paracho suben, por vía de diversión, á la cúspide del Guacuin: tardan media hora en verificar el ascenso y, en menos de un minuto, descienden á la base, deslizándose por la movible arena. Llaman á esto, *jugar al cerrito pelón*..

El velo de los años no puede borrar de mi alma los recuerdos de la infancia!

LA DIABLA.

—

A la sombra de uno de los frondosos fresnos que hay en la plaza de Uruapan, tenía "*Ña Rita, la Carrión*" un puesto en que vendía comida de á *tlaco* y *tlaco*.

Un día—hace de esto mucho tiempo—estaba allí un anciano como de setenta años de edad, blanco de color, la barba y el cabello enteramente canos, los ojos azules, la nariz grande y la piel cubierta de arrugas, sobre todo en la frente, indicio de que aquel hombre había tenido grandes sufrimientos. Cubría su cabeza un sombrero de *petate;* usaba una chaqueta verde de pana y pantalones de cuero; calzaba guaraches, y portaba en la mano un grueso bastón de cocolmeca.

Sicuir Tipicho (este nombre daban al viejo), hacía contraste con ña Rita. Era ésta una india de raza pura, de un moreno subido, de ojos obscuros y brillantes, de boca ancha en que se mostraban dos terribles hileras de dientes blanquísimos; baja de cuerpo, fornida, con caderas macizas, capaces de ser el pedestal de cien generaciones. En aquella época tendría treinta años, plenitud de la vida. Rita era infatigable trabajadora; poseía algunas huertas; terrenos para la siembra de maíz y de trigo; varios pozos en el cerro de la *Charanda,* en los que, durante la estación de aguas se deposita el barro que arrastran las crecientes y que sirve para la fabricación de adobes en el tiempo de secas. Además, era *chimolera* y tenía muchos parroquianos que pagaban tlaco por el plato de *mole* y tlaco por el *apilo* de tortillas, de donde venía la denominación de "comida de tlaco y tlaco." Pasaba por ser una de las personas más ricas entre los indios de la entonces villa de Uruapan. Casi siempre desempeñaba el cargo de *mayordoma* de San Miguel, cuya imagen se venera en la capilla del barrio que lleva el nombre del santo. Todo el mundo daba á *ña Rita* el apodo de "La Diabla," y por mucho tiempo ignoré el origen del sobrenombre. Siempre se la había visto devota, oyendo su misa los domingos, confesándose y comulgando en la cuaresma, llevando sus ofrendas á la iglesia y luciéndose en la fiesta de su santo patrón. Francamente protestaba yo en mi interior contra aquel mote, pues que la buena mujer no lo merecía: la única diablura que le ví hacer, era cada año, en el martes de carnaval, cuando salía acompañando al torito de petate de su barrio (el charandillo); embijadas las mejillas; encajado el sombrero jarano; *embrocadas* unas mangas de paño de primera, guarnecidas de chaquira; con una caña de azúcar en la mano derecha y en la izquierda una botella de aguardiente, y lanzando gritos atronadores. Si por ende la llamaban *la diabla*, demonios debían apellidarse los indios principales del lugar, porque en aquel día se pintaban todos, todos traían cañas de azúcar que les servían para pegarse buenas tundas, todos se embriagaban de lo lindo y todos vociferaban por aquellas bocas palabras para no ser oídas ni menos escritas. Era lo que daba carácter á la fiesta religiosa, celebrada en honor del santo Niño que, en cuerpo, si no en alma, presidía la procesión, mezcla de la antigua idolatría de los indios y del culto moderno.

———

Ahora bien, Sicuir Tipicho y la Diabla conversaban debajo del fresno, cuando acertaron á pasar por allí los muchachos que salían de la escuela, los cuales sin más ni más recogieron guijarros y *huesos* de aguacate, y descargaron sobre el anciano tal cantidad de estos proyectiles, que aquello parecía una granizada en toda forma. Soportábala la víctima con resignación; no

así ña Rita que, empuñando en la mano derecha una gran cu-
chara, con la izquierda arrojaba piedras á los asaltantes y vomitaba frases tan enérgicas y tan expresivas que pronto los
puso en vergonzosa fuga.

Ya que conocemos á la terrible Rita, veamos si es posible dar
una idea de su interlocutor.

Sicuir Tipicho aparecía de tiempo en tiempo en los pueblos
de aquella comarca. Pedía limosna que le daban por espacio de
dos ó tres días, y en seguida le cerraban todas las puertas, y,
lo que era peor, los muchachos del lugar quedaban autoriza-
dos para perseguirlo, hasta que lo hacían huir de la población
inhospitalaria. Decíase que esta desgracia le venía por herencia, pues los ancianos contaban haberlo visto á fines del siglo
pasado en compañía de su padre, errantes los dos de pueblo
en pueblo; los dos mendigos; los dos recibiendo uno ó dos días
el pan de la caridad y al siguiente las manifestaciones de un
odio profundo por parte de los vecinos, y por último, siendo
víctimas de los muchachos que los apedreaban y azotaban im-
píamente, motivo por el cual, ambos usaban calzones de cuero, de donde vino el apodo *Sicuir Tipicho* que es lo que en tarasco significan las dos palabras. La gente decía que eran descendientes del judío errante. Se les daba limosna para que no
murieran de hambre, eludiendo así el merecido castigo de caminar sin descanso, á fin de que se cumpliese la maldición im-
puesta por Jesús al progenitor de aquellos limosneros, cuando
caminando con la cruz á cuestas, en la vía del calvario, pidió
un vaso de agua para mitigar su sed y le fué negado por aquel
impío.

————

No podían ser más vagos estos informes. Sucedió empero,
que, gracias á la intervención de un tercer personaje, pude en
gran parte aclarar el misterio, objeto de esta narración.

Hubo en Uruapan, allá por los años de 1855 á 1869, un cura
párroco llamado D. Francisco García Ortíz, antiguo catedrático

del Seminario de Morelia, y á quien en el colegio y en la feligresía llamábamos *el padre Pachito*.[1] Era este sacerdote, inteligente, humilde, caritativo, casto, trabajador, juvenil, desprendido de los bienes terrenales y ajeno á las pasiones políticas:
de un carácter tan apacible que creo que se fué de este mun-
al otro sin saber lo que era un enojo. Desde ántes de las leyes
de reforma había abolido en Uruápan las obvenciones parro-
quiales. Su tarifa para los ricos señalaba como máximun "lo
que buenamente pudieran dar." De este caudal hacía los gastos más precisos para su vida y distribuía el resto entre los miserables de su parroquía, lo que se sabía por ellos, pues que el
señor cura jamás daba nada en público. Entre sus feligreses,
los preferidos eran los enfermos.

Tenía un vicio: engordar gallinas para repartírlas entre las
mujeres más pobres, cuando acababan de dar un nuevo habi-
·tante al mundo, y además tenía el capricho de no recibir nada por el subsecuente bautismo, pues decía que á él le gusta-
ban los cristianos de balde.

El padre Pachito no tenía comparación. Miento; cuando se
conoció en Uruapan el libro de Victor Hugo, "Los Miserables,"
quienes lo leyeron en aquella ciudad exclamaban: "Ahora sí
hay quien se parezca al Señor cura; es Monseñor Bienvenido."
Con esta diferencia, que Monseñor Bienvenido es una criatura
de la imaginación del gran poeta, y el padre Pachito era de carne y hueso, hechura de Dios.

Para completar estos recuerdos voy á transcribir una corres-
pondencia escrita por una señora de Uruapan y enviada al periódico oficial de Michoacán, la cual, fechada en 18 de Abril de
1869, daba noticia del fallecimiento del padre Pachito:

"El hombre inmaculado, el imitador de Jesucristo acaba de
morir. A las siete de la mañana de hoy, sorprendida la familia del Señor Cura de que éste no estuviese en pie, á hora pa-

---

1 De este digno sacerdote se refiere un episodio (que estuvo á punto de ser
trágico) en mi libro "Guerra de la intervención francesa en Michoacán."

ra él tan avanzada, entraron á su pieza y lo encontraron en su cama, como entregado á un sueño apacible. El señor cura estaba muerto! La noticia circuló en el acto en toda la población: cesó el comercio en la plaza,[1] se cerraron silenciosamente las puertas de las tiendas y las casas y se escuchó en toda la ciudad un llanto desgarrador.

"El curato se llenó de gente, las madres llevaron á sus hijos para que tocaran el santo cadáver, pidiendo para ellos una postrera bendición. Muchos niños fueron solos y, arrodillados, besaban los pies del sacerdote. Todo el mundo se arrodilló á su ejemplo, y yo no puedo describir esa escena que veía á través de mis lágrimas."[2]

———

El padre Pachito era muy comunicativo: no se reservaba más que lo que le referían en el tribunal de la penitencia, y esto era muy poco, pues que á las beatas que querían confesarse cada ocho días, les preguntaba muy serio: "¿qué no tienen ustedes qué hacer en su casa?"

Ahora bien, dado su carácter, nada extraño es que en cierta ocasión me platicara lo que sigue:

—¿Se acuerda vd. de aquél pobre viejo tan desgraciado, de aquel Sicuir Tipicho, siempre vagabundo, siempre viviendo de limosna? La última vez que estuvo en esta ciudad, al huir de los muchachos, no halló refugio más seguro que el curato. Se me coló aquí de rondón, temblando y con la boca seca. Mandé que le dieran una taza de cocimiento de canela, y cuando se hubo repuesto, me hizo la revelación que va vd. á oir y en la que conservaré íntegras algunas de sus frases:

———

1 Era domingo, día de *tianguis*.
2 Carta escrita por la Sra. Cornelia Ruiz á su hermano que era el redactor del periódico oficial de Michoacán.

"Tengo ya más de setenta años y estoy tan achacoso que pronto he de morirme. A reserva de llamar á un sacerdote que me confiese en mis postrimerías, voy á contarle ahora algo de la historia de mi padre y á revelarle en seguida un secreto que puede interesar á vd. como cura de almas de este lugar.

"Ya habrá vd. oído decir que á mi padre lo perseguía la misma mala suerte que á mí, á causa de una calumnia de que ambos hemos sido víctima. ¿Cuál fué el origen de esta desgracia? Nadie lo ha sabido, pero ella está enlazada con una tradición que se refiere al volcán de Jorullo, tradición tan vaga, que casi es hoy desconocida.

—"Sí; algo sé de ella le dije; pero refiérala vd.

—"Ha de saber vd., señor cura, que á mediados del siglo pasado, cierto vecino de Pátzcuaro falleció, dejando sus bienes al convento de Jesuitas de aquella ciudad. La herencia se componía de las haciendas de Jorullo, San Pedro y la Presentación, ubicadas al Sur de Ario. Un hijo del testador, que había sido desheredado, puso pleito á la Compañía de Jesús y habría perdido, á no haber sido por mi padre que entregó al heredero legítimo unos documentos importantes que anulaban el testamento, siendo de notar que el testador mismo se los había confiado á la hora de su muerte con la instrucción expresa de no ponerlos en manos de su hijo sino en caso de absoluta necesidad, pues allí se revelaban secretos que no dejaban bien puesta la reputación de los religiosos de la Compañía.

"Los jesuitas no perdonaron *la ofensa* que se había hecho al Convento. Mi padre era huérfano, hijo de un judío holandés, convertido al cristianismo, y estaba empleado en la despensa de la finca. Después de la entrega de los papeles fué cuando comenzó á difundirse el rumor de que el despensero era descendiente del judío errante y todos comenzaron á verlo con un odio profundo. Cuando pasaron los acontecimien-que en seguida voy á referir, mi padre no encontró colocación en ninguna otra hacienda y desde entonces comenzó á vagar de pueblo en pueblo, sin conseguir trabajo ni lograr reposo. En su ancianidad vine yo al mundo para compartir con él semejante martirio.

"Pero la terrible venganza no recayó solamente en el autor de mis días.

"En los primeros meses del año de 1759, se habían comenzado á oir en la hacienda de Jorullo "unos retumbos espantosos debajo del suelo." Mi padre había observado desde algunos años antes que por las hendeduras de las rocas que formaban el lecho de las barrancas se escapaban hilos de humo con olor de azufre y, con más fuerza, de varios subterráneos que había en la sierra de Jorullo. Nunca se alarmó de esto, juzgando que habría por allí minas de azufre, como las hay en abundancia de cobre y aún de plata.

"En Junio de 1759 aumentaron los estrepitosos ruidos interiores, y más tarde comenzó á temblar la tierra. Atemorizados los habitantes de la hacienda huyeron despavoridos á los cerros.

"No faltó quien dijese que aquello era castigo del cielo, porque se habían quitado á los Jesuitas *sus haciendas*. Para contrariar el rumor, el administrador de Jorullo solicitó se le enviasen algunos padres del convento que en Pátzcuaro tenía la Compañía y obtuvo que fuese el padre Isidoro Molina, con su necesario acompañante[1] que era uno de los más sabios de la orden, el cual se presentó en la hacienda, como un simple *lego*.

"El padre Molina luego que llegó á su destino, comenzó un novenario de misas á Nuestra Señora y practicó misiones para confesar á la gente, y mientras duraron estos ejercicios, no cesó la tierra de temblar y de bramar. Y si el sacerdote cumplía así su misión, el *lego* desempeñaba la suya, recorriendo la

1 Los jesuitas conforme á sus reglas, deben andar siempre acompañados por lo menos de dos en dos.

cuadrilla en que habían quedado algunos peones y los cerros en que se hallaban los demás, divulgando el pronóstico de que el día de San Miguel no quedaría piedra sobre piedra en aquella región maldita.

"Mi padre no cesaba de espiar al *lego* y observó muchas veces que amontonaba peñas en un punto situado á orillas del arroyo de Cuitimba, el cual corría en el fondo de la cañada del mismo nombre, no lejos de donde las rocas presentaban á cierta altura una ancha grieta que dejaba escapar columnas de humo.

·"Pues bien, en la noche del 28 al 29 de Septiembre, mi padre, como de costumbre, siguió los pasos del *lego*, el cual se dirigió á la cañada y estuvo poniendo una presa en el arroyo, en el sitio indicado, alejándóse inmediatamente después. Serían las dos de la mañana, cuando el agua se precipitó en el agujero y como de seguro había en el interior una gran cantidad de fuego, el líquido se convirtió en vapor y no hallando salida suficiente en los intersticios, estalló rompiendo las rocas y vomitando una humareda tan espesa que más parecía una columna de lodo: se oía un ruido tempestuoso; salían por todas partes inmensas llamaradas; el espacio estaba lleno de fulgores sulfurosos y temblaba la tierra como si estuviese ebria. Los bueyes y demás animales domésticos, juntos con las fieras del bosque, espantadas, huían de un lado á otro, sin poder salir de los médanos ni atravesar los pantanos que se formaron. Sobre estos rodaban olas furiosas de incendio que se azotaban contra las peñas, llenándolas de espumas de color lívido. De los cerros manaban ríos que, desapareciendo en seguida en el abismo, aumentaban los sacudimientos y acrecían el fragor de la catástrofe. Habían desaparecido las inumerables bandadas de pájaros que antes ensordecían los oídos con sus variados cantos.

"La terrible erupción continuó por espacio de muchos días: destruyó por completo las haciendas mencionadas é hizo que se despoblara el pueblo de la Huacana. El aspecto del país quedó cambiado, pues los que no hacía mucho eran campos de cultivo se tornaron en malpaís intransitable.

"Entretanto el volcán despedía piedras envueltas en nubes de humo y "eran en tanta copia que parecían de día parvada de cuervos y de noche un pegujal de estrellas." A la luz de las llamas se vió cómo se iba hinchando la costra reblandecida del suelo y formándose *los hornitos* que subsisten aún: las llamas se veían desde Pátzcuaro, á más de treinta leguas, y se dice que las cenizas cayeron á tal distancia que llegaron á Querétaro.

Desde el 29 de Septiembre hasta el 13 de Noviembre reinó una profunda obscuridad en diez leguas á la redonda del volcán. No bastaron los conjuros de algunos sacerdotes para aplacar la cólera divina, pues mientras más exorcisaban, más tremendas se levantaban las llamas y más fuertes eran los temblores.

"De Jorullo, San Pedro y la Presentación no quedó piedra sobre piedra, cumpliéndose así la profecía del lego jesuita.

"En la primera de las expresadas haciendas se veneraba la imagen del arcángel San Miguel, hecha por un escultor de Pátzcuaro, á principios de la Conquista, con la peregrina idea de que, en vez de tener á sus pies el trasunto de Satanás, de orden de los franciscanos, había colocado el artista la horrible escultura de *Curita Queri,* ídolo que representaba al lucero, adorado por los indios tarascos. Con esto quisieron patentizar los misioneros á los indios que sus llamados dioses no eran más que el mismo demonio. Empero sucedió que los neófitos siguieron practicando ocultamente su antigua religión, y al enterarse del piadoso fraude, juzgaron que había sido un hecho providencial, porque así podrían tener, y tuvieron en efecto, la dicha de formar grandes peregrinaciones á Jorullo y, con el pretexto de adorar á San Miguel, á quien en realidad tributaban culto era á la efigie del lucero al que llamaban "*Gran Potente.*" [1]

1 No fueron, por supuesto, los únicos de los que profesando la religión besan la peana por el santo.

Y con su astucia natural, los indios procuraron desde aquella época que el sacristán de la capilla de Jorullo fuese siempre alguno de los sacerdotes de la religión primitiva, cargo que
se hereda de padres á hijos, pues si no todos, muchísimos de
los indios conservan sus antiguos ritos. [1]

En el tiempo á que se refiere esta historia ejercía el oficio
de sacristán en Jorullo el llamado Miguel Carrión, nativo de
Uruapan y que pertenecía á la más alta gerarquía levítica de los
purépecha. Le acompañaban como acólitos sus dos hijos gemelos, Patricio y Juan Cipriano, que eran modelo de ferviente
piedad y devoción.

"En la noche de la catástrofe, el padre Molina trató de sal-
var las imágenes de los santos que había en la capilla. En primer término figuraba la del Santo arcángel. Cuatro hombres
habían ya cargado las andas, cuando aquel dignísimo miembro
de la Compañía de Jesús, lleno de furor, se echó sobre ellas y
arrancó de la peana la espantosa escultura y la arrojó enmedio de la lava hirviente que surgía de la tierra, exclamando
que al menos esta venganza se debía tomar contra el enemigo
malo que había hecho de aquellos fértiles sitios un remedo del
infierno. Consumado este acto de celo religioso, la procesión
emprendió su marcha hacia el pueblo de Churumuco, acompañada de los moradores de las haciendas. Sólo permanecieron en Jorullo, como enclavados en el suelo, los adolescentes
Patricio y Juan Cipriano que no quisieron separarse de la imagen condenada al fuego.

"Repentinamente apareció por entre unas rocas la figura siniestra del *lego*, se acercó al torrente de la encedida lava y apo-
derándose de *Curita Queri*, corrió hacia donde e:taban los gemelos y al entregarles la efigie

—Tomad, les dijo, aquí tenéis al gran tizón del Universo.
Salvadlo!

La escultura había ya comenzado á arder; pero los herma-

1 Véase 1ª serie de "Michoacán. Paisajes, tradiciones y leyendas."

nos Carrión la sumergieron en el agua y apenas si quedŏ superficialmente carbonizada.

"¿Por qué había procedido así el jesuita? ¿Por qué no dejó que el fuego consumiese el espantoso ídolo? El lego quería hacer méritos entre los indios y principalmente atraerse la voluntad de Patricio y Juan Cipriano que le parecían muchachos inteligentes, valerosos y audaces.

El jesuita traía en mientes un gran proyecto......

"Preocupado con este pensamiento, el lego se alejó de aquel sitio, dejando llenos de estupor á los gemelos que habrían perecido en medio de las llamas, si en aquel momento no se hubiese presentado mi padre, quien los condujo fuera del recinto inflamado, haciéndolos caminar por un subterráneo hasta salir al lugar en que hoy se levanta, al pie del volcán de Jorullo, el rancho de la "Mata de plátano."

—"Echo de ver, Señor Cura, que vd. está ya fatigado de oír mi relato, y sin embargo, es tan interesante la historia de Patricio y Juan Cipriano que......

—"Déjela vd. para otro día y llegue ya al punto importante de su revelación.

—"Pues bien, señor, ¿sabe vd. por qué le dicen á la señora Rita Carrión *la Diabla*?

"Me quedé sorprendido, decía el Señor Cura, de esta inesperada salida de Sicuir Tipicho y lleno de curiosidad le respondí:

—"No; y le confieso que siempre he tenido deseo de saberlo.

—"Es muy sencillo: desde hace un siglo, la familia Carrión, de padres á hijos, ha venido teniendo á su cargo la imagen de *Curita Queri*, trasladada de Jorullo á esta villa.[1] Los indios de aquí y los de las poblaciones cercanas le tributan culto, le traen ofrendas valiosas y con el mismo objeto vienen en romería los que habitan en lugares remotos. Cada vez que el

1 En el tiempo á que se refiere esta parte de la leyenda, Uruapan no tenía aún el nombre de ciudad.

lucero aparece en el poniente como estrella de la tarde ó surge en el Oriente por la mañana, sacan los indios á media noche una procesión, presidida por su ídolo, recorren las calles más solitarias de los barrios y lo alumbran con ceras encendidas al revés.

—"Sí, he oído hablar muchas veces de esta idolatría; pero lo he tenido como una conseja sin fundamento.

—"Lo que sucede es que todos guardan completa reserva y por nada confesarán que practican aún el culto de sus primitivos dioses, entre los cuales figuraba en primer orden el lucero.

—"Si uno fuera supersticioso le parecería extraña coincidencia esta adoración de los indios al astro llamado por los paganos *Lucifer*. [1]

—"Ahora bien, el pueblo ha vislumbrado el secreto y ha creído que se trata de un verdadero culto al diablo, y de aquí el apodo de la Diabla con que se llama á ña Rita, en cuya casa está depositado el ídolo, siempre con velas encendidas, humeando el incienso y cubierto de flores el altar.

"Yo, Señor Cura, he querido contarlo á vd., porque, próximo á comparecer ante la presencia de Dios, deseo no cargar mi conciencia con este secreto.

"Esta fué, concluyó el padre Pachito, la relación de Sicuir Tipicho. Usted sabe lo demás.

———

En efecto, yo sé lo demás;[2] pero como los lectores lo ignoran voy á referírselo en breves palabras.

1 Esto que decía con cierto candor el Señor Cura Ortiz me recuerda que una vez que en un grupo de personas liberales se hablaba de las virtudes de aquel digno sacerdote, un antiguo chinaco llamado Tomás Zeja, meneaba la cabeza á cada elogio que oía. Interrogado por esos signos de reprobación, respondió: "El señor cura será muy bueno y todo; pero siempre tiene la mácula de ser padre."

2 Y como yo, lo saben también muchos vecinos de Uruapan, pues lo que se va á referir pasó hace poco más de treinta años.

Al oir las últimas del anciano, el padre Pachito se sonrió y luego, cubriéndose la cabeza con su eterno sombrero de *jipi* y apoyándose en su bastón, se dirigió al barrio de San Miguel, llegó á la casa de Rita y sin preámbulo alguno le dijo:

—¿Es verdad que tú eres cristiana, Rita?

—Pues como nó, Señor Cura?

—¿Y es verdad que me quieres?

—Ah! ¿cómo no había de querer á su merced?

—Pues entonces me vas á dar lo que te pida.

—Cuanto tengo, Señor Cura, lo que vd. quiera.

—Nada más, Rita, que ese ídolo que conservas oculto en tu casa.

La Diabla abrió desmesuradamente los ojos, tosió, tragó saliva; pero no hubo remedio, penetró en el interior de la habitación, volvió en seguida y entregó al párroco la espantosa figura, no sin exclamar después de un sonoro suspiro:

—Alabado sea el Gran Potente!

———

Por espacio de un mes tuvo el padre Pachito en el patio de la casa cural la imagen de Curita Queri: allí acudía la gente á verla y no faltaban quienes se persignaran al contemplar al monstruo.

Después el *Gran Tizón* quedó definitivamente convertido en cenizas.

———

EL GRAN POTENTE.

—

El episodio que voy á referir ahora fué un impulso en favor
de la Independencia de México, dado en pleno régimen virreinal. Vaga y sucintamente lo cuentan algunos historiadores, y
por esto y por ser su asunto demasiado curioso, me he pro-
puesto tratarlo con la extensión que pueda dársele, uniendo á
los datos conocidos, otros que son ya raros y completándolos
con lo que reflere la tradición. Así, pues, tomaremos las cosas
desde una época remota, en que puede considerarse que tuvieron ellas principio y causa.

—

Decidido empeño tuvo el primer obispo de Michoacán, Don
Vasco de Quiroga, de traer á la América la compañía de Jesús,
recién establecida en Europa por Ignacio de Loyola. Escribió
para esto con insistencia al Fundador, que era entonces general de la Orden; pero aunque fueron acogidas sus súplicas, los
cuatro sujetos enviados para que fundasen casa en Pátzcuaro,
se enfermaron en San Lucar de Barrameda, estando á punto
de embarcarse y no pudieron ya emprender el viaje.[1] Después
de frustrarse varias veces la expedición, y de sufrir naufragios
y otras penalidades y contratiempos, llegaron á Mexico quince
misioneros jesuitas, conducidos por su provincial Don Pedro

1 Moreno.—Vida del V. é Illmo. Señor Don Vasco de Quiroga.

Sánchez, haciendo su entrada eu la capital el 29 de Septiembre de 1572.[1] Allí recibieron nuevas instancias del cabildo de Pátzcuaro, por lo que el provincial pasó personalmente á esta ciudad y reconoció la comodidad é importancia de fundar en aquel sitio. A su regreso á la capital señaló á los padres Juan Curiel, Juan Sánchez, Pedro Rodríguez y Pedro Ruíz de Salvatierra, los cuales fueron recibidos en Pátzcuaro con demostraciones de muy sincera alegría, cumpliéndose así las palabras que el Señor Obispo Quiroga había pronunciado varias veces, antes de morir: "*La venida de la Compañía de Jesús se dilatará, pero al fin vendrá, después de mis días.*" En efecto llegaron en 1580.

Durante los dos siglos que permanecieron los jesuitas en Michoacán no fundaron allí más que dos casas, la de Pátzcuaro y la de Valladolid (hoy Morelia); en cambio adquirieron cuantiosos bienes raíces, entre los que pueden enumerarse las haciendas de Queréndaro, Tiripetio, la Zanja, la Magdalena y otras de las mejores de Michoacán.

La gran riqueza que atesoraron en todo el país,[2] su carácter insinuante, el celo que manifestaban por evangelizar á los indios, el llamarse á sí propios defensores de los pueblos, les dieron tal influencia y popularidad en todas las clases de la sociedad, que bien puede decirse que eran los árbitros de las familias y de las fortunas en toda Nueva España. Entonces comenzaron á trabajar secretamente para adueñarse del país, como

1 Alegre—Historia de la Compañía de Jesús.
2 "Las fincas ocupadas á los jesuitas por el gobierno, en virtud del decreto de expulsión, fueron ciento veintitrés, y casi todas ellas tan grandes, tan productivas y tan bien situadas, que hasta la época presente son en su generalidad las mejores fincas rústicas de la República Mexicana, representando todas ellas un capital verdaderamente asombroso. Además, tenían los grandes edificios en que estaban sus colegios y multitud de fincas urbanas en las primeras ciudades de Nueva España; los particulares les reconocían gruesas sumas, y sólo el duque de Terranova redimió en el año de 1768, por un reconocimiento, ciento veintiún mil seiscientos veintidós pesos." México á través de los siglos. Tomo II, pág. 848.

habían usurpado la soberanía en el Paraguay, en donde, aislándose de España, gobernaron de tal suerte, que por espacio de siglo y medio fué un misterio lo que pasaba en aquella parte de la América y hasta después se supo que habían ejercido allí un despotismo absoluto.[1] En sus predicaciones, en el confesonario, en el seno de las familias, no cesaban de censurar al gobierno español y de hacer resaltar la tiranía de los virreyes que, tan distantes como estaban de la madre patria, no tenían correctivo alguno en sus arbitrariedades.

Nada extraño es, pues, que en 1766, siendo virrey el marqués de Cruillas comenzase á agitarse vagamente la idea de la independencia, y que, aunque con pretextos ostensibles de otra naturaleza, hubiese movimientos sediciosos en Puebla, Yautepec, Guanajuato, Valladolid y Real del Monte.[2]

El virrey, marqués de Croix, que sucedió al anterior, conociendo bien el espíritu de aquellas sublevaciones, pidió fuerzas de España, las cuales llegaron á Veracruz en Junio de 1768, cuando ya se habían desarrollado en el país los sucesos que vamos á referir.

En 25 de Junio de 1767 fueron espulsados los jesuitas de Nueva España, habiéndose procedido con tanto secreto que los padres no llegaron á sospechar nada de lo que se tramaba contra ellos hasta la noche del día citado en que se les hizo salir de sus conventos.[3]

Los padres, sin embargo, habían dejado encendida la chispa y el incendio estalló en el mismo mes de Junio. Se dió el grito de insurrección en San Luis Potosí, Guanajuato, San Luis de la Paz, Pátzcuaro, Valladolid, Uruapan, Apatzingán y otras poblaciones de menos importancia. En donde la llama de in-

1 México á través de los siglos.
2 México á través de los siglos; tomo II, pág. 823.
3 En las "Efemérides Guanajuatenses," escritas por el padre D. Lucio Marmolejo, puede leerse la correspondiente al día 25 de Junio de 1767, que es interesante y curiosa por lo dramático del estilo en que se refiere la espulsión de los jesuitas de Pátzcuaro y de Guanajuato.

dependencia se levantaba más amenazadora era entre los indios. Por todas partes circulaban los emisarios y no se hacía
misterio en construir arcos, flechas, hondas y macanas. El
virrey Croix supo después que estaban urdidos, "de modo que
" infaliblemente habrían tomado un carácter general, si desde
" la primera noticia que recibí, dice, no hubiera tomado el par-
" tido de hacer marchar al punto al Señor Gálvez acompañado
" de quinientos hombres de buena tropa para contenerlos desde
" el principio y castigar á los culpables." [1]

"Salió Gálvez de México el 9 de Julio de 1767 para el interior, y caminó con tanta actividad y energía que consiguió res-
tablecer el orden, castigando á los principales cabecillas, y le
vantó un cuerpo de trescientos hombres de infantería y caballería de milicias provinciales para mantener la tranquilidad,
sin que costara un cuarto al rey ni por su vestido ni por su ar-
mamento, que todos han costeado de su peculio."

"En Guanajuato, Gálvez mandó que los principales motores
del tumulto fueran decapitados y sus cabezas se pusieran en
escarpias en los lugares más públicos y en los cerros inmediatos á la ciudad; hubo entre estos ajusticiados *un indio* opera-
rio de las haciendas de moler metales, llamado Juan Cipriano,
y su cabeza fué clavada también en una escarpia en uno de los
cerros. Poco tiempo después la gente de Guanajuato declaró
que Juan Cipriano era santo y que se verificaban curaciones y
hechos milagrosos en el lugar en que estaba colocada la cabeza. Esto produjo nuevas conmociones, porque la gente iba en
romería á rezar y á encender velas á aquella cabeza, costando
mucho trabajo á las autoridades impedir los tumultuosos actos
de piedad que aill se.ejecutaron."

No se contentó con esto el gobierno español, sino que el mismo visitador Don José Gálvez, investido por el rey de las más
amplias facultades, impuso á todo el pueblo guanajuatense el

1 Cartas del Marqués de Croix, publicadas por Núñez Ortega, pág. 14. Estos
párrafos y estas citas están tomados de "México á través de los siglos." Tomo
II, pág. 842 hasta la 848.

injusto y ruidoso castigo de que cada año pagara un tributo de ocho mil pesos, en son de multa; además, se condenó á los individuos de la plebe á sufrir continuas levas para que fuesen á desaguar las minas, amarrándolos para que bajasen con inmenso riesgo de su vida. El castigo subsistió hasta el 26 de Septiembre de 1810, en que el intendente Riaño, conociendo la indignación con que era soportado tan inícuo yugo, publicó la derogación de aquel decreto, creyendo que con este paso impediría los progresos del movimiento de Dolores.[1]

Los sucesos hasta aquí referidos constan en las obras que hemos citado: son deficientes y yo voy á completarlos con la tradición; mas antes diré que los historiadores referidos no tuvieron á la vista el curioso y ya rarísimo libro del padre Fr. Joseph Joaquín Granados, cuyo título es "Tardes Americanas, trabajadas por un indio y un español," en el que se registran curiosos datos sobre los mismos sucesos. Copiaremos íntegramente esas páginas para que se conozca el estilo de la época en que fueron escritas:

"*Indio.*—A el Exmo. Sr. Marqués de Cruillas, sin intermisión, succedió el Exmo. Sr. D. Carlos Francisco de Croix, Marqués de Croix: entró en México el año de 66. A pocos pasos de su Gobierno se levantó una llama, que estaba escondida entre las tibias cenizas de algunos fanáticos, necios y alucinados. Fabricó la astucia el telar donde había de texer las telas de la inhumanidad y crueldades; pero como los hilos de la trama eran desiguales, inconstantes y débiles, malogró la malicia su trabajo, dexando descubierta la hilaza de la traición y alevosía. Labró las oficinas, para obrar en Apatzingán, Uruapan, Pátzquaro, y Pueblos de la Sierra, en Guanaxuato, Venado, Minas de San Pedro, Potosí, San Luis de la Paz, San Felipe, y otros Lugares; pero como en el corazón de los Operarios se introduxo la codicia, quiso cada uno, aun antes de comenzar la obra, ser

---

1 Marmolejo. "Efemérides guanajuatenses;" tomo I, pág. 281. Bustamante. Cuadro histórico de la revolución mexicana; tom. I, págs. 26 y 101.

el primero en vender sus géneros, por lograr las estimaciones del precio y la reputación, dando causa estos irregulares movimientos para que despertaran los compradores y tratantes del pesado sueño en que los tenía la confianza, la inocencia, y la sencillez, poniéndose á la vista de sus resultas. Los primeros que comenzaron á vender sus tiranos efectos, fueron los de Apatzingán, los de Uruapan, Pátzquaro, &c.

"*Español.*—Querría que no me hablases con tanta obscuridad, porque aunque no dexe de entender el lenguage, sábete, que semejantes acontecimientos se han de referir en un estilo, que hagan los pasages claros y perceptibles.

"*Indio.*—Vm. pide razón, y aunque tenía ánimo de continuar en esa especie de metáfora hasta el fin, por no rosarme con alguna palabra ofensiva, ó que parezca mal sonante; me esforzaré á tratarla con el decoro que demanda el caso, desviándome de todo lo que pueda lastimar la Justicia, y estrechándome á referir lo que oí, ví, y, discurrí, que todos estos tres puntos vaciaré en un Tomo.

"Mal avenidos los Indios de la Sierra de Michoacán con la libertad que gozaban, piedad, y conmiseración con que los miraba el Rey, y han tratado siempre sus Ministros, creyeron que con quitar las vidas á los Españoles y Gente de razón, se sacudirían el yugo de la obediencia, que lo imaginaban insufrible. Apadrinaban esta cruel maquinación los Gobernadores de Pátzcuaro, Uruapan, Tanzítaro, Charapan, y otros Pobladores de las Serranías. Convencidos los ánimos por una secreta comunicación, y alentados los Caudillos, primeros papeles de tan sangrienta farsa, emplazaron el día, en que á el sordo acento de una voz, fueran todos cruentas víctimas del rigor y de la impiedad. No debieron de tramar negocio de tanto peso tan dentro de las leyes del sigilo y el silencio, que no cundiera á los oídos de los Guanaxuateños, Luisianos, y otras gentes, que amigas de la libertad y el libertinage, se confederaron entre sí, y firmaron una alianza general entre todos, capaz, según á ellos parecía, de derribar las pirámides de Egipto, y fuertes Muros de Babilonia. Con el valor que les infundió el poder de tantas fuerzas unidas, comenzaron los desórdenes, é insolencia á sacar la cara.

"Los de Apatzingán, atreviéndose á profanar la inmunidad de las Reales Casas, saquear los Intereses, y pretender apresar la Persona del Justicia mayor, para dar con ella en el suplicio, los de Uruapan, no permitiendo Aloxamiento á los Militares que se destinaban para el arreglo de las Milicias, y porque perseveraron en su intento, sin respetar el sagrado de lo que representaba, condenaron á uno de los Oficiales á la pena de azotes, y hubieran todos pagado con la vida, si no intervinieran los oficios, empeño, y eficacia de los Padres de San Francisco, que por entonces administraban la Doctrina y Curato, exponiendo, por libertar aquellas, las suyas á gravísimo peligro. En Pátzcuaro, San Luis, Guanaxuato, y demás partes, suspendiendo la execución de la Real Pragmática Sanción de nuestro Soberano, sobre la expatriación de los Jesuitas, promulgada en este tiempo. Y como iban corriendo de uno en otro abismo, no intentaba cosa la malicia, que no executara el furor. Las calles se poblaban de corrillos, las casas de maquinadores, y los campos de escándalos; en unas partes se escuchaban llantos, en otras risas, y en todas el terrible sonido de *mueran, mueran*. Esta melancólica voz, que lastimosamente sonaba en las orejas de los atribulados é inocentes, hacía que unos se aprestaran á la defensa, otros á la fuga, pocos á los templos, y muchos atrincherándose en una ú otra casa, labraban muros de las paredes para repararse del furor y defenderse hasta morir.

"De adónde resultaba, que con este inexcusable desamparo de intereses y familias, saqueaban los almacenes, destrozaban las tiendas, violaban las casadas, estupraban las vírgenes, y hasta las Imágenes Soberanas de la Majestad grabadas en los lienzos, llegaron á borrar, con el desacato más inaudito, inmundo y horroroso. Estas violencias y desafueros, fueron el despertador (así lo dispuso el Cielo) de la emplazada crueldad, traición y tiranía; porque avisado el Exmo. Señor Virrey Marqués de Croix de tan repetidos atentados, y declarado por algunos de los Comuneros los tiranos fines á que miraban, mandó al Illmo. Sr. D. Joseph de Gálvez, que desde el año de sesenta y cinco se hallaba en México, entendiendo en la general Visita que de éstos Reynos le había confiado el Rey, con todas las facultades, y plenitud de autoridad que en su Excelencia residía, para que juzgara negocio de tanto peso y gravedad. Obedeció gustoso; y haciéndose cargo del empeño, partió para esta Provincia con la presteza que demandaba el caso: *Descendam, Et videbo utrum clamorem, qui venit ad me opere compleverit, an non ita est.* [1] Abrió su primer Juicio en Valladolid, Potosí, y Guanaxuato, comisionando á las demás partes Sugetos desinteresados, de integridad y justicia, por no poder por sí acudir á todas en tan urgente necesidad. Las sumarias, autos, y procesos que del cuerpo de los delitos formaron, no puedo referírselos, porque no los ví; pero por los efectos debemos inferirlos: lo que sabemos de cierto es, que todas las cabezillas, unas fueron condenadas á la pena ordinaria, otras á acabar la vida en los tormentos, y las de menos conseqüencia, á destierro. Con casi noventa cuerpos de los impíos y traidores se llenaron las horcas de miedos, las escarpias de sustos, y los caminos, calles, y plazas de los Pueblos de horrores y de espantos, dexando tan destrozados espectáculos avisos á los presentes y escarmientos á la Posteridad. Esto es lo más notable de este escandaloso acontecimiento.

"*Español.*—Pues á más de eso, he oído contar á Sugetos dignos de toda fe, que intentaban descargar el golpe, primero en los Gachupines, sacándoles impiamente el corazón por las espaldas, y después, como enflaquecidas las fuerzas, y debilitado el poder, tocar á degüello generalmente, no sólo con todos los Españoles Indianos, sino aun con aquellos hijos del País, nada castizos en sus obras, y muy mestizos en la sangre

1 Lib. de Espect. cap. 20.

con los tuyos, complices, y acaso inhumanos actores de tan detestables homicidios, los que llamamos en estos Reynos, Lobos, Coyotes, Mulatos, etc., apoyando sus razones con los muchos que se hallaron encartados, ya como cabezas, ya como miembros en la conjuración, formándose de entre éstos aquel Reyezuelo Patricio, que con el nombre de *Gran Poten-te,* arrastraba entre los tuyos tantas pompas y honores, como los Pompeyos, y Honorios entre los Romanos.

"Y lo más chistoso que me cuentan es, que eligiendo una de las desamparadas Minas del Real de San Pedro, para Corte y habitación de su Real Persona, había colocado en uno de sus obscuros calabozos, y lóbregos pueblos, como otro Plutón, el magnífico Trono, desde donde con Corona en la cabeza, y dorado Cetro en las manos, repartía honores, creaba Grandes, confería dignidades, firmaba decretos, y libraba órdenes que con pronta ligereza conducía el Barquero Aqueronte á todos los miembros del Estado. Me han dicho asimismo, que en el Escudo de Armas y Nobleza, que ya soñaba fixar á las puertas, y sobre las almenas de su Real Palacio, tenía escrita esta Letra: Nuevo Rey, y nueva Ley, sin otras ridículas y despreciables locuras, hijas de la bastardía de unas gentes bárbaras, incultas, y desordenadas."

Hasta aquí los hechos históricos que refiere el padre Granados: luego el cronista se ocupa solamente de disculpar al visitador Gálvez de la severidad y rigor con que procedió contra los insurrectos y dice con mucho candor que no había sentencia de muerte que no firmara con las lágrimas de sus ojos.

Aunque repitamos algunos puntos del relato hecho por los cronistas, toca ahora su parte á la tradición, fresca y constante hasta hace algunos años en Pátzcuaro, Uruapan, Apatzingán, Tancítaro y Charapan y que se conserva entre algunas personas que existen todavía.

Llama la atención que no habían transcurrido quince días desde la expulsión de los jesuitas, cuando estalló en diversos puntos (situados entre sí á grandes distancias) la amenazadora insurrección acaudillada por el Gran Potente. Puede decirse que respecto de algunas de las poblaciones insurrectas, ni tiempo hubo para que llegara á allí la noticia de la expulsión.

En nuestro concepto estaba, pues, preparado por los jesuitas el gran levantamiento para apoderarse de la Nueva España, independiéndola de la Metrópoli y proclamando aquí *Nueva Ley y nuevo Rey*. El indio Patricio no era más que un instrumento que habían de sacrificar á sus miras los discípulos de Loyola. La previsión y energía de Carlos III y la actividad é inteligencia que desplegaron tanto el Virrey Marqués de Croix como el visitador Gálvez, salvaron para la corona de España la más rica joya de sus conquistas y libe·taron al pueblo mexicano de los horrores de un gobierno teocrático, como el que tiranizó por tantos años á los habitantes del Paraguay.

Algunos días antes de la expulsión de los jesuitas, los indios de Pátzcuaro se habían atumultado, haciendo huir á las autoridades que se dirigieron en busca de auxilio á la ciudad de Valladolid, las que á su regreso y viniendo acompañadas de una fuerte escolta, hallaron que los jesuitas habían pacificado á los amotinados, entregados ya de nuevo á su trabajo, al parecer serenos y tranquilos. Quiso la justicia proceder severamente; pero los mismos padres de la compañía abogaron por ellos, alegando que el motín no era en contra del gobierno, sino simplemente contra los recaudadores del tributo. El respeto con que se veía á los jesuitas y el convencimiento que tenían las autoridades de los abusos de aquellos empleados fiscales bastaron para que se echara tierra al asunto.

Por fin llegó el 25 de Junio (1767); los jesuitas fueron aprehendidos en su casa y la plebe de Pátzcuaro se levantó de nuevo en armas para impedir que se llevase á cabo la orden de expulsión: de los numerosos pueblos de la laguna llegaban auxilios de hombres á los rebeldes; pero de nuevo los jesuitas, hablando en secreto y misteriosamente con los jefes del motín, sofocaron el tumulto. Los indios se dispersaron y decían á cuantos encontraban, hablando en tarasco, que *todavía no era tiempo*.

Por fin, la revolución estalló en diversos y lejanos puntos de las provincias de Michoacán, Guanajuato, San Luis Potosí y Querétaro, y fíjese la atención, el movimiento se verificó *en un mismo día.*

En Pátzcuaro se registraron escenas de desolación, pues aparte de que las casas de los españoles fueron saqueadas, las familias tuvieron que sufrir la crueldad y depravación de los sublevados, cuyo grito de guerra era *Nueva ley y nuevo Rey,* en medio de vivas atronadores al *Gran Potente.* En Apatzingan, los indios amotinados se apoderaron de las cajas reales, destruyeron los archivos, asesinaron á varios españoles y robaron las ricas tiendas de aquella población que era entonces el emporio del comercio en la tierra caliente. Los pueblos de Tancítaro y Charapan enviaron á Uruapan numerosos escuadrones de flechadores y de honderos.

Esta última población era el centro de la sublevación, pues allí residía y de allí era oriundo el célebre Patricio Carrión, que tomó el título de *Gran Potente* y que empuñó el estandarte con el lema de *Nueva Ley y Nuevo Rey.* En esos días había llegado á Uruapan, como refiere el padre Granados, un regimiento de caballería con el pretexto de organizar en aquel pueblo las milicias que se habían mandado levantar con motivo de la ocupación de la Habana por una escuadra inglesa.

Los sublevados se arrojaron sobre el cuartel, desarmaron á los dragones y se apoderaron de los oficiales. Con éstos últimos se dirigieron á la plaza del Santo Sepulcro (hoy de Fray Juan de San Miguel), en donde se alzaba la picota. Allí, en medio de la espantosa gritería de más de diez mil bocas, estaban los indios á punto de azotar á los prisioneros, cuando del claustro del convento contiguo salió una procesión de frailes franciscanos, llevando el guardián la custodia y entonando todos un cántico sagrado. Los amotinados se hincaron de rodillas, y entonces uno de los padres los exhortó á que no llevaran adelante el suplicio de los españoles. Tanto amaban los indios á aquellos religiosos, que desistieron de su intento y ya iban á poner en libertad á los prisioneros, cuando de entre la muchedumbre se oyó una voz que dominaba el inmenso ruido: "Al río; vamos á echarlos al agua!" Entonces resonó una carcajada general. Quién sabe cómo en aquellos momentos se hicieron de unos burros, montaron en ellos á los oficiales, y la inmensa muchedumbre que no cesaba de reir se dirigió por las calles de Cupatitzio, llegó al Puente Ancho y uno á uno, el ginete y su asnal cabalgadura fueron lanzados al agua, en tanto que de diez mil bocas brotaba una inmensa carcajada.

A estos ó semejantes tumultos se limitaron los sublevados: no había entre ellos cohesión, y aunque se les había dado á reconocer como su jefe al indio Patricio, éste, henchido de vanidad, fué á instalar su corte al Real de San Pedro, contentándose con recibir los homenajes de sus súbditos y con rodearse de cortesanos tan ostentosos como él y que no sabían más que adular á su augusto amo.

Mas ¿quién era el principal caudillo del movimiento popular? La historia no lo dice, pero nadie duda que él debía de salir de entre los discípulos de Loyola.

————

Por aquellos días el padre Salvador de la Gándara, Provincial de los jesuitas de México, visitaba las casas del interior; y el decreto de expulsión lo halló en Querétaro, que fué una de las provincias que se sublevaron.

————

Es seguro que sobre el aparato del Gran Potente, puesto adrede para alucinar á los indios, debía haber una cabeza que dirigiese. Aunque el día de la insurrección se había fijado de antemano, como en vísperas de él quedaron presos todos los jesuitas, el que debía ser el director principal de la revolución no pudo ya acaudillarla, y el *Gran Potente* se vió entregado á sus propios, pero nulos esfuerzos.

Sin dificultad alguna pudo el visitador Gálvez, apagar la llama que amenazó incendiar toda la Nueva España. Le bastaba presentarse con sus tropas en las capitales de las provincias en que apareció la chispa revolucionaria para que esta se extinguiera. Los indios volvían pacíficos á sus casas, descepcionados del Gran Potente y resueltos á no volver á mezclarse en asonadas.

Grande ocasión fué esta para que el Gobierno hubiera hecho alarde de generosidad; pero no fué así, el visitador Gálvez por sí ó de acuerdo con el Marqués de Croix, desplegó un lujo inusitado de severidad, haciendo perecer en las horcas á centenares de indios, é imponiendo á los restantes crueles castigos. En vano el padre Granados trata de hacerlo aparecer como magnánimo, la tradición clama horrorizada lo contrario. El cronista citado no puede menos que dejar escapar las siguientes palabras:

"No firmó sentencia que no la rubricara más con lágrimas que con letras. Bien manifestó la nobleza de su alma y candidez de sus christianas intenciones, cuando en la plaza de San Luis, desde el balcón de su morada, arrebatado de un espíritu apostólico, y cubierto su valeroso ánimo de un dolor vehementísimo, á vista del innumerable concurso, y de los calientes cadáveres que aún pendían de los patíbulos y las horcas, oró con tanta eloqüencia, y persuadió con tanta abundancia de testos, razones, leyes y autoridades, el justo castigo ejecutado en aquellos infelices, y el culto, obediencia, amor, y lealtad que debemos tener al Rey nuestro Señor, y á la verdadera Fé que profesamos, que todos, compungidos y apoderados de un impulso superior, se abrazaban tiernamente, se perdonaban contritos y alababan á Dios en un Héroe que tanta gracia había derramado en sus labios para persuadirlos y ablandarlos en la obstinación y rebeldía."

De lo expuesto se deja ver que el pánico que se apoderaba de las gentes más bien era debido al espectáculo de los patíbulos y de las horcas, que á la elocuencia del visitador, cuya fama de cruel y poco cuerdo llegó á hacerse universal, lo mismo que su codicia, pues aunque el padre Granados procura defenderlo, él mismo escribe, que, á su regreso á España "no ha faltado quien asegure que embarcó consigo más plata, que tesoros flotaban en las famosas Naos del Ofir."

Sofocado el tumulto de Uruapan más por la intervención de los padres franciscanos que por la tropa que desde Valladolid envió el visitador Gálvez, los jueces especiales que llegaron con la expedición comenzaron desde luego á proceder contra los rebeldes. Noventa de estos perecieron en las horcas que se levantaron en las plazas de la población y á lo largo de las calles de Cupatitzio; centenares de infelices sufrían el castigo de azotes que se les infligían al pie de la picota, y la totalidad de los indios, habitantes del lugar, fueron obligados á conducir piedras y á pavimentar con ellas todas las calles de la extensa ciudad, en el concepto de que todas carecían de empedrado. Los ancianos, de cuyos labios oímos esta tradición, agregaban que á causa de que el trabajo se hizo como castigo, las calles quedaron tan mal empedradas que no parecía sino que se hubiese trasladado á ellas un pedazo del pedregal que se extiende al Sur y Poniente de la población. [1]

En los días en que funcionaba la justicia del visitador Gálvez, sin estar este presente, y sólo poseídos de pánico y dolor, los habitantes de Uruapan se abrazaban tiernamente, se perdonaban contritos y hacían llegar hasta Dios sus oraciones. En todas partes se oían sollozos y era tan grande el temor de aquellos infelices que creían llegada su última hora.

----

1 De diez años á esta parte, el Ayuntamiento no ha cesado en mejorar el pavimento que está ya transitable, pues, en efecto, antes era tal la informe aglomeración de piedras, que casi no podía darse un paso por aquellas calles.

En cuanto al indio Patricio, huyó del Real de San Pedro y conservando siempre su regia pompa, estuvo oculto algún tiempo en la gruta que hay cerca de la Tzaráracua, á inmediaciones de Uruapan.

Después nadie volvió á ver al Gran Potente.

———

ÍNDICE.

ERRATAS NOTABLES.

Página 47, línea tercera, dice: *pidecuario;* debe decir: *pindecuario*.

,, 126, línea 24, dice: Tariaco; léase Tariácuri.

,, 238, segunda línea del título, dice: Phámpaperata; debe decir: Pámpa-perata.

Igual errata hay en la última línea de la página 240.

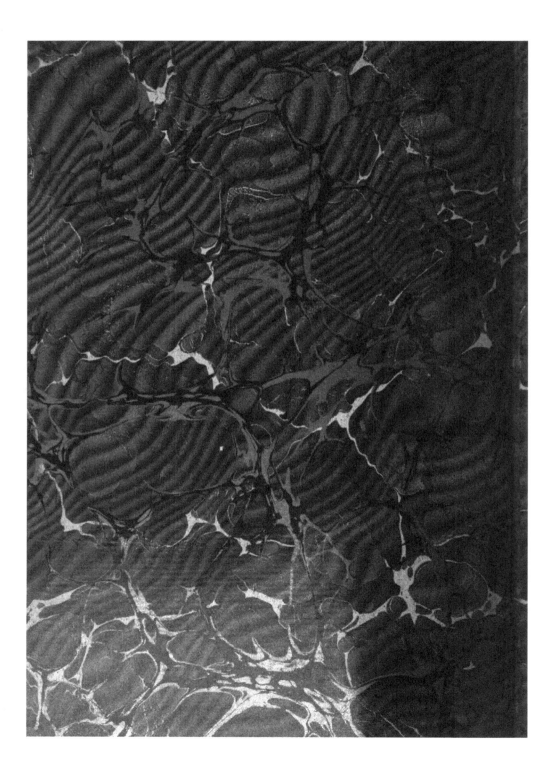

CPSIA information can be obtained
at www.ICGtesting.com
Printed in the USA
BVHW051011030523
663517BV00002B/6